Katzengold

Axel Rüffler

Der Autor

Axel Rüffler, 1963 in Halle/Saale in der DDR geboren, machte eine Ausbildung zum Elektriker in den VEB Leuna Werken und reiste 1988 in die BRD aus. Danach absolvierte er eine Ausbildung zum Krankenpfleger in der forensischen Psychiatrie, wo er bis heute arbeitet. Er entdeckte erst spät, im Alter von 50 Jahren, seine Leidenschaft am Schreiben, als er in der bierseligen Runde eines Bildungsurlaubes aufgefordert wurde, die Geschichten, die er erzählte, zu Papier zu bringen. Er sagte zu und begann am nächsten Tag seinen autobiografischen Roman „Letzter Ausweg Staatsfeind".

Nach „Abseits" erscheint nun mit „Katzengold" sein zweiter Kriminalroman

Axel Rüffler

Katzengold

Kriminalroman

Impressum

Bibliografische Information der Deutschen Nationalbibliothek:
Die Deutsche Nationalbibliothek verzeichnet diese Publikation in der Deutschen Nationalbibliografie; detaillierte bibliografische Daten sind im Internet über http://dnb.dnb.de abrufbar.

TWENTYSIX – Der Self-Publishing-Verlag

Eine Kooperation zwischen der Verlagsgruppe Random House und BoD – Books on Demand

© 2016 Axel Rüffler

© 2016 Coverfoto: Sabine Schultz

Herstellung und Verlag:
BoD – Books on Demand, Norderstedt

ISBN: 9-783740-716561

Vielen Dank an Georg Zauner

für die inspirierenden Gespräche

„Mann, ich werd' verrückt, das glaub ich nicht!" Fritz konnte sich an diesem 14. Oktober 1941 nicht sattsehen an dem, was da zum Vorschein kam am, als er die Pappe abzog, die notdürftig sämtliche Wände dieses hohen Raumes abdeckte. Als er durch die zweiflüglige große Tür eingetreten war, die die Weite des Raumes freigab, der schon allein durch seine grandiose Deckenmalerei glänzte, hatte er bereits einen Kloß im Hals gehabt. Doch was er jetzt sah, ließ ihn vor Ehrfurcht erstarren. Er hatte das Gefühl, dass die Sonne, die an diesem Septembernachmittag ihren Zenit schon weit überschritten hatte, nochmals aufgehen würde.
Das „Achte Weltwunder", er hatte schon viel davon gehört, doch es wahrhaftig zu sehen, es zu berühren, war einfach nur gewaltig. Vorsichtig entfernte er die nächste Pappe.
„Diese Idioten!" polterte er heraus, als er sah, wie diese befestigt war. Da hatten diese Dilettanten doch ganz einfach zwischen den Bernsteinen Nägel in die Paneele geschlagen, unglaublich.
Fritz wusste, wovon er redete, war er doch Tischlermeister, hätte ursprünglich den väterlichen Betrieb übernehmen sollen, aber dann kam die Einberufung. Eigentlich hatte er gehofft, dass ihm dies nicht widerfahren würde, da die heimischen Betriebe weiter produzieren sollten. Doch dann hieß es, eine Tischlerei sei nicht von strategischer Bedeutung, und es kam der Einberufungsbefehl.
Er wartete immer noch auf Kurt, seinen Kameraden. Kurt war Schlosser und sollte ihm zur Hand gehen. 36 Stunden hatte Reichsleiter Rosenberg ihnen gegeben, um alles zu demontieren und in Kisten zu verpacken. Kurt war noch unterwegs, um die Kisten abzuholen.

Er hatte noch den Satz von Rittmeister Ernst-Otto zu Solms-Laubach im Ohr, der die Aktion beaufsichtigen sollte: „Das ist Bernstein von der deutschen Ostseeküste, also ist das Deutsch", so einfach war das. Befehl war Befehl, alles zu hinterfragen hatte er sich abgewöhnt.

Insgeheim hoffte er, dass der Krieg nicht so lange dauern würde. Er hatte Sehnsucht nach Zuhause und dieser lange Winter in Russland, darauf hatte er überhaupt keine Lust. Zwar waren die Winter bei ihm in Königsberg auch recht streng, aber kein Vergleich mit Sankt Petersburg. Er hoffte, den Transport begleiten zu können, um das Zimmer später im Königsberger Schloss wiederaufzubauen. Er hatte aufgeschnappt, dass es dorthin gebracht werden sollte.

Fritz hatte schon einige Tafeln von der Pappe befreit und überlegte, ob er schon jetzt versuchen sollte, diese Nägel aus den Paneelen zu ziehen, oder später, nachdem er sie demontiert hatte. Wie er so überlegte, betrachtete er sich in einem dieser langen Spiegel, die mit ihren vergoldeten Rahmen selbst ihm in seiner einfachen Lanzeruniform etwas Majestätisches verlieh. Er verbeugte sich vor seinem Spiegelbild: „Eure Majestät, Schreinermeister Fritz Köhler", begrüßte er sein Gegenüber scherzend. Dann griff er nach seiner Werkzeugkiste und holte seinen kleinsten Stechbeitel heraus. Den hatte er sich damals zugelegt, um seine Gesellenarbeit zu signieren. Er ging zu der großen weißen Eingangstür und schaute heraus. Es war noch nichts von Kurt zu sehen. Er lief zurück, kniete sich vor den Spiegel und gravierte an der Unterseite des Rahmens seine Initialen, F.K.

Regina hatte wieder diese Leere im Kopf, wie jedesmal, wenn sie versuchte, sich im Gespräch mit ihrem Anwalt zu konzentrieren. Der hatte ihr im letzten Gespräch mitgeteilt, er könne es nun nicht mehr verhindern, dass dieser Moulin jetzt mit ihr sprechen wollte.

Regina hatte schon lange Zeit gebraucht, um überhaupt zu begreifen, warum sie hier war, im Prison „Les Baumettes", diesem berüchtigten Gefängnis im Osten von Marseille.

Die ersten Wochen auf dieser überfüllten Frauenstation waren die Hölle gewesen. Und dann noch diese Ärztin, Frau Doktor Rose, eine Deutsche. Auf der Station war durchgesickert, dass sie früher in Deutschland in der Psychiatrie gearbeitet habe. Angeblich hätte sie da etwas mit Patienten angefangen, hieß es. Damals sei sie sogar Oberärztin gewesen. Sie hätte dann einige Zeit in der Schweiz gearbeitet, und dann Marseille.

Regina wusste nicht, ob an den Gerüchten was dran war, aber sie mochte die Frau Doktor auch so nicht besonders. Dieses gekünstelte Lächeln, als sie Regina aufgenommen hatte, welches die Haut spannen ließ, so wie es nur bei gelifteten Frauen im fortgeschrittenen Alter auftrat. Frau Doktor Rose war in ihrer Empathiefähigkeit Frauen gegenüber schon deutlich eingeschränkter, wie es der Gerüchtelage nach Männern gegenüber der Fall gewesen sein musste. Vielleicht war sie auch aus diesem Grund auf dieser Frauenstation des Service Medico Psychologique gelandet, wer wusste das schon.

Der scannende Blick, der sie bei ihrer Aufnahme traf, erzeugte bei Regina ein nachhaltiges Unbehagen. Dieser Blick war ihr zur Genüge von Frauen bekannt, die sie als Konkurrenz ansahen. Aber trotzdem war sie froh, hier zu sein. Sie hatte auch sofort die Einwilligung unterschrieben, an der Therapie mitzuarbeiten. Hauptsache weg aus dem normalen Vollzug. Für das, was da abging, war sie ganz einfach zu alt.

„Schön, da haben sie nun also ihren Mann umgebracht", hatte Frau Doktor Rose im ersten Gespräch Regina an den Kopf geworfen, völlig unvorbereitet traf sie dieser verbale Faustschlag. Ralf sollte tot sein? Sie konnte sich an nichts erinnern, und die Medikamente, die sie nehmen musste, machten sie zusätzlich träge, und damit war noch nicht Schluss. Diese entsetzlichen Nebenwirkungen! Ihre Zunge machte diese unkontrollierten Bewegungen, als sie zu sprechen anfangen wollte, gepaart mit dem Augenhochstand und diesem Gefühl, in ihren Armen seien Zahnräder eingebaut, die bei jeder Bewegung solche ruckartigen Impulse freisetzten, welche einen unglaublichen Muskelkater in sämtlichen Gliedmaßen verursachten. Mit all dem konnte sie irgendwie leben, aber nicht mit dem Gedanken, Ralf sei tot, das bekam sie nicht in ihren Kopf.

Manchmal, wenn der Wind vom Meer kam und diesen salzigen Geschmack in ihrem Mund erzeugte, hatte sie die ersten Fetzen Erinnerung generiert, die sie nicht einordnen konnte. Sie waren in Les Saintes-Maries-de-la Mer gewesen, diesem Ort, der für Zigeuner so wichtig war, wegen der alten

Wehrkirche und der Heiligen Sarah. Zu der Prozession im Mai, dem internationalen Zigeunertreffen, dem Höhepunkt des Jahres, wenn die Statue der Heiligen Sarah ins Meer getragen wurde.
Außer im letzten Jahr, da wollte sie aus Rücksicht auf Ralf nicht dorthin. Er war das ganze Jahr so angespannt gewesen. Es wurde immer schlimmer mit seiner Krankheit, nachdem er seine Medikamente abgesetzt hatte. Deswegen hatte sie den Trubel im Mai an diesem wichtigen Ort gemieden und war erst im September zum Familientreffen hingefahren. Und da war dann unerwartet ihr Arschlochonkel aufgetaucht. Der Mann, den sie mehr hasste, als alles auf dieser Welt.
Als eines Tages Frau Doktor Rose mit ihrem gekünstelten Lächeln auf sie zukam und meinte: „Sie haben Besuch von ihrem Onkel", war Regina völlig ausgeflippt. Sie hatte wild um sich geschlagen und mit allem, was sie in die Hände bekam nach jedem geworfen, der versuchte, ihr zu nahe zu kommen. Das war der Anfang gewesen mit den Medikamenten und dieser ewigen Fixierung. Sie hasste diese Frau Doktor Rose, aber sie war ihr ausgeliefert, von ihr abhängig.
Irgendwann wurde die Fixierung beendet, und sie hatte sich in der Arbeitstherapie ein Stück Papier und einen Bleistift geschnappt und angefangen zu zeichnen. Sie wusste gar nicht, dass sie das konnte. Sie hatte keine Erinnerung daran, irgendwann in ihrem Leben etwas gezeichnet zu haben. Doch was da auf dem Papier entstand, erstaunte nicht nur sie selbst.

Ihr erstes Bild zeigte einen kleinen Hafen mit Fischerbooten, alten Häusern, einer Burg. Es war anscheinend so detailgetreu, dass einer der Arbeitstherapeuten sofort bemerkte: „Das ist doch Cassis!"

Es folgten weitere Bilder von Berglandschaften, die tief von Flüssen eingeschnitten waren, und hohen weißen Bergen, deren Gletscher bis weit ins Tal hinabreichten. Und immer wieder stand ein Wohnmobil vor der Kulisse.

Nur widerwillig genehmigte Frau Doktor Rose, dass dieser junge Kunsttherapeut aus der benachbarten Ecole d' art mal einen Blick auf diese besonderen Bilder werfen konnte, die den Eindruck einer heilen Welt vermittelten, mit spielenden Jungen und einer afrikanischen Frau. Auf einem Bild war eine Seilbahn zu sehen, an der aus der Gipfelstation Rauch aufstieg, und auch da spielte ein Junge mit einem Mann auf dem Spielplatz an einem Fluss.

Der Therapeut, Monsieur Richard, hatte sich als erster die Bilder angeschaut. Seine Begeisterung konnte man seinen Augen entnehmen: „Wahnsinn, so etwas habe ich noch nicht gesehen. Ich habe schon oft Kinderbilder analysiert, die eine Geschichte erzählen und nur einen kundigen Übersetzer brauchen. Aber das hier ist anders, eine andere Stufe", äußerte er sich euphorisch gegenüber Frau Doktor Rose. Ich würde diese Frau gern kennenlernen."

Regina musste einen Antrag stellen, einen Mann, den sie nicht kannte, einen Therapeuten zu treffen.

Sie hatte sich mittlerweile in ihrer neuen Welt, die die Medikamente generierten, eingerichtet. Sie hatte von einer Mitpatientin auf der Station den Tipp bekommen, viel zu trinken, so könne man die Wirkung der Medikamente

einschränken. Sie wusste, dass der Prozess bevorstand. Schon der Gedanke, mit diesem Moulin zu sprechen, war ihr äußerst unangenehm, und jetzt auch noch dieser Therapeut.
Ihr Anwalt hatte ihr den Rat gegeben, mit ihm zu reden. Aber selbst ihren Anwalt wollte sie eigentlich nicht. Der war ihr als Pflichtverteidiger zur Seite gestellt worden. Für einen Prozess, bei dem sie immer noch nicht wusste, worum es eigentlich ging. Ralf sei tot, aber was hatte das eigentlich alles mit ihr zu tun?
Sie war einerseits total traurig bei dem Gedanken, andererseits auch erleichtert, warum, das wusste sie nicht. Ihr Anwalt war der Meinung, dass der Therapeut ihr helfen würde herauszufinden, was passiert ist. Sie fand es schon reichlich befremdlich, dass er ihre Bilder anschauen wollte, aber naja, sie hatte ja nichts zu verlieren. Schlimmer als die Situation, in der sie jetzt war, konnte es sicher nicht kommen.
Ihre Erinnerungen waren nur in Bruchstücken langsam zurückgekommen, aber eines wusste sie ganz genau, einen Mann brauchte sie auf keinen Fall, ihren Arschlochonkel, den diese Doktor Rose zu ihr lassen wollte. Und warum sie den nicht sehen wollte, war ihr mittlerweile leider wieder eingefallen, die dunkle Zeit in ihrem Leben hatte den Weg in ihr Gedächtnis zurückgefunden. Zwar hatte dieser Mensch keinen Einfluss mehr auf sie, aber er hatte irgendetwas damit zu tun, weswegen sie jetzt hier war. Es war zum Verzweifeln.
Sie bekam auf einmal Lust zu fotografieren. Sie hatte doch so einen digitalen Apparat, den ihr Ralf geschenkt hatte, doch wo war der, wen sollte sie danach fragen? Vielleicht

machte es ja Sinn mit dem Therapeuten, hatte sie das Fotografieren ja in ihrem Entzug gelernt, als Tor zu einer neuen Welt, ohne diese Tabletten, die ihr der Arschlochonkel eingeflößt hatte, bis zu dem Punkt, an dem sie nicht mehr ohne konnte. Eine Welt ohne diesen brutalen Zuhälter und ohne die Tabletten.

Moulin saß zusammen mit Renard und Simond schon einige Zeit im Le France. Diesmal konnte er den Abend genießen. Zum ersten Mal überhaupt bekam er den Sonnenuntergang an diesem wunderschönen Hafen so intensiv mit, dieses rote Licht, welches die Konturen der Häuser und der dahinterliegenden Berge einfärbte und den Wetterwechsel heraufbeschwor, den hier alle so dringend erhofften. Es war der 15. März, jene Zeit, zu der der Ort aus seinem Winterschlaf erwachte und der Campingplatz öffnete, wie jedes Jahr.
Doch dieses Jahr war Simond fast der einzige, der an diesem Tag eincheckte. Den ganzen Winter über war es wärmer gewesen, viel wärmer als an diesen Tagen. Es hatte gestern und heute geschneit, Mitte März.
Michel wusste genau, wann das zum letzten Mal passiert war, vor zwanzig Jahren genau! Er hatte eine dieser Daunenjacken übergezogen, die die Boutique um die Ecke zum Abverkauf vor die Tür unter die Markise gestellt hatte und die gefühltermaßen jeder zweite im Ort trug. Er hatte auf Grund der kühlen Temperaturen den Reißverschluss geschlossen, was die Jacke mit einem kräftigen Spannen um die Bauchgegend quittierte. Er stellte gekonnt das nächste

Bier auf den Tisch, welches die drei bestellt hatten und wartete einen Moment, bevor er sich entfernte.

Natürlich hatte er ihn erkannt, diesen Kommissar Moulin aus Marseille, und er wusste noch sehr genau, wann und warum er ihn hier gesehen hatte. Doch es kam keine Reaktion von allen dreien außer einem gespannten Blick, durch den sich Michel mit der Frage: „Das war alles?" genötigt fühlte, den Tisch zu verlassen.

„Hast du auch so ein flaues Gefühl?" meinte Renard zu Moulin, der in diesem Moment beobachtete, wie die Beleuchtung der Burg anging, die auf dem nahen Felsen majestätisch thronte.

„Klar", erwiderte Moulin, „aber wir waren uns ja sicher, dass der Fall gelöst ist. Aber ich bin trotzdem froh, wenn der morgige Tag vorüber ist und nichts passiert, kein Junge, der vermisst wird."

„Ich glaube, das geht uns allen so", meinte Simond.

Moulin erschrak, als sein Handy klingelte. Er war gerade beim Frühstücken, als es ihn aus seinen Gedanken riss. Instinktiv schaute er auf die Uhr, als hätte er genau auf diesen Anruf gewartet. Doch dann war er beruhigt, „unbekannte Nummer" stand auf dem Display.

„Spreche ich mit Monsieur Moulin?"

„Ja", antwortete er.

„Monsieur Seibert mein Name, ich bin der Anwalt der Deutschen, sie haben schon mehrfach nachgefragt, wann sie meine Mandantin vernehmen können. Sie wäre jetzt soweit stabil. Ich habe zwar noch nicht den Eindruck, dass das viel bringen wird, aber ihre Ärztin, Frau Doktor Rose, hat nun

ihr OK gegeben. Ich möchte allerdings noch, dass ihr Therapeut, Monsieur Richard, dabei ist. Meine Mandantin hat einen Antrag auf einen Therapeuten gestellt. Sie kann sich noch immer an nichts erinnern, was an diesem Tag passiert ist."
„Okay", antwortete Moulin, „ich würde meinerseits noch gern meine Kollegen Renard und Simond mitbringen. Die haben mit mir zusammen an einem Fall gearbeitet, der mit dem getöteten Mann ihrer Mandantin zu tun hat, respektive war er unser Hauptverdächtiger. Wir würden diesen Fall gerne abschließen und müssten ihrer Mandantin dazu noch ein paar Fragen stellen."
Anwalt Seibert stockte kurz: „Sie wollen meine Mandantin also gar nicht zum Tathergang befragen?" Seibert hasste diese Fälle, diese Pflichtmandate, er hatte sich nur oberflächlich eingearbeitet und war eigentlich davon ausgegangen, dass die Befragung nur in Bezug auf das Tötungsdelikt stattfinden würde. Nun, es sollte ihm recht sein, seine Mandantin wollte, dass er dabei war, und das Geld konnte er nun weiß Gott gebrauchen.
„Also, das ist jetzt für mich eine neue Situation", entgegnete Seibert, „aber nun gut. Schlagen sie einen Termin vor."
„Morgen vormittag, elf Uhr?" fragte Moulin.
„Einverstanden", antwortete Seibert.

Regina hatte die Nacht schlecht geschlafen. Sie hatte gestern zum ersten Mal diesen Richard kennengelernt, ihren Therapeuten. Sie fand ihn eigentlich nicht unsympathisch, aber was sollte sie ihm erzählen, wo anfangen, ohne Erinnerung.

„Das kriegen wir schon", meinte Richard mit einem freundlichen Gesichtsausdruck, „das ist völlig normal nach so einem Ereignis."
Ereignis, das klang schon mal viel besser als das, was diese Rose ihr an den Kopf geworfen hatte. Regina entschloss sich in diesem Moment, Richard zu vertrauen. Sie hatten sich dann noch eine ganze Zeit über die Bilder unterhalten. Alles war so zwanglos, sie verspürte keinen Druck, sich unterhalten zu müssen, ganz im Gegenteil. Sie erzählte zu jedem Bild eine Geschichte, die in diesem Moment in ihrem Kopf entstand, und Richard stellte ab und zu eine Frage. Die erste Sitzung war wie im Flug vergangen.
Heute sollte also dieser Moulin vorbeikommen. Richard hatte ihr gekonnt versucht, die Angst zu nehmen: „Die Polizei möchte gar nicht über das Ereignis mit ihnen sprechen, Regina. Dieser Polizist interessiert sich für die Zeit davor, den Sommer und das Jahr zuvor. Es geht um ihren Mann Ralf."
Trotzdem war Regina total aufgeregt, als sie von Station abgeholt wurde. Die Leere in ihrem Kopf wurde von einer Art Gedankenflut abgelöst, alles ging durcheinander. Sie hatte das Gefühl, ihr Kopf zerspringt, als sie von der Wärterin von der Station geschlossen wurde. Das Unbehagen steckte ihr wie ein Kloss im Hals und jedesmal, wenn eine dieser schweren Gittertüren in das Schloss zurückfiel und die Wärterin diese verschloss, hatte sie das Gefühl, jemand würde mit einem Stampfer versuchen, den Kloss noch tiefer zu schieben, wie bei einer Weihnachtsgans kurz vor den Feiertagen.

Sie hatte nun den ganzen Winter in diesem Gefängnis zugebracht und bis jetzt noch nicht verstanden, warum genau sie hier war. Ralf war tot, klar, sie sollte dafür verantwortlich sein, was macht Strafe aber für einen Sinn, wenn man sich an nichts erinnert? Und nun sollte Ralf selbst Beschuldigter in einem Fall sein. In was war sie da hineingeraten?
Der Weg in das Besucherzimmer machte ihr eindeutig durch die erdrückende bauliche Präsenz des Gefängnisses klar, dass sie angeklagt werden sollte, Ralf getötet zu haben.

Moulin, Renard und Simond saßen nebeneinander an zwei zusammengestellten Tischen auf diesen einfachen, harten Holzstühlen des Besucherzimmers der Justizvollzugsanstalt Marseille. Der Anwalt hätte sich verspätet hieß es, nachdem sie nun schon zehn Minuten in dem kalten Raum zubrachten und noch einmal die Akten durchschauten, die sie nebeneinander auf den Tischen ausgebreitet hatten. Sie waren nach Orten sortiert und hatten auf zwei Stapeln eine beachtliche Dicke erreicht.
Nach weiteren zehn Minuten des Wartens ging die Tür auf und Richard, Seibert und eine verstört wirkende, dunkelhaarige, schlanke Frau betraten den Raum. Rechtsanwalt Seibert und Therapeut Richard gingen auf die drei Polizisten zu und stellten sich gegenseitig vor, indem sie sich mit Handschlag begrüßten.
Regina wäre am liebsten wieder umgedreht, doch sobald sie den Raum betreten hatte, verschloss die Wärterin diesen von außen und positionierte sich vor der Tür, was man durch die gewölbte alte Scheibe, die durch ein Gitter gesichert war, sehen konnte.

Nachdem sich alle gesetzt hatten, begann Moulin, nachdem er sich und seine Kollegen vorgestellt hatte, mit der Frage: „Sie sind nun Frau Krüger?"

„Wir waren nicht verheiratet", entgegnete Regina indem sie Simond anschaute. „Woher kenne ich den?" ging es ihr durch den Kopf. Moulin und Renard kannte sie aus Cassis aus dem Le France, da war sie sicher. Aber wo hatte sie diesen seltsamen Typen gesehen?

„Sie können mich Regina nennen", komplettierte sie ihre Antwort, nachdem sie in die fragenden Augen von Moulin geschaut hatte.

„Nun gut, Regina", antwortete Moulin, „wir haben einige Fragen zu ihrem toten Mann, äh, Entschuldigung, Freund, Lebensgefährten?"

Als er keine Antwort bekam, fuhr er fort: „Ralf Krüger steht unter Verdacht", Moulin stockte kurz, „das ist doch der korrekte Name ihres Freundes?"

„Ja", antwortete Regina.

„Nun gut, er steht unter dem Verdacht der Tötung von mindestens zwei Jungen im Alter von sieben und acht Jahren und der sexuellen Belästigung in mindestens fünf weiteren Fällen in unterschiedlichen französischen Orten. Können sie dazu irgendetwas sagen?"

„Das ist doch kompletter Schwachsinn!" antwortete Regina aufgeregt, „wie kommen sie dazu, so etwas zu behaupten?" Ihr liefen die Tränen über die Wangen und ihr Kopf begann zu schmerzen. Vor ihrem inneren Auge liefen Bilder ab wie von einer Stroposkoplampe projiziert, die in einer Diskothek die Spiegelkugel anstrahlt.

Sie hatte keine Kontrolle über das, was gerade passierte, als mehrmals die Stimme von Moulin zu ihr durchdrang: „Hallo Regina, alles in Ordnung mit Ihnen?"
„Ja", antwortete sie kurz, „alles in Ordnung."
„Haben sie verstanden, was ich sie gefragt habe?"
„Ja, ich erinnere mich, mein Onkel hat das gleiche behauptet in Les Saintes-Maries-de-la-Mer. Ich erinnere mich, er hat behauptet, Ralf hätte gerade an diesem Tag einen Jungen belästigt. Sie müssen wissen, mein Onkel ist das größte Arschloch auf Erden, der hat oft mal so einen Scheiß behauptet, um von sich selbst abzulenken."
„Möglich", antwortete Renard, „aber diese Aussage hat er beeidigt."
Regina hatte den Eindruck, auf einmal völlig klar zu sein: „Da war so eine Akte."
„Was für eine Akte?" fragten Moulin und Renard fast im Gleichklang.
„Na, so eine beigefarbene Akte mit alten Stasi-Berichten."
„Da war keine Akte", entgegnete Renard.
„Doch", bekräftige Regina, „und Erich war auch da!"
„Sie meinen Erich Eisenhuth?"
„Ich kenne keinen Erich Eisenhuth. Ich meine Erich Lehmann!"
Die drei Kommissare schauten sich mit großen Augen an: „Wir reden doch von diesem, sagen wir mal ‚Erich', der einige Tage, nachdem sie auf dem Campingplatz in Cassis eingecheckt haben, ebenfalls dort angekommen ist."
„Genau", meinte Regina, „Erich Lehmann halt, ein alter Freund von Ralf. Die waren zusammen in Leuna zur Ausbildung, danach zusammen bei der Armee in Berlin, und

Erich hat Ralf nach der Wende eine Arbeit bei einer Wachschutzfirma besorgt."

„Nun gut", ergriff jetzt Renard das Wort, „das ist nach unserer Erkenntnis Erich Eisenhuth. Der Mann, der 1984 im Rahmen der ersten großen Ausreisewelle aus der DDR ausgereist ist und in Traunstein in Oberbayern kurz nach seiner Ausreise in einem Fitnessstudio als Trainer und Kampfsportlehrer gearbeitet hat, welches er ein Jahr später zusammen mit Ralf Lieblich, der ebenfalls in diesem Fitnessstudio arbeitete, übernommen hat."

Renard öffnete einen Ordner, aus dem er zwei Fotos herausnahm: „Kennen sie diese zwei Männer?"

Regina erschrak, als sie die Fotos sah, das waren eindeutig Ralf und Erich, zwar irgendwie weichgezeichnet, nachbearbeitet, da kannte sie sich aus, aber es waren eindeutig die beiden.

„Was soll das, wollen sie mich verarschen?" sagte sie wütend, „das sind eindeutig Ralf Krüger und Erich Lehmann!"

„Nein", konterte Moulin, „das sind nach unseren Ermittlungen Ralf Lieblich und Erich Eisenhuth, die Besitzer des Fitnessstudios ‚Eisenhut & Lieblich' in Traunstein bis 1986. Damals wurden sie bei einer Fahrt nach Westberlin auf einer Raststätte von der Staatssicherheit der DDR verhaftet. Der Vorwurf hieß ‚Menschenschmuggel'. Sie hatten angeblich mehrfach Menschen aus der DDR in ihrem Wohnmobil rausgeschmuggelt."

„Das ist doch kompletter Schwachsinn!" sagte Regina wütend. „Ralf und Erich waren doch damals beim Wachregiment in Berlin. Alle beide 1000-prozentig

überzeugt. Ralf hat mich sogar damals verlassen, weil ich Zigeunerin bin und die das von ihm gefordert haben, da ich mit meiner Familie einen Ausreiseantrag laufen hatte. Wir haben uns erst nach der Wende in Eisleben wiedergetroffen. Ralf wäre niemals in den Westen gegangen, niemals!"
Sie fing an zu weinen.
Richard und Seibert schauten sich verständnislos an. „Was passiert denn hier?" ging es Seibert durch den Kopf.
„Meine Herren, meine Mandantin braucht eine Pause, das sehen sie doch. Außerdem muss ich mich erst noch einmal mit ihr besprechen."
„In Ordnung", nickten Moulin und Renard, „einverstanden."
Simond sagte gar nichts.
Anwalt Seibert sah Regina irritiert an. Er und Richard hatten sich mit ihr in einen Nebenraum des Besucherzimmers bringen lassen.
„Also Frau Schwartz, ich bin etwas irritiert", begann Seibert, „ich bin für sie in dem Fall des Tötungsdeliktes gegen Ralf Krüger als Pflichtverteidiger berufen worden. Das, was sich da jetzt auftut, hat ja eine ganz neue Dimension. Sexueller Missbrauch und Tötungsdelikte an Kindern, was wissen sie darüber? Oder haben sie etwas damit zu tun? Mitwissenschaft ist auch strafbar! Ich bin mir nicht sicher, ob dies alles durch mein Mandat abgedeckt wird. Ich möchte sie unbedingt bitten, mir in diesem Fall eine Vollmacht zu unterschreiben."
„Nun lassen sie doch mal die Kirche im Dorf, Herr Anwalt", unterbrach Richard. „Erstens ist Frau Schwartz in diesem Fall nur als Zeugin geladen, und zweitens bin ich mir sicher, dass sie sich wirklich an nichts erinnern kann und auch

nichts über die Vorwürfe gegen ihren Lebensgefährten weiß. Frau Schwartz ist genauso überrascht über diese Vorwürfe wie sie."
Regina hatte das Gespräch der beiden verfolgt, ohne etwas dazu zu sagen. Doch die Pause, die sich jetzt in der Unterhaltung auftat, nutzte sie, um selbst das Wort zu ergreifen: „Geben sie her, diesen Wisch", sagte sie, indem sie den Anwalt anschaute und die Hand ausstreckte, „ich unterschreibe. Ich möchte jetzt wissen, was da los war. Glauben sie mir, ich zerbreche mir schon seit Wochen den Kopf und ich weiß anscheinend immer weniger über Ralf und seinen Freund Erich. Lassen sie uns wieder rübergehen und es hinter uns bringen."
„Okay", meinte Richard, „sobald es ihnen zu viel wird, sagen sie Bescheid."

Renard, Moulin und Simond hatten die Pause genutzt, um einige Details in den Akten nachzulesen.
„Ich werde ihnen helfen, so gut ich kann", begann Regina, nachdem sie wieder im Besucherzimmer Platz genommen hatte.
„Nun gut", eröffnete Moulin die Befragung, „wir würden sie den Umgang von Ralf mit Kindern beschreiben?"
„Ralf konnte wunderbar mit Kindern umgehen, und ich glaube, er vermisste seinen Sohn über alles. Seine Frau Bärbel hat nach der Scheidung das alleinige Sorgerecht bekommen."
„War das sein leiblicher Sohn?" wollte Renard wissen.
„Nein, es war ein Adoptivkind, das habe ich in der Akte gelesen."

„Diese Akte, wo haben sie die gesehen?"
„Mir ist da beim Putzen eine Fußbodenleiste abgegangen, und dahinter lag die Akte."
„Bei ihnen zu Hause?" hakte Renard nach.
„Nein, im Camper."
„Okay", sagte Renard, „da haben wir so ein Fach hinter einer losen, verbogenen Leiste gefunden, aber keine Dokumente."
„Ich habe ihnen doch gesagt, Erich war da, und ich glaube, der hatte die in der Hand, als er ging", antwortete Regina.
„Wissen sie sonst noch irgendetwas, was in dieser Akte stand, außer der Adoption", wollte Simond wissen, der bis dahin geschwiegen hatte.
„Irgendetwas von einem Kommandoeinsatz ‚Abseits', dazugehörige Decknamen und etwas über eine Operation ‚Katzengold'. Daran kann ich mich noch erinnern, da mein Großvater so immer den Stein an der Kette meiner Oma genannt hatte, und der war aus Bernstein."

„Scheiße, Alter wie sieht das denn aus!" platzte Ralf heraus, als er sich in dem Spiegel betrachtete. Es war nun wahrlich kein Meisterwerk, was Erich da abgeliefert hatte, aber sei's drum.
„Na, jetzt läufst du zumindest nicht mehr rum wie so 'n scheiß Kunde!"

Ralf hatte sich eben von seinen halblangen Haaren getrennt als er sich, wie jeden Tag, zum Trainieren nach der Arbeit mit Erich getroffen hatte.

„Das war allerhöchste Eisenbahn, Alter", meinte Erich, „du kannst doch nächste Woche nicht mit ´ner Matte in der Kaserne aufkreuzen."

„Hast ja recht", erwiderte Ralf. Er hatte sein Hemd ausgezogen, das er immer verkehrt zusammenknöpfte, zuerst nur so aus Spaß, aber später wurde das zu einer Art Markenzeichen.

Erich legte die Schere zur Seite und betrachtete seine Arbeit argwöhnisch: „Das geht schon, die schneiden das in der Kaserne eh´ noch mal nach, machen die immer." Er griff zum Handfeger, der neben dem Stuhl lag und fing an, Ralf die Schulter abzukehren.

„Spinnst du, Alter, doch nicht mit dem versifften Teil!" Ralf sprang blitzschnell auf, hob das Bein zu einem Kick und deutete mit einer Drehung an, Erich den Handfeger aus der Hand zu schlagen. Danach sprang er zurück in eine Art Grundstellung, wie er es immer in diesen Kung-Fu-Filmen im Westfernsehen gesehen hatte, spannte sämtliche Muskeln seines Oberkörpers an und positionierte seine Arme angewinkelt neben dem Oberkörper, ballte die Fäuste und stieß einen kurzen Schrei aus.

„Nicht schlecht, Alter", meinte Erich, „aber wie immer viel zu langsam. Man kann dir noch immer ansehen, was du vorhast."

„Erzähl nicht so ´nen Scheiß, Alter", antwortete Ralf lachend, ließ sich mit den Händen zuerst auf den Boden fallen, machte noch einmal fünfzig schnelle Liegestütze,

sprang zurück in die Hocke und ging dann zum gefühlt dreißigsten Mal an diesem Abend zu dem großen, halbblinden Spiegel, um in einer Pose zu überprüfen, ob seine Muskeln schon gewachsen waren.
„Glaub mir, Erich, wir werden die Besten. Die besten Nahkampfspezialisten und Personenschützer, die die DDR je hatte."
„Ich schon", scherzte Erich, „bei dir bin ich mir da nicht so sicher."
Ralf begutachtete sich nochmals abschließend in dem Spiegel, griff sich in die Haare und versuchte erfolglos, sie zu schütteln.
„Das musst du dir jetzt glaub ich abgewöhnen", grinste Erich.
„Ja, ja, Regina kriegt ´ne Macke, wenn sie mich so sieht!"

Fritz grinste immer noch schelmisch, als Kurt durch die Tür kam. Der hatte schon eine dieser großen Transportkisten dabei, die er völlig unbeeindruckt über diesen edlen Parkettboden zog. Wahrscheinlich hatte er ja recht, dieser Boden interessierte sowieso keinen. Fritz hatte gehört, dass die Räume hier als Truppenquartier umfunktioniert werden sollten. Daher auch der straffe Zeitplan.

„He, Fritz, weißt du schon das Neueste? Die haben doch tatsächlich einen dieser Panzerzüge angefordert, weißte, die mit den Geschützen an Bord, Wahnsinn, hab so 'n Ding noch nie original gesehen."

„Meinst'e wirklich?" fragte Fritz interessiert.

„Ich habe gerade so nebenher ein Gespräch zwischen Rosenberg und dem Solms-Laubach mitgekriegt, als ich die Kisten vom Lastkraftwagen geladen habe. Ein Befehl von Reichsmarschall Göring persönlich, damit nichts abhandenkommt beim Abtransport durchs Bolschewistenland. Der soll spätestens morgen hier sein, wegen der Umspuraktion dauert das wohl etwas länger. Die ist wohl schwieriger als erwartet, weil der Zug so schwer ist. Die Bolschewiken müssen ja alles anders machen. Sogar die Gleise sind breiter. Sag mal, du hast ja noch gar nichts abgebaut", meinte Kurt nüchtern. Ihm fehlte anscheinend jedes Verständnis für das, was er hier sah.

„Schau doch mal hier", versuchte Fritz ihn zu sensibilisieren, indem er ihm die Nägel zeigte, mit denen die Pappe fixiert war.

Doch Kurt zuckte nur kurz mit den Schultern. „Na und?" sagte er, als handele es sich um eine Stallwand, in die man Nägel getrieben hatte, um Werkzeug daran aufzuhängen. Auch der letzte Versuch, Kurt von dem Frevel zu überzeugen, indem er ihm die schon gezogenen Nägel, die mittlerweile seine linke Hand füllten, zeigte, scheiterte. Kurt war nicht zu beeindrucken.

„Ist ja schon irgendwie schön", sagte er, „aber was soll die Eile? Das kann man nach dem Endsieg doch ganz gemütlich

erledigen. Aber auf mich hört ja keiner. Nun lass uns aber reinhauen, sechsunddreißig Stunden sind nicht viel."
„Hast ja recht", antwortete Fritz, „die erste Paneele hab' ich fast schon ab. Der Anfang ist immer das Schwierigste, hol du doch erst mal die Kisten. Ach, übrigens, auf dem Gang steht ein Leiterwagen."

Ralf und Erich saßen im Regionalzug von Nordhausen nach Halle, sie waren beide in Eisleben zugestiegen. Der erste Kurzurlaub nach der Grundausbildung. War normalerweise nicht üblich nach drei Monaten, doch sie hatten Sonderurlaub bekommen, wegen hervorragender Leistungen, hieß es. Doch Ralf wusste, was er zu erledigen hatte.
Da waren die regelmäßigen Gespräche mit seinem Führungsoffizier, diesem väterlichen Freund, diese Person, die er so vermisst hatte in seiner Kindheit und Jugend, den er so gerne eingetauscht hätte gegen sein prügelndes und saufendes Erzeugerarschloch.
Aber diesmal ging es, sein Vater und er, sie hatten sich beide zusammengerissen. Außerdem war er ja wegen etwas ganz anderem hier. Er hätte auch bei Erich übernachten können, dessen Eltern hätten nichts dagegen gehabt.

Er musste jedoch mit Regina sprechen, die bei seinen Eltern um die Ecke wohnte. Sie musste sich von ihrer Familie lossagen und in die Partei eintreten, so die klare Ansage seines Betreuers, eine Freundin, die mit ihrer Familie einen Ausreiseantrag gestellt hatte, und seine Ausbildung beim Wachregiment, das passte nicht zusammen.

Nachdem Regina wieder geweint und um Bedenkzeit gebeten hatte, wie auch schon in den Briefen, die sie vorher ausgetauscht hatten, war Ralf ganz einfach aufgestanden.

„Es ist Schluss", hatte er gesagt und war gegangen.

Jetzt, wo er im Zug saß und darüber nachdachte, war er stolz auf sich. Er sah aus dem Fenster. „Der Glaube an unsere Sache macht uns stark", hatte sein Führungsoffizier immer gesagt. So stark wie jetzt hatte er noch nie gespürt, dass dieser recht damit hatte.

Morgen hatten sie nun ihren ersten praktischen Einsatz, morgen früh bekamen sie den Einsatzbefehl. Er schaute stolz an seiner Uniform herunter, besonders auf den Streifen am linken Ärmel mit der Aufschrift „Wachregiment Felix Dzierzynski", und rückte seine Mütze zurecht.

Spät am Nachmittag kam der Zug in Berlin an, und Ralf und Erich meldeten sich pünktlich in der Kaserne zurück.

„Du sollst dich bei deinem Führungsoffizier melden, wenn du zurück bist", meinte Jens, als Ralf die Stube betrat.

„Okay, hat er vielleicht gesagt, warum?", fragte Ralf nach.

„Nein, keine Ahnung", erwiderte Jens und nahm sein Buch wieder in die Hand, das er kurz zuvor für einen Moment zur Seite gelegt hatte.

„Nun, hast du alles erledigt, was zu erledigen war?" fragte sein Führungsoffizier.

„Jawohl, Genosse Offizier", antwortete Ralf beflissen.

„Und, ist es dir schwergefallen?"

„Ja, ein bisschen", Ralf überlegte einen Moment, „eigentlich schon sehr, Genosse Offizier."

„Es war mir wichtig, dass du das tust, vor allem nicht postalisch, sondern persönlich. Glaub mir, das hat überhaupt nichts damit zu tun, dass deine Freundin einer ethnischen Minderheit angehört, ganz im Gegenteil. Wir haben alles versucht, die Familie zu überzeugen, dass unser Land das weitaus lebenswertere ist, aber die wollten ihren Ausreiseantrag nicht zurückziehen. All das, was sie hier genossen haben, unser Gesundheitssystem, die Schulausbildung der Kinder, die große, günstige Wohnung. Vor allem ohne die Vorurteile, denen sie sonst ausgesetzt waren, ein Teil der sozialistischen Wertegemeinschaft zu werden. Alles haben die mit Füßen getreten. Ein selbstbestimmtes Leben wollen sie führen. Nun gut, die Möglichkeit werden sie haben", sagte er lachend, „dann werden wir mal sehen, wie sie in der BRD klarkommen. Da warten bestimmt schon alle auf die Familie Schwartz.

Ich bin stolz auf dich, Ralf, du hast das Richtige getan. Solchen Leuten wie den Schwartz' ist nicht zu helfen, die sind der westlichen Propaganda hoffnungslos verfallen. Die Mauer würde sie einsperren, ihnen ein selbstbestimmtes Leben versagen. Sie könnten hier nicht in Freiheit leben. Dabei haben wir die Mauer ja wegen der aggressiven imperialistischen Hetzpolitik bauen müssen. Freiheit, und du hast das begriffen, Ralf, heißt, die Einsicht in die Notwendigkeit, zum Beispiel auch mal Sachen zu tun, die

einem schwerfallen, aber getan werden müssen, zum Wohle unseres Arbeiter- und Bauernstaates.
Morgen habt ihr euren ersten großen Einsatz. Da könnt ihr zeigen, was ihr in der Grundausbildung schon alles gelernt habt."
„Jawohl, Genosse Offizier", sagte Ralf stolz. Er fühlte in diesem Moment ein inniges, wohliges Gefühl in seinem Körper aufsteigen.
„Wegtreten, Genosse!"

„Kompanie aufsitzen!" Alle setzten sich geordnet in Richtung des W50 Planen-Lastwagens in Bewegung, der Morgenappell war beendet. Heute war es nun soweit, der erste Einsatz. ‚Stolpsee' hieß der Marschbefehl, Fürstenhagen, Havel. Der Sommer war Geschichte, das konnte man an diesem ersten Oktober 1981 schon ahnen. Der Wind hatte auf Nord-Ost gedreht. Dementsprechend kalt war die Nacht gewesen. Der Rasen war mit dem ersten Raureif überzogen, was die gefühlte Temperatur noch weiter sinken ließ.
„Das ist wenigstens nicht so weit weg", meinte Jens, denn so richtig warm wurde es auf der Pritsche auch mit geschlossener Plane nicht. „Bin mal gespannt, was wir dort machen müssen."
„Werden wir schon erfahren", meinte Erich, „egal, Hauptsache was Spannendes."
Ralf döste so vor sich hin. Er war ein paarmal kurz eingenickt, was durch das immer gleiche krachende Geräusch unterbrochen wurde, welches den unzähligen Schlaglöchern geschuldet war. Das gestrige Gespräch hatte

ihn noch einige Zeit beschäftigt und ihn am Einschlafen gehindert.

Erich stupste ihn plötzlich: „Alter, wir sind da, was ist denn mit dir los, bist 'n Mädchen oder was?"

Ralf schaut auf das Schild, welches über der Toreinfahrt hing: ‚VEB Synthesewerk Schwarzheide, Ferienlager', auf der linken Seite prangte übergroß das SED-Parteiabzeichen, auf der rechten das genauso überdimensionierte Freie Deutsche Jugend-Emblem.

Ein Ferienlager, das war also die Unterkunft für die nächste Zeit.

„Absitzen", lautete der Befehl, „Quartier beziehen, 10.30 Uhr Lagebesprechung im Speisesaal!"

Der Politoffizier hatte schon seine Papiere auf das Rednerpult gelegt, das er vorher noch etwas mehr in die Mitte des Speisesaals gezogen hatte. Er betrachtete noch kurz die übergroße Friedenstaube, die auf der Stirnseite des Saales in Form eines Mosaiks den Raum verzierte. Jetzt war er mit den Lichtverhältnissen zufrieden.

Die ersten Soldaten betraten überpünktlich den Raum und schauten sich um, sie wollten sich die ersten Plätze in ausreichendem Abstand zum Rednerpult sichern. War doch der Führungsoffizier Krause dafür bekannt, während seiner Vorträge immer Zwischenfragen zu stellen, um den Wissensstand der Rekruten zu überprüfen. Je weiter also vom Pult entfernt, umso besser. Doch sie hatten die Rechnung ohne Krause gemacht: „Ach, meine Herren, kommen sie doch ruhig hier nach vorn. Wenn man schon so zeitig da ist, hat man auch einen Anspruch auf die besten Plätze."

Widerrede war zwecklos, also nahmen alle direkt vor dem Pult Platz. Langsam füllte sich der Raum, und die letzten wurden ebenso aufgefordert, weiter aufzurutschen.

„So, Genossen", begann Krause betont bedeutungsschwanger. Er hatte die Fünfzig schon weit überschritten, seine Statur konnte man notfalls, um ihm zu schmeicheln, mit untersetzt beschreiben. Sein Kopf schien ansatzlos in die Schultern überzugehen und mit dem Bauch im Wettstreit zu stehen, welches Körperteil im Laufe eines Lebens am meisten zu seinem ursprünglichen Umfang zulegen kann. Krause konnte feiern, das wusste hier jeder, aber was seine Arbeit betraf, war er nicht ansatzweise umgänglich. Er blickte auf die Unteroffiziersschüler mit einem stechenden Blick und fixierte dabei sekundenlang den einen oder anderen, der erschrocken versuchte, dem Blick standzuhalten.

„Hier ist nun ein Teil der hoffnungsvollen Zukunft unseres sozialistischen Heimatlandes versammelt. Ich bin stolz, ihnen sagen zu dürfen, dass alle die Grundausbildung erfolgreich absolviert haben und nun die erste jährliche Regimentsübung ansteht.

Sie haben das große Glück, ihrem Vaterland in der Operation ‚Herbstwind' zu dienen. Diese Operation unterliegt der strengsten Geheimhaltungsstufe, Genossen. Wie es sich bereits herumgesprochen haben wird, befinden wir uns hier am Stolpsee. Zur Geografie: der See hat eine Fläche von 3,71 km², die maximale Tiefe beträgt 13 Meter, die Länge 3,6 Kilometer, die maximale Breite 1,4 Kilometer. Nun zum Grund unserer Regimentsübung."

Krause ließ wieder einige Sekunden verstreichen, um die Spannung zu erhöhen.

„Die Genossen von der Auslandsaufklärung haben in Erfahrung gebracht, dass hier ein großer Teil des Raubgutes aus der Sowjetunion, welches der SS-Offizier Göring auf seinem Landsitz ‚Carinhall' gehortet hatte, im März 1945 auf der Flucht vor der glorreichen Roten Armee versenkt wurde. Laut Zeitzeugenaussagen sowie uns zugespielter Aufzeichnungen geschah das in diesem Abschnitt."

Krause zeigte an der großen Karte des Stolpsees, die er zuvor in den Kartenständer eingespannt hatte, mit einem Stab auf die Krebsbucht.

„Aus zuverlässigen Quellen wurde berichtet, dass dies von KZ-Häftlingen aus dem KZ Ravensbrück mit Hilfe von Schlauchbooten ausgeführt wurde, die danach von der SS erschossen wurden, um den genauen Ort geheimzuhalten. Von Zeitzeugen wurden auf der gegenüberliegenden Seite an zwei Baumstümpfen Nägel eingeschlagen, die in Flucht zu der circa achthundert Jahre alten Eiche in der Krebsbucht das Areal präzise eingrenzte. Diese Markierungspunkte wurden von Genossen unserer Einheit im Vorfeld schon gesichert. Die gefundenen Nägel stammen vom Verwitterungszustand und der Herstellungsmethode eindeutig aus dieser Zeit. Es ist nun mit an Sicherheit grenzender Wahrscheinlichkeit davon auszugehen, dass die Erkenntnisse der Auslandsaufklärung der Realität entsprechen. Des weiteren wurde von Zeitzeugen berichtet, dass mit der Eisenbahnfähre ‚Siggelhavel' und einem damit beförderten Waggon eines Panzerzuges ebenfalls etwa

dreißig Kisten an ungefähr der gleichen Stelle versenkt worden seien.
Das Problem ist nun, dass nach Kriegsende ebenfalls mit besagter Fähre tonnenweise Trümmerschutt im See versenkt wurde. Durch Abwasserleitungen aus Fürstenberg und Himmelpfort hat sich darüber eine zwei Meter dicke Klärschlammschicht gebildet. Unsere Aufgabe besteht nun darin, diesen Teil des Sees für die Zeit des Einsatzes der Spezialkräfte des Bergungskommandos und der Kampftaucher weiträumig abzusichern."
Ralf und Erich sahen sich mit großen Augen an.
„Geiler Einsatz, Alter", meinte Ralf, „wie hieß der Landsitz von dem Göring gleich noch mal, ‚Sissihall', sagte er grinsend.
„Davon hast du keine Ahnung", konterte Erich ernst.

Richard und Seibert hatten die Befragung abgebrochen.
„Das macht so keinen Sinn, sie sehen doch, dass Frau Schwartz sich emotional in einem Ausnahmezustand befindet", bemerkte Richard, „ich würde vorschlagen, wir setzen das Gespräch nächste Woche fort."
Den Kommissaren blieb nichts weiter übrig, als einzuwilligen.

„Wollen wir uns heute Abend im Le France treffen?" schlug Simond vor, als die drei das Gefängnis verlassen hatten. „Ich werde bis dahin noch ein paar Leute kontaktieren, die uns vielleicht weiterhelfen können. Jetzt wird mir langsam klar, warum die Anfrage bei der Birthler-Behörde nichts gebracht hat. Aber ich habe da so einige Ideen."
„Ich werde mich sofort um die Personenabfrage von diesem Erich Lehmann alias Eisenhuth kümmern, deutschlandweit, aber vor allem nochmal in Traunstein", meinte Renard.
„Und ich bin ganz einfach erst einmal froh, wenn dieser Tag rum ist und nichts passiert", sagte Moulin.
„Wir alle", stimmte Renard zu, „wir alle."

Der Tag war ruhig verlaufen, kein Junge war vermisst gemeldet worden. Renard und Moulin stießen mit ihrem Kastanienbier an, dieser korsischen Spezialität, die im Le France gezapft wurde. Sie waren nun fast sicher, dass der Mensch, den sie gesucht hatten, der für das Verschwinden und vielleicht den Tod von drei Jungen verantwortlich war, selbst tot war.
Es wäre gut, wenn seine Lebensgefährtin noch weitere Hinweise geben könnte, doch das musste man abwarten.
Moulin hatte via Internet versucht, sich mit diesem Wachregiment zu beschäftigen, doch er fand meist nur deutsche Seiten, und was das Übersetzungsprogramm an Deutungen ausspuckte, war alles andere als berauschend.
Auch Renard war bei dem Thema Erich nicht viel weitergekommen. Dieser Mensch existierte ganz einfach nicht, mal ausgenommen von der Zeit in Traunstein zwischen 1984 bis 1986.

Einzig für Simond schien das alles ein stimmiges Bild zu ergeben. Moulin sah auf sein Handy, Simond hatte gerade eine SMS geschickt, dass er sich etwas verspäten würde.
„Was spielt dieser Erich Lehmann, Eisenhuth oder wie auch immer für eine Rolle", sinnierte Renard vor sich hin. „Erinnerst du dich an die Spurenlage, Moulin, in dem alten Fabrikgebäude in den Calanques? Vielleicht war die Idee, die ich hatte, die Verbindung zum Mossad, gar nicht so verkehrt. Also, wenn ich das richtig verstanden habe, war dieses Wachregiment eine Spezialeinheit der Staatssicherheit der DDR. Nun gut, die machen jetzt auch Urlaub in Südfrankreich, lässt sich ja nicht vermeiden."
„Klar", meinte Moulin, „bloß sind die nicht alle auf einmal demokratische Menschen geworden, und wenn das Menschen mit besonderen Fähigkeiten sind, was machen die dann jetzt? Irgendwie beängstigend."
In diesem Moment sahen sie Simond um die Ecke biegen. Sein Outfit zog in diesem kleinen Küstenort fast sämtliche Blicke auf sich, diese langen Rastalocken und der geflochtene Spitzbart. Simond schienen diese Blicke nicht zu stören. Sein Gesichtsausdruck war angespannt, bis er Moulin und Renard entdeckte: „Ihr glaubt nicht, was ich alles herausgefunden habe!" Er vergaß darüber sogar sein sonst übliches Begrüßungsritual.
Moulin und Renard waren so etwas wie gute Bekannte für ihn geworden, ja vielleicht sogar Freunde, die man mit einem ausgedehnten Küsschen rechts und links auf die Wange begrüßt. Die beiden hatten sich zur Begrüßung schon erhoben, aber als sie merkten, dass Simond in Gedanken war, setzten sie sich wieder.

„Unglaublich, das ist völlig irre!" fuhr er euphorisch fort. „Ich habe meine Frankfurter Kontakte aus den Achtzigern aktiviert. Das ist alles andere als einfach. Viele der alten Mitstreiter haben mittlerweile einen Stock im Arsch, äh, Verzeihung, ich meine natürlich, dass die sich ziemlich verändert haben und von den alten Zeiten nichts mehr wissen wollen. Es hat nur mühsam geklappt, aber es hat. Manchmal muss man den Erinnerungen ganz einfach ein bisschen auf die Sprünge helfen, wir hatten ja schließlich alle unsere Schwächen damals, die jetzt, wenn sie bekannt werden würden, nicht mehr so ganz karrierekonform beziehungsweise -fördernd wären. Naja, ich hasse es, mich solcher Spielchen zu bedienen, aber manchmal muss es ganz einfach sein. Ich habe mir bei der Befragung dieser Deutschen diese Kommandoaktionen notiert und speziell danach Erkundigungen eingezogen. Ich habe euch ja schon mal erklärt, dass der Frankfurter Außerparlamentarischen Opposition, vor allem dem harten Kern der Straßenkämpfer, Kontakte zur Roten Armee Fraktion unterstellt wurden. Einige aus der RAF sind erwiesenermaßen damals in der DDR untergetaucht und haben eine allumfassende Staatssicherheitsbetreuung erhalten, und zwar aus folgendem Grund."
Simond schaute seine Gegenüber an und hielt kurz inne.
„Sie verfügten über ein unglaublich gutes Netzwerk von konspirativen Strukturen in der Bundesrepublik Deutschland, Österreich, Frankreich und so weiter. Und nun sind wir wieder bei den Kommandoeinsätzen, Abseits und Katzengold."
„Was darf's denn sein?" fragte Michel.

„Auch so ein Bier bitte", antwortete Simond und wartete geduldig, bis dieser sich wieder vom Tisch entfernt hatte.
„Über ‚Abseits' konnte ich eine Menge in Erfahrung bringen. Es handelte sich um eine geheime Aktion, einen Fußballer der Nationalmannschaft, der aus der DDR geflüchtet war, zurückzuholen. Das war angeblich ein direkter Befehl des Staatssicherheitschefs Mieske persönlich. Der Fußballer ist bei einem Autounfall ums Leben gekommen. Er war zwar alkoholisiert, doch angeblich ist er von einem entgegenkommenden Fahrzeug geblendet worden, als er durch eine enge Kurve fuhr. Nach der Wiedervereinigung kam heraus, dass stellenweise bis zu vierzig Agenten im Westen auf ihn angesetzt waren. Die Akte ist allerdings bei der Birthler-Behörde nicht vorhanden. Und nun wird es richtig interessant. ‚Katzengold', könnt ihr euch erinnern? Auch eine Akte, die Frau Schwartz in dem Versteck gefunden hatte."
„Ja, klar", antworteten Moulin und Renard.
„Katzengold war wirklich früher ein gängiger deutscher Begriff für Bernstein. Es gab auch einige Aktivitäten der Staatssicherheit, eine war am Stolpsee, wo die Kommunisten den Nazischatz Görings vermuteten und Teile des Bernsteinzimmers. Den Tipp hat die Stasi damals von einem Journalisten bekommen und hat daraufhin den halben See ausgebaggert, mit Tauchern abgesucht und nichts gefunden. Bei dem Journalisten handelte es sich ausgerechnet um denjenigen, der dann später dem Fälscher der Hitlertagebücher auf den Leim gegangen ist und diese für den ‚Stern' angekauft hatte.

Die Aktion am Stolpsee hieß allerdings nicht ‚Katzengold', sondern ‚Herbstwind'. Dieser nicht besonders glorreiche Einsatz wurde dann als Übung des, und hier kommt nun die Verbindung zu unseren Männern, Wachregiments ‚Felix Dzierzynski' abgestuft. Und diesem Regiment gehörten Ralf Krüger und Erich Lehmann alias Eisenhuth an. Nach meinen bisherigen Informationen fand die ‚Operation Katzengold' Mitte der achtziger Jahre statt, und zwar im Toten Gebirge im Salzkammergut in Österreich. In der Zeit also, als Ralf Lieblich und Erich Eisenhuth aus der DDR ausgereist sind und in Traunstein in Oberbayern ein Fitnessstudio betrieben haben, bevor sie angeblich auf der Transitstrecke nach Berlin verhaftet wurden. Und warum die in Deutschland keine Akte gefunden haben, scheint nun auch logisch! Dieses Wachregiment war in der Wendezeit zum Schutz der Stasigebäude abgestellt."
Simond schaute in zwei große Augenpaare.
„Jetzt seid ihr platt, was?"
„Das kannst du wohl laut sagen", bekräftigte Renard.
Moulin nickte nur. Er war sprachlos und musste das alles erst einmal sacken lassen.
„So, und nun zu den Feinheiten. Dieses Wachregiment, da kamen ganz normale Leute hin, die sich zu einer Unteroffizierslaufbahn verpflichtet hatten. Die wurden dann in dem Moment der Musterung ausgesiebt. Normal betrug der Grundwehrdienst in der DDR eineinhalb Jahre. Doch wenn man nur normal bei der Nationalen Volksarmee diente, hatte man keine Chance zu studieren. Bei der Musterung zur dreijährigen Unteroffizierslaufbahn war dann immer so ein, heute würde man sagen ‚Headhunter', dabei. Für die

Probanden der erste persönliche Kontakt zur Staatssicherheit. Natürlich wurden sowieso alle, die sich für drei Jahre bewarben, auf Herz und Nieren geprüft, bevor sie verpflichtet wurden.

Dieses Wachregiment hatte sich dann schon als so eine Art Elite gefühlt. Aber für die meisten endete die militärische Laufbahn nach drei Jahren. Sie waren der Stasi dann in ihren Betrieben oder ihrem privaten Umfeld, sagen wir mal, hilfreich. Meist als Führungsoffiziere der inoffiziellen Mitarbeiter. Aber das führt jetzt alles zu weit. Nur ungefähr ein Prozent schaffte es als Agent in den Auslandsdienst und wurde dann noch spezialisiert.

Ich glaube, das macht alles einen Sinn, wenn man unseren Fall unter diesen Gesichtspunkten noch mal neu betrachtet. Unser Problem war, dass dieser Ralf Krüger sich nie selbst auf den Campingplätzen angemeldet hat, sondern nur seine Lebensgefährtin, Frau Schwartz. Das ist der große Fehler im System, die fehlenden Meldevorschriften für Mitreisende."

„Nun lass mal die Kirche im Dorf, Simond. Du willst uns doch hier nicht erklären, dass du für mehr Meldevorschriften bist, ausgerechnet du, der Chef der Wildcamper und Befürworter des Jedermanns-Rechtes", konterte Renard.

„Nein, natürlich nicht, zumindest nicht privat", meinte Simond. „Dienstlich jedoch wären wir dem Krüger vielleicht aber auf die Schliche gekommen, wenn es diese Vorschrift gäbe."

„Ich bin da ganz bei dir, Simond", sagte Moulin, „aber das funktioniert vielleicht in Deutschland, jedoch nicht bei uns. Auf manch einem Campingplatz in der Provinz wird überhaupt kein Ausweis verlangt, noch nicht mal einer. Paris ist weit weg, heißt es meist nur, wenn man den unaufgefordert vorzeigt, mit einer abwinkenden Aufforderung, ihn wieder wegzustecken."

„Nun gut, wir lassen uns ganz einfach von Frau Schwartz bei der nächsten Befragung eine Route erstellen, ein Bewegungsprofil über den Sommer und gleichen die Fälle der Vermissten und Belästigungen mit den Fakten ab", schlug Renard vor.

„Dann können wir den Fall abschließen", meinte Moulin.

„Das glaube ich nicht", erwiderte Simond. „Die Spurenlage in dem Industriegebäude muss noch abschließend geklärt werden. Und die könnten uns den Link zu diesem Erich liefern. Vielleicht ein Spezialist für Tatortbereinigung. In einem amerikanischen Thriller würde man ihn ‚Cleaner' nennen. Aber mit welchen Mitteln genau die bei der Stasi gearbeitet haben, diese Info bekomme ich noch. Fakt ist, den müssen wir finden."

„Das auf jeden Fall. Aber wie?" Renard war skeptisch. „Bei den deutschen Behörden ist weder Eisenhuth noch Lehmann momentan irgendwo gemeldet. Da können wir auch nur hoffen, dass diese Frau Schwartz beim nächsten Befragungstermin uns dabei vielleicht auch weiterhelfen kann. Ich würde vorschlagen, wir machen ein Brainstorming über die noch offenen Fragen, die wir an Frau Schwartz haben, und schicken die schon mal vorab an den Anwalt."

Moulin holte seinen kleinen Block und einen Kugelschreiber aus der Jackentasche: „Na, dann lasst uns gleich anfangen."

Alle drei prosteten sich zu und begannen Fragen zu formulieren, die Moulin zu Papier brachte. Zwischendurch blickte er immer wieder auf den vor ihm liegenden Hafen mit den kleinen Fischerbooten, die auf den Wellen tanzten und sich mit ihren Fendern gegenseitig anstupsten, wie um sich zu ermahnen, es nicht zu toll zu treiben, um die Ruhe an diesem wunderschönen Ort nicht zu stören, der immer noch im Halbschlaf der Vorsaison lag. Aber das Wetter hatte sich gebessert, der Regen nachgelassen, und die Sonne eroberte sich Stück für Stück die Vorherrschaft am Himmel zurück. Für das kommende Wochenende schien es, dass es mit der Ruhe vorbei sein würde. Aber mittlerweile erschien dieser Ort Moulin so viel lebenswerter als Marseille, obwohl es ihm Cassis am Anfang nicht so leichtgemacht hatte.

Ralf hielt an dieser alten Eiche an und schaute ehrfürchtig zu der riesigen Krone, in der sich nun langsam die Blätter zu verfärben begannen. Ralf und Erich waren zu Gruppenführern aufgestiegen. Beide wussten, dass das durchaus ungewöhnlich war, so kurz nach der Grundausbildung, aber sie hatten sich auch reingehängt, vor allem beim Jiu-Jitsu, diesem Kampfsport, wo sie eindeutig zu den Besten gehörten.
Die Blätter zeugten von den ersten Nachtfrösten, die schon mit einer ziemlichen Regelmäßigkeit auftraten. Aber noch war Sommeruniform befohlen, diese praktische Einstrich-

Keinstrich, die in den Morgenstunden allerdings schon etwas zu kalt war.

Ralf rückte den teleskopierbaren Schlagstock zurecht, der aus der Halterung am Koppel zu rutschen schien. Es war schon als robuster Einsatz proklamiert worden, dieser Kommandoeinsatz „Herbstwind". Gerade die Krebsbucht mit ihren angrenzenden steilen Uferabschnitten war bei Anglern schon sehr beliebt gewesen. Klar konnte er verstehen, dass die nun sauer waren, aber Befehl ist halt Befehl und er, Ralf, war nun verantwortlich für die Bewachung dieses Abschnittes. Erich hingegen war am Siggelhafen in Fürstenberg zur Sicherung des Stadtwäldchens eingeteilt, was bei der Bevölkerung auch nicht gerade Begeisterungsstürme auslöste, als dieser großflächig abgesperrt wurde.

Es sollte halt keiner mitbekommen, wie die schweren Kettenbagger auf die Eisenbahnfähre geladen wurden. Der Bevölkerung war sowieso klar, was hier passierte. Das konnte Ralf den Kommentaren vereinzelter Angler entnehmen, die er anfangs zurückschicken musste. Mittlerweile hatte es sich herumgesprochen, dass diese idyllische Bucht und der halbe See weiträumig abgesperrt waren. So richtig wollte sich halt niemand mit der Staatsmacht anlegen. „Ihr macht doch sowieso was ihr wollt, was können wir schon dagegen tun", so ein vereinzelter mutiger Kommentar.

Auch der ortsansässige Anglerverein hatte sofort seine Unterstützung bei der Übung zugesagt, indem man bei der nächsten Mitgliederversammlung die genauen Betretungsverbotszonen nochmals besprechen wollte. So

gesehen war das eine recht einsame Aufgabe, die Ralf, Erich und die Kameraden zu erledigen hatten, denn wie immer fügte sich die Bevölkerung ihrem Schicksal.
In vier Wochen würden die Kampftaucher aus Prora kommen. Das sollten ganz harte Hunde sein. Bis dahin wollte man den ganzen Schlick und Bauschutt weitgehend entfernt haben. „Dann wird es bestimmt spannender", tröstete sich Ralf selbst. Am meisten störte ihn allerdings, dass hier die Trainingsmöglichkeiten schon sehr eingeschränkt waren. Noch konnten sie im Freien trainieren, aber allzu lange konnte dieser Einsatz ja eh' nicht dauern.

Richard hatte die letzte Woche noch drei Sitzungen angesetzt. Er hatte sich, natürlich mit Reginas Einverständnis, die Akten ihres damaligen Aufenthaltes in der Entziehungsanstalt kommen lassen. Es war schon traurig, diese Biografie zu lesen, wie viele andere auch, aber diese machte ihn schon besonders nachdenklich.
Immer wenn Menschen glaubten, es geschafft zu haben, das Leben sich geordnet, seine Bahn gefunden hatte, die zielstrebig in die richtige Richtung wies, dann waren die Rückschläge am härtesten, am brutalsten. Richard sinnierte über diesen Ralf nach, der nun tot war, er hatte sich für einen Moment dazu hinreißen lassen, zu denken „zu recht". Dabei

wusste er, dass das zu kurz gegriffen war. Auch dieser Ralf war ein Produkt seiner Kindheit, seiner Jugend, und leider war es so, dass die meisten Täter früher auch Opfer waren. Meist in einer Zeit, in der ihr Urvertrauen auf das schändlichste missbraucht wurde, häufig von Betreuern oder der eigenen Familie. Als die Missbrauchsfälle in den Kirchen publik wurden, hatte er für einen kurzen Moment den Eindruck, es würde sich etwas in dem Verständnis der Leute ändern. Sie sensibler machen auch für die Nöte von Opfern und den Tätern. Aber schon bald waren die Stammtischparolen zurück.

Er hatte es aufgegeben, sich zu rechtfertigen für das, was er tat, in die Gefängnisse zu gehen und sich um Täter zu kümmern. Es reichte ihm zu wissen, dass er vielleicht dem einen oder anderen Menschen helfen konnte. Bei dieser Regina war der Wunsch stärker als sonst, er wusste nicht, warum. Es war so etwas wie Chemie, Sympathie oder auch nur die fürchterliche Frau Doktor Rose, vor der er sie beschützen wollte.

Bei Regina kamen die Erinnerungen zurück, sie arbeitete mit, ließ sich ein. Sie hatten nun schon die meisten Fragen abgearbeitet, die er von Anwalt Seibert erhalten hatte. Fragen, die dieser Moulin und seine Kollegen vorab formuliert hatten, um die es in der nächsten Befragung gehen sollte. Sie hatten die Routen des letzten und vorletzten Sommers durch Südfrankreich rekonstruiert, zumindest fast. Die Aufenthalte, die durch ihre Meldedaten auf Campingplätzen belegt wurden, waren die einfachen Termine im Puzzle. Aber da waren noch die zahlreichen Aufenthaltsorte, an denen sie auf diesen kostenlosen

Wohnmobil Stellplätzen übernachtet hatten. Doch langsam fügte sich alles zusammen, die Belästigungen von den Jungen in Chamonix vorletztes Jahr und Ralfs Verhalten an dem Spielplatz, und auch, dass seine Ex-Frau Bärbel ihn drei Wochen nach der Adoption seines Sohnes verlassen hatte.

Sie hatte die ganzen Jahre mit einem Pädophilen zusammengelebt, ohne es zu merken. Nun machten auch die Tabletten Sinn, die er die ganzen Jahre lang eingenommen hatte, die ihm ein halbwegs normales Leben ermöglichten, zwar den „Reaktor" abgeschaltet hatten, aber seine Knochen zerstörten.

Sie hatte nach der ersten Sitzung eingewilligt, sich unter Hypnose befragen zu lassen. Immer mehr Details aus diesen Akten, die sie in dem Camper hinter der Fußleiste gefunden hatte, fielen ihr ein. Und je mehr sie wusste, umso mehr machte sie sich Vorwürfe über ihre Blindheit, die ihrer Liebe zu Ralf geschuldet war und die unvermeidlich in die Katastrophe geführt hatte, für die sie sich nun verantworten musste.

Aber was Erich betraf, wurde ihr immer mehr klar, dass sie gar nichts über ihn wusste. Dieser Mensch war ein Mysterium. Jedoch in einem Punkt war sie völlig sicher, sie hatte ihn gesehen in diesem Moment, der noch immer im Dunkeln lag. Er hatte diese Akte in der Hand und ist damit verschwunden. Das war Erich, auch wenn er versucht hatte, sich bis zur Unkenntlichkeit zu verändern. Sie hatte zwar nur kurz seine Augen gesehen, aber sie war sich sicher.

Ihr wurde nun auch bewusst, dass Erich sie und Ralf wahrscheinlich nicht freiwillig besucht hatte in diesem Teil der Welt, in dem er sich noch immer nicht zu Hause fühlte, der für ihn immer noch das Nichtsozialistische Ausland mit seiner Dekadenz und der Gier nach immer mehr und vor allem dem Fehlen jeglicher Ideale war.

„Jeder Mensch hat hier seinen Preis", hatte er immer argwöhnisch bemerkt. Aber welchen Preis hatte er, hatte er es die ganze Zeit auf diese Akten abgesehen, die ihm Ralf versprochen hatte für etwaige Gegenleistung? „Spezialist für Tatortbereinigung" hatte sie in der Akte gelesen, und Ralf, der „Rückführungsspezialist". Unter Hypnose hatte sie die Akten so deutlich vor Augen, als hielte sie diese immer noch in den Händen.

Was hatte Erich mit dem Verschwinden dieser Jungen in Cassis zu tun, hatte er Ralf geholfen? Wie dumm war sie eigentlich gewesen! Wieviele eindeutige Signale hatte sie nicht verstanden, nicht verstehen wollen. Je mehr sie sich erinnerte, umso trauriger wurde sie, aber auch entschlossen. Wenn sie Ralf getötet haben sollte, würde sie in vollem Umfang dafür geradestehen, ohne Wenn und Aber.

Der Winter war spät gekommen, aber dafür umso heftiger. Es hieß, die Übung würde abgebrochen, sobald das Eis auf dem See zu dick würde, sodass die Eisenbahnfähre mit ihren schwachen 40-PS-Motoren es nicht mehr schafft, dieses zu brechen. Die euphorische Stimmung war abgeebbt, nachdem man so gar nichts gefunden hatte, die ganzen fünf Monate lang. Noch ein, zwei Wochen maximal, dann würde hier Schicht sein.

Der ganze Klärschlamm wurde in der Nähe der Bootshäuser an der Siggelhavel gelagert, nachdem er grob durchgesiebt war, und stank gen Himmel. Bis auf Schrott, alte Fahrräder und jede Menge Bauschutt war nichts zum Vorschein gekommen.

Noch einmal kamen Vermessungstechniker, um die Koordinaten zu überprüfen, und ein neues Feld wurde nochmals mit Bojen markiert. Die Fakten müssen noch mal neu interpretiert werden, hieß es. Es konnte nicht sein, dass man überhaupt nichts gefunden hatte, keine Reste von Kisten, selbst wenn diese durch das Aufbringen von Bauschutt zerstört worden wären, müsste man doch zumindest Teile davon finden.

Kurz vor Weihnachten, als Generalmajor Mieske persönlich vorbeigekommen war, um sich vom Stand der Sache zu überzeugen, waren Ralf und die ganze Truppe noch guter Stimmung. Der oberste Dienstherr kommt doch nicht für umsonst vorbei, sie mussten also kurz vor dem großen Durchbruch stehen.

Doch jetzt, Ende Januar glaubte keiner mehr daran, etwas zu finden. Ralf hatte Sehnsucht nach Berlin. Die Kontrollgänge in seinem Abschnitt waren eigentlich nur noch pro forma notwendig. Die Bevölkerung traute sich gar nicht mehr in die Nähe des Sperrgebietes, nachdem man am Anfang ein, zwei Mal Exempel statuieren musste bei diesen hartnäckigen Anglern, die meinten, sie hätten für das ganze

Jahr Beiträge bezahlt und wollten die auch abangeln. Seitdem war Ruhe.

„Guten Morgen, Madame Schwartz", tönte es fast einstimmig von der gegenüberliegenden Seite des Tisches in dem Besucherraum, an dem Regina, ihr Anwalt Seibert und ihr Therapeut Richard gerade Platz genommen hatten. Regina war überrascht, welche Freundlichkeit ihr entgegengebracht wurde. Das hatte sie so nicht erwartet.
Sie war die letzten Tage in den Sitzungen mit ihrem Therapeuten an ihre Grenzen gegangen, und je mehr ihr nicht zuletzt durch die Hypnose klar wurde, umso schlechter fühlte sie sich. Sie hatte das Gefühl, jeder könne ihr ansehen, wie unglaublich naiv sie gewesen ist, ja dumm, was Ralf betraf. Doch dann diese freundlichen, erwartungsvollen Blicke der drei Polizisten.
„Wir haben ihre schriftlichen Angaben zu ihren Aufenthaltsorten der letzten zwei Jahre in Südfrankreich überprüft", begann Moulin. „Die von uns ermittelten Zwischenfälle bezüglich der Belästigungen von Kindern und dem Verschwinden zweier Jungen decken sich nahezu ausnahmslos. Wir müssen davon ausgehen, dass wir es bei ihrem Lebensgefährten Ralf Krüger beziehungsweise Ralf Lieblich, wobei wir mittlerweile überzeugt davon sind, dass

es sich um ein und dieselbe Person handelt, mit der gesuchten Person zu tun haben, die für diese Delikte verantwortlich ist. Was noch zu klären wäre, ist, welche Rolle Erich Eisenhuth alias Erich Lehmann in diesen Fällen spielt. Dabei interessieren uns vor allem die Aufenthalte in Cassis im letzten und vorletzten Jahr, als er jedesmal exakt zwei oder drei Tage nach Verschwinden der Jungen auf dem Campingplatz eingecheckt hat. Haben sie in diesen Zeiträumen Beobachtungen gemacht, die darauf schließen lassen, dass Herr Eisenhuth etwas mit diesen Fällen zu tun hat?"

Regina schaute Moulin fragend an: „Ich verstehe nicht, was sie meinen."

Renard ergriff das Wort: „Ja, Frau Schwartz, sie erwähnten doch bei unserem letzten Zusammentreffen diese Akten, die sie in ihrem Wohnmobil gefunden haben."

„Ja, das Wohnmobil gehört gar nicht mir, sondern Ralf. Er hatte mich nur gebeten, es auf mich zuzulassen." In dem Moment, als sie den Satz zu Ende sprach, liefen ihr Tränen über die Wangen. Sie hatte immer gedacht, das hätte was mit der Paranoia zu tun, die sein früherer Job so mit sich brachte, Geheimdienst halt. Aber auch in diesem Fall war sie zu blind gewesen, einfach zu doof.

„Sie haben damals erwähnt, in den Akten etwas von den Kommandoeinsätzen von Ralf Lieblich und Erich Eisenhuth gelesen zu haben", fragte Renard nochmals detaillierter.

„Ja", antwortete Regina leise, „Erich war dabei Tatortbereiniger, glaub' ich zumindest."

Renard ging nochmal die Spurenlage in Cassis durch den Kopf.

Simonds Blick wurde fokussierter, er fragte: „Können sie sich vorstellen, dass Erich Ralf geholfen hat, die Leichen der Jungen wegzuschaffen oder zu beseitigen?"
Regina fing noch mehr an zu weinen, sodass Richard eine besorgte Miene aufsetzte und sie fragend ansah.
„Erich ist in der Nacht nach seiner Ankunft verschwunden, ist mit seinem Rucksack über den Zaun geklettert, und am nächsten Tag haben wir zu dritt eine Wanderung zu den Calanques gemacht und die beiden, Ralf und Erich, haben sich die Ermittlungsarbeiten von der Ferne recht interessiert angeschaut. Damals habe ich gedacht, es wäre rein berufliches Interesse, von früher", sagte Regina schluchzend. „Abends waren wir noch feiern, und Erich hatte noch öfter erwähnt, dass er Ralf jetzt nichts mehr schuldet."
Simond hakte nochmals nach: „Und Ralf, wissen sie noch, was der für eine Funktion bei den Kommandoeinsätzen hatte?"
„Ja", antwortete Regina zögerlich, „ich glaube, er war Rückführungsspezialist. Das habe ich in der Akte ‚Abseits' gelesen. Da sollten die beiden einen Nationalfußballspieler der DDR zurückholen, der bei einem Spiel im Westen geblieben ist, einen Lutz oder so."
Renard schaute einen Moment mit ungläubigem Blick.
Simond hatte als erster die nächste Frage im Kopf. Doch bevor er loslegte, schaute er noch einmal zu seinen Kollegen. Moulin sah aus, als hätte er den Faden verloren, Renard kramte wahrscheinlich noch immer in seinen Erinnerungen bezüglich des Fußballers, so fing er an: „Regina, wir

brauchen Informationen über diesen Erich bezüglich früherer Wohnorte und wo er sich jetzt aufhält."

„Wo er jetzt wohnt, habe ich keine Ahnung", antwortete sie. „Früher in den Siebzigern hat er mal in einem Viertel in Eisleben gewohnt, das abgerissen wurde, das war Senkungsgebiet, die Häuser waren einsturzgefährdet. Danach, keine Ahnung, wie die Straße hieß, weiß ich auch nicht mehr, tut mir leid."

„Okay", sagte Simond und nickte, „sonst wissen sie gar nichts?"

„Nein, tut mir leid", sagte Regina, „außer vielleicht noch sein Auto und der Zeltanhänger, ein Lada Niva und so ein Klappfix."

„Das haben wir schon ermittelt, allerdings ohne Erfolg, auf den Namen Erich Eisenhuth alias Lehmann oder wie auch immer sind keine Fahrzeuge jedweder Art zugelassen. Sämtliche Fahrzeughalter von Lada Niva und diesen Zeltanhängern werden derzeit von den deutschen Kollegen überprüft. Gut", schloss Simond, „ich hätte momentan keine Fragen mehr."

Er blickte nochmals zu Moulin und Renard, die zwar aussahen, als hätte sie noch jede Menge offene Fragen, aber dabei den Kopf schüttelten.

„Nein, wir auch nicht", sagten beide und nickten zustimmend.

„Ach, eine Frage hätte ich noch", meinte Simond, „die Kontaktaufnahme zwischen Ralf und Erich geschah ausschließlich über ihr Handy? Ich meine über das, was wir bei ihnen sichergestellt haben?"

„Ja, warum?", fragte Regina.

„Wir haben da eine Prepaid-Nummer gefunden, die zeitnah zu dem Auftauchen von Erich gewählt wurde, die ist allerdings nicht registriert und derzeit abgeschaltet. Danke, Frau Schwartz, wenn wir noch mehr brauchen, melden wir uns."

Ralf und Erich saßen im „Sargdeckel" in Halle an der Saale und prosteten sich zu. Der „Deckel", wie er im Volksmund einfach hieß, war ein beliebter Treffpunkt der halleschen Szene der achtziger Jahre und durch die Nähe zum Theater der perfekte Platz, um nach Feierabend, während der Pausen zwischen den Vorstellungen oder danach ein Bier zu trinken oder etwas zu essen. „Das Essen ist geil" hatte ihnen ihr Kollege Enrico gesagt, als er sie das erste Mal in ihre „Kantine" mitgenommen hatte. Rolf, der Wirt, hatte beide am Anfang argwöhnisch betrachtet, doch nachdem Enrico sie als neue Kollegen vorgestellt hatte, wurde sein Blick sanfter und entspannter.
Rolf führte seine Kneipe selbständig mit seiner Frau, keinesfalls normal zu dieser Zeit. Die Mangelwirtschaft hatte in der restlichen Gastronomie ihre Spuren hinterlassen, aber hier war die Qualität gleichbleibend gut und vor allem war alles günstig. Auch das Bier war immer frisch, durchaus keine Selbstverständlichkeit.

Aber Bier schmeckte Ralf nicht sonderlich, nicht mehr, im Gegensatz zu früher. Bevor er zum Wachregiment eingezogen wurde, hatte er schon gern mal das eine oder andere getrunken. Doch damit war die ganzen Jahre Schluss gewesen. Er hatte seine Ziele so konsequent verfolgt, dass für solche Eskapaden kein Raum mehr war. Sport war seine neue Droge geworden, die jede freie Minute ausfüllte, zusammen mit Erich, meist bis spät abends, bis sie die absolut Besten waren. Aber Erich hatte das mit dem Bier nie so ganz sein gelassen. Nun ja, er war der Lockere von beiden geblieben, zumindest was das betraf. Vom ideologischen Standpunkt aus war er der Hardliner, der Verbissene.

So hatten beide ihr „Päckchen" zu tragen, was ihren zweiten großen Einsatz betraf. Ralf musste sich mit dem Kneipenleben anfreunden und Erich mit dem Gesülze dieser Kunden, dieses langhaarige Gesochse, wie er es immer nannte.

Sie hatten in der Barfüßer Straße als Wohngemeinschaft eine Wohnung bezogen. Die Einrichtung war spartanisch, meist vom Flohmarkt, war ja authentisch und eh' nicht für lange. Erich hatte sich einen Bart stehen lassen, er war nun ZZ-Top-Fan, so seine Legende. Ralf hatte sich aus dem Rocklexikon, welches sie zur Verfügung gestellt bekommen hatten, die Bands „Yes" und „Ten Years after" ausgesucht, die er bei Gesprächen über Musik, die in diesen Kreisen üblich waren, als Favoriten angeben konnte.

Ansonsten waren die Legenden denkbar einfach. Sie entsprachen fast eins zu eins ihrem Lebenslauf, nur die Zeit beim Wachregiment existierte nicht und ihre Nachnamen hatten sich geändert. Ralf hatte sich seine Haare wieder wachsen lassen und sich an seiner alten Marotte orientiert, seine Hemden immer mit einem Knopf versetzt zuzuknöpfen.

Bei den regelmäßigen Treffen im „Café Corso" wurden sie von ihrem Führungsoffizier dementsprechend abgefragt. Das Corso war eine Popperdisco und tagsüber normales Café, wo demnach die Möglichkeit recht eingeschränkt war, dass sie jemanden von ihrer neuen Klientel trafen. Kunden und Popper, das passte nicht zusammen, so war es recht unwahrscheinlich, dass ihre Treffen an diesem Ort ihren neuen Kollegen auffielen.

Ihr Kontaktmann hatte ihnen nun eines dieser begehrten B93 Tonbandgeräte mitgebracht, mit entsprechenden Bändern und Boxen, welches sie nun aus dem braunen Wartburg Kombi ausluden, der diskret in einer Nebenstraße vor dem Stadtbad geparkt war, um es in ihre neue Wohnung zu bringen. Dieses Utensil war, falls sie Besuch bekämen, in Kundenkreisen unverzichtbar, hieß es.

Ralf fluchte innerlich, als ihm ständig beim Tragen des Kartons der Pony seiner Haare ins Gesicht fiel, die sich immer noch nicht hinter den Ohren fixieren ließen. Überhaupt, die Haare wachsen lassen, am Anfang hätte er fast einen Vogel gekriegt, als diese auf den Ohren anstießen. Aber Einsatz war Einsatz! Und dieser war von der ausgerufenen Brisanz und Geheimhaltungsstufe anscheinend extrem wichtig, vermuteten beide, mehr wussten sie noch nicht.

Doch bei dem letzten Treffen mit ihrem Führungsoffizier bekamen beide den Befehl, einen Ausreiseantrag zu stellen. Das Blatt mit der Vorgehensweise einschließlich subversiver Begründung hatten sie danach befehlsmäßig im Ofen verbrannt. Aber eine Sache fiel beiden besonders schwer, sie mussten sich ihren angewöhnten Berliner Dialekt abtrainieren. Es durfte absolut keine Verbindung nach Berlin und schon gar nicht zu ihrer militärischen Ausbildung hergestellt werden können. Bei einigen Wörtern war das alles andere als einfach.

Ralf dachte, während er den Karton mit dem Tonbandgerät auspackte, über seinen ersten Einsatz nach, kurz nach seiner Ausbildung, und dann gleich diese Aufgabe. Als er dann von seinem Dienstherrn die Auszeichnung verliehen bekam und dessen Nichte Bärbel kennengelernt hatte. Das war schon ein besonderer Moment gewesen. Kurz danach die Heirat und die Genehmigung, dass sie ein Kind adoptieren durften. Alles fügte sich, und vor allem so schnell.

Naja, wenn er ehrlich zu sich selbst war, Bärbel vermisste er nicht sonderlich, aber seinen Sohn umso mehr, das nächste freie Wochenende hatte er sich vorgenommen, ihn zu besuchen. Er wollte nochmal seinen Führungsoffizier um Erlaubnis bitten. Nichts sollte den Einsatz gefährden, obwohl er und Erich noch nicht wussten, welche Aufgabe auf sie wartete und wie lange es dauern würde. Seinen Sohn Günter wollte er auf jeden Fall noch einmal sehen. Er hatte in der kurzen Zeit, die er bei ihnen war, das innige Gefühl von einer Verbundenheit erfahren, die bei ihm die freudige Erwartung auf das nächste Wochenende hervorrief.

Aber heute Abend waren sie erst einmal mit Kollegen im „Deckel" verabredet. Sie hatten beim letzten Treffen so einen lustigen Wettstreit begonnen. Sie gingen vorher noch zusammen in die Sauna, und wer als erster danach in der Kneipe pinkeln musste, hatte die Runde zu zahlen.

Diese scheiß Sauferei und der ganze Quatsch drumherum, das war nicht seine Welt, dachte sich Ralf. Doch die Kontakte zur subversiven Szene sollten verstärkt werden. „Legendenbildung" hieß es nur knapp zur Begründung.

Erich sah das Feiern entspannter. Er konnte ganz einfach mehr ab. Aber bei gewissen Themen hatte Ralf stets den Eindruck, dass der manchmal fast aus den Strümpfen kam, zumindest er erkannte das. Nach diesen Abenden drangsalierte Erich den Sandsack in ihrer Wohnung meist dermaßen, dass Ralf schon Befürchtungen hatte, der Deckenhaken, den sie äußerst stabil an einem der freiliegenden Balken verankert hatten, könnte diesen Belastungen nicht gewachsen sein.

Ihr Einsatz, der noch nicht mal ganz ein Jahr zurücklag, war nicht optimal gelaufen. Die geplante Rückführung des Fußballspielers war an der Schwere seiner Verletzung gescheitert, die dieser sich durch den Unfall zugezogen hatte. Die Vorbereitung hingegen war wie ein Schweizer Uhrwerk abgelaufen. Als er dann gezwungen war, umzudisponieren, die Sache dort zu Ende bringen musste, hatte er an seinen Führungsoffizier gedacht: „Freiheit ist die Einsicht in die Notwendigkeit!" Es war notwendig, diesen arroganten Republikflüchtling zu eliminieren, er war nicht mehr transportfähig gewesen. Insofern hatte er ihm eigentlich einen Gefallen getan. Das, was ihn zu Hause erwartet hätte, wäre um ein vielfaches schlimmer gewesen. Generalmajor Mieske hatte vor, an ihm ein Exempel zu statuieren.

Als das Genick des Verletzten brach, durchflutete Ralf ein wohliges Gefühl, welches das Adrenalin erzeugte. Nicht mehr und nicht weniger. Er war süchtig nach diesem Gefühl, vom ersten Moment an, an dem er es das erste Mal erfahren durfte, als Belohnung für seine ganze Schinderei der Ausbildung und des Sports.

Auf der Rückfahrt von Marseille nach Cassis war die Stille, die sich im Wagen breitmachte, fast schon erdrückend. Moulin und Renard sah man an, dass sie die Befragung von Regina Schwartz nachhaltig beschäftigte. Einzig Simond auf der Rückbank genoss den grandiosen Ausblick, den diese schöne Küstenstraße bot. Es war einfach faszinierend, welche Ruhe dieser Landstrich ausstrahlte, obwohl in manchen Kehren für einen kleinen Moment noch die Silhouette von Marseille zu erkennen war.
Simond bekam Hunger. Er war für seine Verhältnisse viel zu zeitig aufgestanden, und bis auf einen Espresso und eine Zigarette, die er immer noch selbst drehte, hatte er noch nichts zu sich genommen.
„Lasst uns doch in Cassis zum Hafen fahren und etwas essen gehen", brach Simond das Schweigen. „Es wäre von Vorteil, wenn wir uns noch mal gemeinsam Gedanken machen, wie und ob wir weitermachen wollen."

„Gute Idee", antwortete Renard.
Moulin war gerade damit beschäftigt, eine Gruppe Rennradler zu überholen, die das schöne Wetter für eine Ausfahrt nutzten. „Okay", sagte er nickend, nachdem der den Überholvorgang beendet hatte. „Ich würde vorschlagen, wir fahren gleich bis zur Polizeistation in die Tiefgarage, da können wir uns die Suche nach einem Parkplatz sparen. Das ist um die Mittagszeit immer ätzend."
Sie fuhren an dem Campingplatz vorbei, der sich langsam zu füllen begann. Simond hatte instinktiv versucht, einen Blick auf verdächtige Fahrzeuge zu erhaschen, was im Vorbeifahren und nicht zuletzt durch die ihn eingrenzenden Mauern unmöglich war.
Moulin hatte noch die Magnetkarte vom letzten Jahr und stellte erfreut fest, dass diese noch immer funktionierte. Er hatte keine Lust auf die Fragen der Kollegen, die zweifelsfrei kommen würden und die sie noch nicht endgültig offiziell beantworten konnten. Er stellte sich auf die freie Parkfläche für Besucher und verschloss den Wagen, nachdem alle ausgestiegen waren. Es fühlte sich nicht nach dem spektakulären Erfolg an, von dem er immer geträumt hatte, als er hier letztes Jahr erneut die Ermittlungen aufgenommen hatte. Dementsprechend war er ziemlich froh, dass er und seine Kollegen unbemerkt an dem Empfang der Polizeistation vorbeikamen.
Der Hafen mit seinen Restaurants und Bars war schon sehr gut besucht. Sie entdeckten auf der Terrasse vom Le France, das sie wie selbstverständlich ansteuerten, keinen freien Platz mehr und beschlossen, weiterzugehen. Im „8½" war noch ein Tisch in der Sonne hinter dem Windschutz frei, an

dem sie Platz nahmen. Die Auswahl an Pizza und Crêpes war gut und die Bedienung freundlich. Die drei entschieden sich zu bleiben. Nachdem sie bestellt hatten, begann Moulin zu resümieren.

„Okay Kollegen, versuchen wir, die Ermittlungen zusammenzufassen." Er schaute Renard und Simond erwartungsvoll an. Als keiner der beiden Anstalten machte anzufangen, begann er selbst.

„Also, ich bin mir sicher, dass der tote Ralf Krüger unser Mann ist. Die Fakten sprechen, meiner Meinung nach, eindeutig dafür. Da gebe ich dir recht. Allerdings hat die Spurenlage in Cassis für meine Begriffe noch zu viele unklare Fakten."

„Genau", brachte sich nun Simond ein. „Ich bin der festen Überzeugung, dass dieser Eisenhuth eine noch ungeklärte Rolle in diesem Fall spielt, und was für mich noch interessanter wäre, ist dieser Kommandoeinsatz Katzengold. Unsere zwei Verdächtigen haben ja nun zweifelsfrei eine Stasi-Karriere der besonderen Art vorzuweisen. Ich bin mir sicher, dass diese nach, sagen wir mal, nicht rechtsstaatlichen Kriterien abgelaufen ist. Priorität hat nach meiner Meinung eine Fahndung nach diesem Eisenhuth, und dafür wäre es hilfreich, die Unterstützung durch Interpol einzufordern."

„Meinst du nicht, dass wir bei Europol besser aufgehoben wären?" gab Moulin zu bedenken.

„Nein, glaube ich nicht. Die bearbeiten ja vorrangig Organisiertes Verbrechen, Waffenhandel, Drogenhandel und Kinderpornografie. Und wollen wir diesem

Wachregiment unterstellen, eine terroristische Organisation zu sein?"

„Mitnichten", meinte Renard, „aber wir können durchaus davon ausgehen, dass es noch Kontakte und Beziehungen zwischen den einzelnen Personen gibt."

„Was ich auch nicht unwesentlich finde", argumentierte Simond erneut, „Lyon ist ganz einfach näher als Den Haag. Und ein persönlicher Kontakt ist immer hilfreicher als ausschließlich telefonisch oder über Internet. Und, wenn ich noch mal was Persönliches mit einbringen dürfte ..."

Moulin und Renard sahen Simond interessiert an.

„Es wäre seit langem mal wieder eine Aufgabe, die mich reizen würde. So sehr, dass ich mir vorstellen könnte, dafür in Vollzeit in den Dienst zurückzukommen. Seien wir mal ehrlich, wer hat noch nicht vom legendären Bernsteinzimmer gehört oder gelesen, wo es sich angeblich überall befinden würde. Lasst uns das gemeinsam machen. Diesen Eisenhuth müssen wir finden, um unseren Fall endgültig abzuschließen, und der Rest, schauen wir mal. Ich würde vorschlagen, wir setzen uns heute am Nachmittag daran, unsere Berichte zu schreiben, sie abzustimmen und zusammenzufassen und an unsere Vorgesetzten weiterzureichen."

„Okay, so machen wir das."

Moulin war immer noch am Fluchen, als sie in Lyon auf dem Parkplatz vor dem Haupteingang des riesigen glasverkleideten Gebäudes von Interpol ausstiegen.

„Dieser scheiß Blitzer!" schimpfte er nochmals, „den habe ich doch glatt übersehen!"

Renard und Simond mussten schon die ganze Zeit grinsen. So kannten sie ihn nicht, den übergenauen Moulin, der sonst perfekt funktionierte. Aber diese Laissez-faire-Einstellung, die in den letzten Monaten durchblitzte, machte ihn nicht unsympathischer, ganz im Gegenteil.

„Erinnert ihr euch, die haben doch gesagt, diese Maut wird nur solange kassiert, bis die Autobahn abbezahlt ist, und was ist? Sie existiert immer noch und wird ständig erhöht, mal nicht zu reden von den ganzen Staus vor den Mautstationen. Diese alten Blitzer hat man ja schon kilometerweit vorher angekündigt und dann noch die Kanten mit diesem reflektierenden gelb-schwarzen Band abgeklebt. Das war ja noch fair. Aber diese neuen Hightech-Säulen sehen aus wie Straßenlaternen, und eine Warnung gibt es auch nicht mehr. Man wird nur noch geschröpft."

„Das ist doch nur, damit der französische Staat sich dein hohes Gehalt leisten kann", sagte Simond schmunzelnd.

„Das kann jetzt auch nur von dir kommen", konterte Moulin.

„Dieser Verkehr hier, genauso schlimm wie in Marseille, ich glaub sogar noch mehr", warf Renard als Kommentar ein.

„Hier, schau mal, Moulin, diese Kameras haben auch Ähnlichkeiten mit den neuen Blitzern", schob er noch hinterher und deutete auf den hochgesicherten Eingang.

„Also, renn nicht so am Eingang, sonst bekommst du heute noch ein Ticket."

„Hahaha, witzig, witzig", kommentierte Moulin das Grinsen seiner Kollegen.

Simond hätte nie gedacht, dass er so viel Spaß mit den beiden haben könnte, als er sie in der angespannten Ermittlungssituation kennenlernte. Er hatte die ganze Zeit überlegt, was da wohl auf sie zukommt. Die Genehmigung, diesen Eisenhuth zu ermitteln, war das eine. Doch mit seiner Begeisterung, vielleicht eine neue Spur zu dem legendären Bernsteinzimmer zu finden, war er allerdings ziemlich allein.

„Sehen sie mal zu, dass sie da nicht zu viel reininterpretieren", hatte sein Chef gesagt, als er die Zusammenarbeit mit Interpol für ihn und, nach Rücksprache mit dem Marseiller Polizeichef, auch für Moulin und Renard genehmigte.

Die letzten Tage hatte er im Internet bezüglich des Bernsteinzimmers so ziemlich jede Spur recherchiert, die es irgendwann einmal gab, die letzte sollte so ein Panzerzug Hitlers sein, der in Polen verschüttet wäre. Seine anfängliche Euphorie ebbte jedenfalls ziemlich schnell ab. Allerdings, wenn er eines wusste, diese Staatssicherheit der DDR war keine Gurkentruppe, und außerdem waren Teile des Zimmers in Ostdeutschland aufgetaucht. Wenn es eine offizielle Akte gab, dann war da auch was dran, das sagte ihm sein Bauchgefühl.

„Guten Morgen, Messieurs, was kann ich für sie tun?" Die Stimme des Pförtners riss Simond aus seinen Gedanken. Sie erinnerte ihn an den bretonischen Dialekt, der allerdings schon fast zur Beliebigkeit angepasst, aber durch einige Nuancen für Kundige noch zu erkennen war.

Moulin und Renard zückten ihre Dienstausweise und stellten sich vor: „Polizei Marseille, wir haben einen Termin beim Generalsekretär. Das ist unser Kollege Simond aus Chamonix Mont Blanc."

Simond sah sich genötigt, ebenfalls seinen Dienstausweis zu zeigen und kommentierte auf bretonisch, dass das Foto schon einige Jahre alt wäre, was seinem Gegenüber ein flüchtiges Lächeln ins Gesicht zauberte und er die Feststellung mit einem Nicken kommentierte.
„Sie werden erwartet", antwortete der Pförtner, mittlerweile wieder mit seinem ursprünglichen Gesichtsausdruck. „Gehen sie bitte zum Haupteingang direkt hinter uns. Dann fahren sie mit dem Fahrstuhl in die fünfte Etage."
„Aber klar, merci", antwortete Moulin.
Als sie am Haupteingang angekommen waren, gab ein elektrischer Türöffner durch sein penetrantes Surren zu verstehen, dass sie eintreten könnten. Die innenliegende Empfangshalle war gewaltig, aber menschenleer. Ohne die großen Pflanzkübel mit den Palmen, die ihre Spitzen leicht der riesigen Glasfassade entgegenneigten, wäre der Raum durch seine nüchterne, sterile Sachlichkeit nahezu beängstigend, ja einschüchternd gewesen. Simond fühlte sich unwohl und trieb seine Kollegen zur Eile, die sich gerade, mit dem Kopf in die Höhe gestreckt, um die eigene Achse drehten und die Atmosphäre einsogen: „Dahinten ist der Fahrstuhl! Kommt, lasst uns hochfahren, ich kriege in so was Platzangst."
Als sie in der fünften Etage ankamen, war die Atmosphäre eine komplett andere. Die Fahrstuhltür öffnete sich und gab den Blick in ein gemütliches, lichtdurchflutetes Büro frei. In einem Abstand von circa zehn Metern stand ein geschwungener Tresen mit dahinterliegendem Schreibtisch, an dem eine attraktive junge Frau sie freundlich lächelnd empfing. Renard schaute sich die beeindruckenden

Landschaftsaufnahmen an, die die Wände rechts und links verschönerten und seiner Meinung nach den Verdon mit seinen berühmten Schluchten und die Düne von Pyla zeigten.

„Bonjour, meine Herren, wenn sie mir bitte folgen wollen." Die freundliche junge Frau setzte sich in Bewegung, wobei die erwarteten Geräusche, die ihre beeindruckenden High Heels eigentlich von sich geben sollten, völlig von dem dicken Teppichboden geschluckt wurden. Sie klopfte an die zweiflüglige Tür, die sich rechter Hand befand, und öffnete sie einen Spalt: „Die Herren Kommissare aus Marseille und Chamonix wären nun da."

„Sollen herein kommen", war die kurze Antwort.

„So, bitte meine Herren, treten sie ein", kam eine Stimme mit deutschem Akzent aus dem Inneren des Raumes. Als sie das Zimmer betraten, kam ihnen schon ein großgewachsener Mann um die fünfzig Jahre mit dunkelblondem kurzen Haar entgegen: „Stiel mein Name, wie Besenstiel oder Stock", sagte er lächelnd und streckte die Hand Richtung Renard aus.

„Bonjour, Monsieur Generalsekretär", erwiderten die Kommissare nacheinander den Gruß und stellten sich ebenfalls vor.

„Ja, setzen wir uns doch", begann Stiel, nachdem er alle aufmerksam angeschaut hatte, „Kaffee, meine Herren?" Ohne die Antwort abzuwarten, wies er seine Sekretärin an, vier Tassen Kaffee zu bringen.

„Nun, ich habe ihren Bericht sehr aufmerksam gelesen. Sehr interessanter Fall, muss ich schon sagen, sehr interessant. Ich stimme mit ihnen überein, dass dieser Lehmann alias

Eisenhuth erheblich zur restlosen Aufklärung beitragen könnte, beziehungsweise man davon ausgehen muss, dass es sich um einen Mittäter handelt.

Ich bin mir allerdings nicht sicher, ob die geforderte Red Notice, die Rote Ausschreibung gerechtfertigt ist. Nach reiflicher Überlegung tendiere ich zu einer Blauen Ausschreibung."

„Ja, aber", begann Simond sichtlich enttäuscht, „wir halten die Rote Ausschreibung und das damit verbundene Ersuchen nach Festnahme und Auslieferung schon für angemessen. Wir haben in unserem Bericht auf die Spurenlage in Cassis verwiesen und die Verbindung über die verschwundenen Stasi-Akten zu den Geheimdienstaktivitäten von diesem Eisenhuth, der demnach Tatortbereiniger war, und es dadurch, wie auch durch sein zeitliches Erscheinen exakt kurz nach dem Verschwinden der Jungen für uns sicher ist, dass er die Leichen hat verschwinden lassen."

„Für sie vielleicht", antwortete Stiel, „aber ist das auch eine gerichtsverwertbare Beweiskette, die nach einer Festnahme und Auslieferung auch zu einer Verurteilung führen würde? Mitnichten, meine Herren." Stiel nahm seine Tasse Kaffee, die die nette Empfangsdame mittlerweile gebracht hatte, und trank genüsslich einen Schluck. Er war mit seiner Argumentation sichtlich zufrieden.

Moulin und Renard sahen sich fragend an, während Simond nach weiteren Argumenten suchte. Stiel nutzte die Situation, dass niemand etwas sagte, um mit seiner Darlegung fortzufahren.

„Ja, und die zusätzlich gewünschte Purple Notice, die Lila Ausschreibung, die sie mit den von dieser Frau Schwartz

gefundenen Stasi-Akten begründen, halte ich für, sagen wir mal, gewagt. Diese ‚Operation Katzengold', von der da die Rede ist, wonach die Staatssicherheit das Bernsteinzimmer gesucht hat, wenn sie mir da eine persönliche Meinung erlauben: Es ist, glaube ich, gut so, wie es ist. Gerade ich als Deutscher kann ihnen versichern, dass keiner mehr ein Interesse hat, alte Kamellen aufzuwärmen. Der Deutsche Staat und ein großer deutscher Energiekonzern haben sich mehr als großzügig an der Rekonstruktion dieses Zimmers beteiligt. Das befindet sich da, wo es hingehört, in Sankt Petersburg, zwar als Nachbildung, aber egal. Und ohne diese Akte ist das alles nur reine Spekulation.
Ich glaube, meine Herren", fuhr Stiel fort, „ich kann ihnen leider nur mit einer Blauen Ausschreibung weiterhelfen. Ich werde an die zuständigen deutschen Behörden eine diesbezügliche Anfrage schicken, um ihnen Informationen über die Aktivitäten und Identität der Person Lehmann beziehungsweise Eisenhuth in Bezug auf das in Cassis vorliegende Interesse an der Verbrechensaufklärung zukommen zu lassen."
Stiel betrachtete seine Gegenüber, nahm seinen Kaffee und trank ihn aus.
Nun war auch der letzte Gedanke aus Simonds Kopf verschwunden, der sich ansatzweise zu einem Gegenargument hätte entwickeln können. Er schaute Renard und Moulin an, denen es ähnlich zu gehen schien.
„Monsieur Stiel", begann Moulin, „wir bedanken uns für die Unterstützung, und sie halten uns auf dem laufenden."
„Aber selbstverständlich", antwortete Stiel, „sobald uns Erkenntnisse vorliegen, erhalten sie Nachricht."

„Was ist das denn?" Hauptkommissar Brandstetter hielt das Fax in der Hand und musterte es interessiert: „Hey, Wehner, komm doch mal rüber! Verstehst du, was das soll?"
Beide schauten ungläubig auf den Absender. „Interpol, Blaue Notiz" stand da als „Anfrage betreffs Erich Lehmann, Bitte um Informationen bezüglich Identitäten und Aktivitäten oben genannter Person. Letzte Meldeadresse Traunstein in Oberbayern, vorher Eisleben. Aufgewachsen bei der Großmutter Mechthild Lehmann in Schraplau."
„Wehner, du warst doch früher VoPo in Schraplau, vor der Wende. Ich glaube, das ist für dich."
Wehner sah sich das Fax einen Moment lang an und überlegte. Diese Art seines jungen Chefs erzeugte bei ihm noch immer einen erhöhten Puls. Dieser Tonfall, wie er „VoPo" aussprach. Mochte sein, dass er es nicht so meinte, aber es schwang immer noch eine gewisse Arroganz mit, so lange nach der Wende. Eigentlich war es ihm ja mittlerweile egal, dass er nicht selbst Dienststellenleiter in Querfurt geworden ist, eigentlich, aber dass sie ihm so einen jungen Schnösel vorgesetzt haben, der meint, bloß, weil er im Westen geboren ist …
Na ja, geschenkt!

Erich Lehmann, so langsam verzogen sich die Nebel der Unwissenheit, gehört hatte er den Namen schon mal, aber in welchem Zusammenhang? Überhaupt, Schraplau. Die Erinnerung an diese Zeit hatte einen Riss bekommen. Die frühen achtziger Jahre, als er dort bei der Volkspolizei anfing, waren, nun ja, eher beschaulich, bis auf ein paar Kneipen- und Diskothekenschlägereien in Stedten war dort ja nie was los. Ach ja, und die Schrammen an den Autos vor dem Schwimmbad, wenn manche Leute ganz einfach nicht in der Lage waren, vernünftig zu parken. Der Ansturm auf das Bad war damals allerdings immens, war es doch das einzige Highlight in der Ortschaft mit dem Kalkwerk und dem ganzen Dreck, der sich wie ein Betttuch über diesen historischen Ort legte. Die Reste der Burg mit ihren Gräben und Verliesen, die als heimliche Mülldeponien genutzt wurden, sowie die ganzen unterirdischen Gänge, die immer wieder mal einstürzten und kleine oberirdische Erdrutsche auslösten, welche Risse an der mittelalterlichen Bausubstanz verursachten, die durch die Mangelwirtschaft schon genug gelitten hatte.

In seiner Phantasie hatte er sich damals oft vorgestellt, wie der Ort mit etwas Liebe zum Detail und ohne dieses Kalkwerk zu einem Juwel hätte werden können. Dann, wie aus dem nichts, kam Anfang 1987 eine ganze Kolonne Bauarbeiter mit schwerem Gerät, und er musste den unteren Ring der alten Burgbefestigung absperren, gerade diese Straße, die bei parkplatzsuchenden Schwimmbadbesuchern so beliebt war. Alle gingen davon aus, dass nun endlich die Reste der Burg gesichert wurden, die seit Jahrhunderten der Erosion ausgesetzt waren, und vielleicht die alte

Pflasterstraße saniert würde, die oberhalb der ersten Befestigungsmauer der Unterburg entlangführte und an der Kirche mit dem Gottesacker endete. Da konnte man schon lange nicht mehr mit dem Auto langfahren, obwohl die gängigen Ostmodelle nicht gerade geländegängig, aber durchaus den üblichen Straßenverhältnissen der DDR angepasst waren.

Die Bauarbeiten gingen schnell voran, aber was nach circa drei Wochen passierte, in denen man sich ausschließlich mit einem Teil der Burgmauer und einem alten Eingang, der zuvor mit einem massiven Eisengitter gesichert war, beschäftigte, erstaunte Wehner.

„Was wird denn das?", hatte er den Brigadeführer gefragt, als die erste der später vier Garagen fertig war, die sie genau vor den alten Eingang setzten. „Baut ihr hier die Garagenrepublik, und der Rest fällt ein?" Wehner hatte damals einfach einen Spaß machen wollen, aber sein Gegenüber hatte eine andere Vorstellung von Humor.

Am nächsten Tag wurde er von seinem Posten abgezogen und nach Querfurt versetzt. Es folgten noch einige Gespräche mit der SED-Kreisleitung, an denen auch ein Offizier der Staatssicherheit teilnahm. Bis heute war ihm das alles ein einziges Rätsel. Er hatte damals nicht kapiert, was die von ihm wollten, und das hatte sich bis heute nicht geändert.

Die Garagen waren kurze Zeit später fertig, wurden aber nie genutzt.

Wehner war sich sicher, dass seine stagnierende Karriere mit diesem Vorfall zu tun hatte, auf jeden Fall zu Ost-Zeiten. Später, nach der Wende, wurde er zwar übernommen, aber er war überzeugt, dass ein Eintrag in seiner Personalakte ihm auch noch danach das Leben schwermachte. Ein Neuanfang war das ja nicht wirklich, woher sollten denn auch die neuen Menschen kommen.

Wehner las den Namen noch zweimal laut vor, als wolle er sich zur Konzentration ermahnen, und plötzlich kam ihm eine Erinnerung. Lehmann, ja klar, der Sohn vom stellvertretenden Direktor der Kalkwerke, Erich, der Rabauke!

„Klar", meinte er laut und klappte sich zur Unterstützung mit der flachen Hand gegen die Stirn.

„Du kommst zurecht, Kollege?" fragte Brandstetter mit hochgezogenen Augenbrauen.

„Jaja, klar!" Wehner merkte wieder, wie sein Puls anstieg. Diese Art, er würde sich nie daran gewöhnen. Aber die zwei Jahre noch bis zur Pension, er hatte sich vorgenommen, das mit diesem Schnösel hinzukriegen.

„Chef, ich habe da so 'ne Idee bezüglich der Anfrage von Interpol. Ich muss mal rüber nach Schraplau. Ich nehme mir den zivilen Wagen."

Ohne eine Antwort abzuwarten, schnappte er sich den Autoschlüssel aus dem Schlüsselkasten und verschwand. Aus dem Augenwinkel bemerkte er noch das verdutzte Gesicht seines Vorgesetzten und musste grinsen.

Wehner hatte die Autobahn gekreuzt, die durch das Aufbau-Ost-Programm in den letzten fünfzehn Jahren aus dem Boden gestampft worden war. Er konnte sich noch genau an die Euphorie erinnern, die schon die Planung der Trasse mit sich gebracht hatte, vor allem in Röblingen am See, diesem alten Kur- und Badeort, dem der See abhandengekommen war. Der war schon vor über hundert Jahren ausgepumpt worden und sollte sich nach der Fertigstellung der Autobahn eigentlich wieder füllen. Denn bis dahin war die Region noch auf die Bundesstraße B80 angewiesen, die durch das alte Seegebiet führte.

Aber die Begeisterung hatte sich schnell gelegt. Niemand konnte zuverlässig sagen, welche Ausmaße dieser See ehemals genau hatte und welche Auswirkungen das auf die restliche Infrastruktur haben würde, die in den letzten gut hundert Jahren geschaffen wurde, und so war das Projekt ins Stocken gekommen. An einigen Stellen, vor allem rund um einen kleinen Deich, die Teufe, die den ehemals tiefsten Punkt des Salzigen Sees markierte und nun mit vierzig Metern Tiefe immer noch beachtlich war, hatte sich durch Grundwasser wieder so etwas wie eine Teichlandschaft gebildet. Doch mangels Zuflüssen, die irgendwann alle verlegt worden waren, markierte das nun den Endstand des Renaturierungsprojektes.

Aber auch so hatte die Landschaft ihre Reize. Durch den Süßen See mit seiner stolzen Seeburg, die hüglige Landschaft, den Rollsdorfer See, die alten Weinberge im ehemals nördlichsten Weinanbaugebiet Europas, das vor dem Zweiten Weltkrieg auch „Klein Italien" genannt wurde, und nicht zuletzt wegen seines Mikroklimas, welches das Gebiet den zwei Wetterscheiden, Harz und Saale, zu verdanken hatte.

„Röblingen am See 3,5 Kilometer" zeigte ein Hinweisschild, und kurze Zeit später fuhr er in die Senke, an deren Ende sich die Einfahrt nach Schraplau befand. Linker Hand war die alte Gaststätte, in der er nach dem Dienst früher oft mal ein Bier getrunken hatte. Allerdings sah jetzt hier alles komplett anders aus.

Früher war die Straße aus Kopfsteinpflaster, in deren Mitte zwei Fahrstreifen aus diesen blaugrauen Schlackesteinen eingelassen waren. Wenn einem jemand entgegenkam, musste man immer diesen Streifen verlassen und auf den mit Schlaglöchern übersäten geschotterten Fahrbahnrand ausweichen. Im Winter war da immer das Chaos vorprogrammiert gewesen, ständig PKW und LKW, die sich festgefahren hatten.

Das Leben war jetzt schon viel angenehmer. Irgendwie hatte er die ganzen Jahre seit seiner Versetzung 1987 es vermieden, hierher zurückzukehren. Schraplau war von der Liste der Plätze gestrichen, an denen er sich gerne aufhielt. Vor etwa drei Jahren hatte er mal gehört, dass Hollywood hier einen Horrorfilm drehte, weil die Kulissen so perfekt waren. Selbst damals, als viele neugierige Schaulustige das Set aufsuchten und begeistert von den Dreharbeiten mit den internationalen Stars berichteten, hatte er keine Lust verspürt, den Ort aufzusuchen, wo er doch einige Jahre gearbeitet hatte.

Er bog in die Straße ein, die in den Talkessel führte, und vermisste die alten Gärten mit ihren zusammengezimmerten Hütten, welche die gesamte Straße bis hinunter zu dem Kriegsdenkmal gesäumt hatten, an dem früher die Dorfjugend heimlich rauchte oder den scheußlichen Deputat Schnaps, auch „Grubenfusel" genannt, der eine Mark die Flasche kostete, mit „Vita Cola" mischte, um dann manches

Mal die ersten Vollräusche ihrer Trinkerkarrieren auf den dahinterstehenden Bänken auszuschlafen.

Ja, Vita-Cola, nach der Wende wollte die keiner mehr trinken, Wehner schloss sich da nicht aus, zu groß waren die Verlockungen der neuen, wohlriechenden Westprodukte gewesen. Aber letztens hatte er mal wieder eine probiert, und siehe da, die schmeckte richtig gut. Vielleicht täuschte ihn ja seine Erinnerung und auch Schraplau war gar nicht so schlimm, wie er es in seinen Gedanken hatte. Mit durchaus ergebnisoffener Neugier beschloss er, die Eindrücke auf sich wirken zu lassen, die sich ihm nach der letzten Kurve der sanierten Serpentinenstraße auftaten.

Das Kalkwerk hatte einen neuen Anstrich bekommen und seine Emissionen auf ein nicht mehr wahrnehmbares Maß reduziert. Als er ohne Ruckeln über den Bahnübergang fuhr, den man früher nur mit größter Vorsicht und maximal 5 bis 10 km/h überqueren konnte, strahlten ihn doch einige bunte sanierte Fassaden an, die sich dann aber mit immer mehr Häusern in erbarmungswürdigem Zustand ablösten.

Wehner bog wie automatisch rechts ab und fuhr zum Schwimmbad. Er wollte sich noch einmal den Ort anschauen, der zu seiner Versetzung inklusive Karriereknick geführt hatte.

Alles machte einen vertrauten Eindruck und war trotzdem fremd. Vielleicht lag es auch daran, dass die Bäume an diesen ersten schönen Frühlingstagen noch im Winterschlaf lagen und somit nicht mit ihrem Grün die Tristesse der Straße an dem alten Steinbruch und der Garagenrepublik überdeckten.

Er fuhr zielgerichtet an die Stelle, wo damals die Bauarbeiten stattfanden und parkte seinen Wagen. Nachdem er ausgestiegen war, musste er sich erst einmal einen Moment sammeln. Zu lange war es her, dass er das letzte Mal hier gestanden hatte, aber doch, er war sich sicher, die vier Garagen, die damals gebaut wurden, sie waren nicht mehr da.

Kurz ging er noch mal zu dem benachbarten Garagenblock und überlegte. Ganz sicher, die standen vorher schon hier, und die teilsanierten Mauerreste der alten Burganlage, die befanden sich exakt an der Stelle, wo damals die Arbeiten erfolgten. Doch irgendwie sah es hier noch immer nach Baustelle aus.

Wehner ging näher an den Stolleneingang, den man wie früher wieder mit einem Gitter und einem Vorhängeschloss gesichert hatte, und schaute hinein. Unter den gegebenen Lichtverhältnissen konnte er etwa zehn Meter weit einsehen und war erstaunt über die Geräumigkeit des Ganges, der seinerseits wieder an einer schweren Eisentür endete. An einer Tafel, die an dem Gitter befestigt war, stand auf einem schon recht verwitterten Plakat: „Hier werden Bergsicherungsarbeiten mit Unterstützung der Europäischen Union durchgeführt". Der Eingang war nur notdürftig durch ein gebogenes Wellblech gegen eindringendes Regenwasser gesichert, und rechter Hand leitete ein dickes Rohr das Wasser von der Oberburg ab.

Früher waren auf der Oberburg noch Tanzveranstaltungen durchgeführt worden, doch was Wehner sah, als er seinen Blick in diese Richtung hob, ließ ihn vermuten, dass dieses schon lange nicht mehr der Fall war.

Überhaupt, was war denn hier geheim? Wehner hatte früher, wie auch alle anderen in der Gegend, davon gehört, dass es unter der Burg ein Labyrinth aus geheimen Gängen aus der Zeit existierte, in der die Burganlage noch genutzt und bewohnt war. Völlig abstruse Geschichten von Verteidigungsgängen, welche die Schraplauer Burg mit der Seeburg verbanden, inklusive eines Notausstiegs an der alten Wehrkirche in Seeburg.

Immer wieder waren Kinder beim Cowboy- und Indianer-Spiel in Schächte eingebrochen, bis diese nach und nach mit Müll und Schutt verfüllt waren. Das spektakulärste Gerücht kam Anfang der siebziger Jahre aus Unterröblingen, als wieder einmal Kinder beim Spielen in solch einem Gang mehrere alte steinerne Särge entdeckt haben sollten.

Tja, Gerüchte. Wehner grübelte, kurz danach war doch in Seeburg an der gleichnamigen Burg der hintere Teil mit einem massiven Tor abgetrennt worden. „Volkseigenes Gut" stand in großen Buchstaben darauf, auch ein paar Alibi-Schweine wurden in den Stall gebracht, der dort hektisch gebaut worden war, genau an der Stelle, wo schon immer der Ausgang dieser Verteidigungstunnel vermutet wurde. Kurze Zeit später kam es zu diesem mysteriösen Erdfall in circa zwei Kilometern Entfernung, genau am Rollsdorfer See. Dieser füllte sich am nächsten Tag mit Wasser, welches aus dem See durchbrach, und daraufhin war der ganze Bautrupp verschwunden, einschließlich der Wachmannschaft von „Horch und Guck".

Danach wurden noch mehr Schweine in die doch recht großen Stallungen gebracht, deren Exkremente ungeklärt in den Süßen See abliefen, der einige Jahre später derart verseucht war, dass er „umkippte" und ausgebaggert werden musste.

Ach ja, Gerüchte und Erzählungen, Kneipengeschichten halt. Wehner stieg in seinen Wagen und überlegte. Er startete den Motor und setzte zurück. Er hatte sich entschieden, hoch zur Kirche zu fahren, um oben kurz die Aussicht zu genießen.

An der nächsten Weggablung hielt er kurz inne. Unterhalb der Kreuzung stand dieses schöne, verdammt alte Haus. Einige Fenster waren kaputt, die Dachrinne fehlte und der Regen hatte aus diesem Grund schon tiefe Furchen in den Putz und das darunterliegende Fachwerk gegraben. „Zu verkaufen" stand auf einem Schild, das vor dem Haus auf dem knappen, durch eine Mauer befestigten Grünstreifen in den Boden gerammt war. Hatte hier nicht die Oma von diesem Lehmann gewohnt? Die musste doch schon lange tot sein, sinnierte Wehner. Die Vorhänge und Gardinen, die durch das zerbrochene Fenster zu sehen waren, hatten eindeutige, wenn auch verblasste Muster, die es so nur in den Siebzigern, maximal in den achtziger Jahren gab.

Wehner fuhr weiter, hier oben hatte sich nichts geändert, alles noch wie früher, dachte er. Nachdem er die notdürftig geflickte Straße weiter bis zu dem kleinen Parkplatz gefahren war, stieg er kurz aus und ging zu dem ehemaligen Eingang der Oberburg. Das Tor war mit einer Kette und einem Vorhängeschloss versehen, dahinter hatte die Natur sich ihren Raum zurückerobert, und das nicht erst seit ein oder zwei Jahren. So etwas wie Wehmut machte sich breit, als er sich an die Schwof-Abende hier oben erinnerte. Aber

Jugendliche gab es hier anscheinend nicht mehr. Was sollten die in diesem Ort auch anstellen?

Er beschloss, zurückzufahren, doch dann fiel ihm die alte Wassermühle am Ende der Ortschaft in Richtung Stedten ein, mit diesem schönen alten Taubenschlag. Er entschied sich für den kleinen Umweg, um dort noch vorbeizuschauen. Rechter Hand waren die ganzen alten Keller, die in die Kalksteinmauer eingelassen waren und die mit den gegenüberliegenden Häusern die enge Straße begrenzten. Manche wurden anscheinend noch genutzt und waren durch Gitter gesichert, andere hatten verfallene Türen, deren Bretter sich immer weiter von ihren Rahmen trennten und nicht mehr zu schließen waren. Auf der gegenüberliegenden Seite sah er die Wassermühle, die in Teilen noch bewohnt schien, und da stand er, dieser verwunschene Turm mit seinem von Moosen überzogenen Klinkerdach. Wie konnte man etwas derart Schönes einfach verfallen lassen, ging es Wehner durch den Kopf. Allerdings, als Kulisse für einen Horrorfilm hatte der Turm noch eine sinnvolle Bestimmung gefunden.

Das Hupen des Wagens hinter ihm riss ihn aus seinen Gedanken. Er war ganz einfach mitten auf der Straße stehengeblieben. Er hob die Hand grüßend als Entschuldigung und fuhr rechts ran. Jetzt erinnerte er sich plötzlich. Hatte sich damals nicht Erich als Kind da oben im Turm mit dem Luftgewehr seines Vaters versteckt und auf vorbeifahrende Autos geschossen? Das war erst nach einer Weile aufgefallen, da keiner wusste, wo die kleinen Dellen an den Karossen herkamen. Doch an einem Trabant ging ein Diabolo durch die Tür und blieb im Hohlraum dahinter

liegen, wo es der Besitzer entdeckte, als er die Tür von innen flicken wollte. Wehner konnte sich noch genau an den aufgebrachten Gesichtsausdruck erinnern, als dieser mit dem deformierten Geschoss bei ihm auf der Wache auflief.
Es dauerte nicht lange, dann stand fest, dass es Erich war. Sein Vater erschien auf der Wache und versicherte, dass so etwas nicht noch mal vorkommen würde und er den Schaden selbstverständlich ersetzen werde. Die Angelegenheit wurde dann nicht weiterverfolgt. Der Sohn vom stellvertretenden Direktor halt. Aber das sollte erst der Anfang von Vorkommnissen sein, in die der heranwachsende Erich involviert war. Später war er jedes Wochenende in irgendeiner Art und Weise an einer Schlägerei in der Diskothek in Stedten verwickelt.
Er fuhr weiter in Richtung Stedten, was war eigentlich mit der Disko passiert? In Stedten angekommen vermisste er ebenfalls die blühenden Landschaften, die der Kanzler der Einheit damals versprochen hatte, um wiedergewählt zu werden. Zwar waren auch hier einige Häuser saniert, aber das Gesamtbild …
Fast wäre er an der Diskothek vorbeigefahren, so lange lag sein letzter Aufenthalt hier zurück. Geschlossen, was sonst, dachte Wehner. Naja, er drehte noch eine Schleife durch den Ort und beschloss, auf direktem Weg nach Querfurt zurückzufahren. Er wollte die Melderegister durchforsten, dieser Lehmann kann ja nicht verschwunden sein. Zumindest müssten seine Eltern ja etwas über seinen Verbleib wissen. Und die könnten vielleicht noch leben.

„Wo warst du denn so lange?", fragte Brandstetter, wieder mit dem ihm so eigenen überheblichen Blick.

„In Schraplau, wo sonst? Ach, und zurück bin ich über Stedten gefahren." Wehner sparte sich den Kommentar, der ihm auf den Lippen lag, über das, was er gesehen hatte. Das wäre nur Wasser auf die Mühlen dieses Besser-Wessis, dachte er sich. Er wusste, dass in seiner Generation die Barriere nicht mehr fallen würde, die ein unkompliziertes Miteinander der Menschen aus beiden Teilen Deutschlands ermöglichen würde, Vorurteile eben, aber nicht völlig aus der Luft gegriffen. Zumindest, was diesen Brandstetter betraf. Gerade diese Generation, die eigentlich viel zu jung war, um den Kalten Krieg in seiner ganzen Perversion mitbekommen zu haben. Diese Generation der Brandstetters meint nun, die Weisheit mit Löffeln gefressen zu haben und badet sich in Ost-West-Klischees.

Naja, Wehner ließ seinen Chef ganz einfach stehen und ging zu seinem PC, obwohl er sich sicher war, dass sein Vorgesetzter noch eine Erklärung erwartete, sein Problem, dachte er sich und fuhr den Computer hoch, der sich nach zwanzig Minuten immer selbst herunterfuhr. Eine Dienstvorschrift, so hieß es. „Wer soll denn hier rangehen, wenn ich weg bin", brabbelte er in seinen Bart und hob die Tastatur an, unter der er immer sein aktuelles Passwort auf einem gelben Klebezettel notiert hatte. „Kojak 10" stand da, er musste kurz grinsen. Dieser coole Glatzkopf-Kommissar war damals der Grund, warum er zur Polizei, naja, Volkspolizei gegangen war. So wollte er sein, so lässig, so smart, oder so dufte, wie man zu der Zeit halt so sagte.

Ausgerechnet ein Vorbild aus dem Westfernsehen, und noch dazu vom Mega-Klassenfeind Amerika.

Er hatte sich damals natürlich was völlig anderes ausgedacht, als man ihn fragte, warum er sich bei der Volkspolizei bewarb. Aber immerhin stand dieser Typ nun als Passwort unter seiner Tastatur. Irgendwie fand Wehner das stimmig, mehr denn je, wollte er doch eine Anfrage von Interpol bearbeiten.

„Erich Lehmann" tippte Wehner mit seinem Zwei-Finger-Suchsystem in die Tastatur ein und wartete auf eine Reaktion. „Igel" hieß das neue Teil, welches da neben seinem Bildschirm stand und dessen grüne Lampe beflissen blinkte. Das war aber auch das Einzige, was an diesem Teil beflissen war. „Aus Sicherheitsgründen", hieß es, als Brandstetter die neuen Teile hier einführen ließ. „Die sind direkt mit dem Zentralrechner in der Landeshauptstadt verbunden", sagte er stolz, „absolut sicher, sind nicht zu hacken."

Mag sein, dachte sich Wehner, aber dafür langsamer als die letzten Teile von Robotron, über die sich diese Wessis damals kaputtgelacht haben.

Endlich hatte der „Igel" sich entschieden, ein Lebenszeichen von sich zu geben: „Kein aktueller Eintrag" stand da, das gibt es doch nicht! Wehner überlegte, wie hießen doch gleich die Eltern? Er ging über die Verknüpfung der Standesamtsdaten, beide tot, so jedenfalls der aktuelle Eintrag. „Erich Lehmann, ausgereist 1984 in die BRD, Zentrales Aufnahmelager Gießen, letzte Meldeadresse Traunstein, Oberbayern".

Wehner wischte sich mit der Handfläche über seinen glattrasierten Schädel, machte die Schublade auf und holte einen Lolli heraus. Er fühlte sich hellwach, das waren die Fälle, wegen der er zur Polizei gegangen war! Eine Anfrage von Interpol, und das zwei Jahre vor der Rente.
Erich Lehmann, und Ausreise in die BRD? Wie passte das denn eigentlich zusammen? Erich war ein schwieriges Kind gewesen, aber wo es mit ihm nie Probleme gab, war die politische Gesinnung. Er war zwar nicht der Hellste gewesen, wenn Wehner seine Erinnerung nicht trügte, aber linientreu zu 1000 Prozent. Doof und linientreu, passte ja irgendwie.
Er musste schmunzeln, nachdem sich diese Gleichung in seinen Kopf geschmuggelt hatte. Früher hätte er selbst den Ansatz solcher Gedankenspiele eliminiert, ausgelöscht, um konform zu funktionieren. Vielleicht mochte er die Brandstetters dieser Welt ganz einfach auch aus diesem Grund nicht. Sie waren freier in ihrer Sicht auf die politische Welt, waren nicht jahrelang kastriert worden durch Staatsbürgerkunde, GST, FDJ, Jung- und Thälmannpioniere und, und, und.
Wehner las noch die früheren Meldedaten der Lehmanns. Das Viertel in Eisleben existierte schon lange nicht mehr, alles sehr mysteriös. Sein Gefühl sagte ihm, dass er noch mal nach Schraplau fahren sollte. Er fuhr seinen Computer herunter, nachdem er auf die Uhr geschaut hatte. Das hatte Zeit bis morgen, Feierabend.
Er sah Brandstetter noch geschäftig auf seinem Schreibtisch Akten sortieren, klopfte noch kurz an die Scheibe dessen Büros, öffnete die Tür einen Spalt: „Tschüss Chef", und

ging, ohne eine Antwort abzuwarten. „Hasta la Vista, Baby", brummelte er genüsslich vor sich hin und verspürte in diesem Moment Lust, ein kühles Bier trinken zu gehen. Was für ein entzückender Abend.

Das konnte man von dem Morgen allerdings nicht behaupten. Wehner betrachtete sich im Spiegel, nachdem er sich endlich aus dem Bett geschält hatte. „Ich kenn dich nicht, aber ich wasch dich trotzdem" brummelte er vor sich hin und begann mit der Morgentoilette. Mann, Mann, Mann! Er konnte sich nicht daran erinnern, wann er das letzte Mal so zugelangt hatte. Die Ereignisse gestern, sein Kumpel Wilfried, dann der erste Schnaps. Wilfried interessierte aber auch jedes Detail dieser Interpol-Anfrage, und was für Wehner selbst interessant war, er konnte sich noch genau an diesen Erich erinnern.
Wehner hatte mit Wilfried zusammen Landmaschinenschlosser gelernt. Er war danach zur Polizei, und Wilfried hatte in der LPG angefangen. Jetzt arbeitete er bei einem Schlüsseldienst. „Ist zwar nicht das Gelbe vom Ei, aber die zwei Jahre bis zur Rente", meinte er gestern.

Wehner beschloss, die Morgenhygiene auf ein Minimum zu reduzieren, putzte die Zähne, zog sich an und nahm eine angefangene Packung Kaugummi aus einer Schublade in der Diele, steckte diese in die Brusttasche seiner Uniformjacke und machte sich auf den Weg.
Er hatte es geschafft, wie gewohnt vor Brandstetter im Büro zu sein, und ging seinen Plan für den Tag durch. Das schöne alte Haus mit den zerbrochenen Fenstern und der kaputten

Dachrinne ging ihm nicht aus dem Kopf. Wilfried war sich auch sicher gewesen, dass Erich zumindest die Ferien immer dort bei seiner Oma verbracht hatte. Aber zu verkaufen? Wer verkauft das denn, wenn niemand mehr von den Familienangehörigen existiert? Er suchte im Melderegister, um den Besitzer zu ermitteln. Eine Wachschutzfirma mit Sitz in Leipzig. „Interessant!"
„Was ist interessant?" fragte Brandstetter. Wehner hatte nicht gehört, wie dieser den Raum betraten hatte, so vertieft war er in seine Gedanken.
„Morgen, Chef, ich glaube, ich habe da eine Spur zu diesem Lehmann, die Anfrage gestern von Interpol."
„Schon klar", antwortete Brandstetter. „Ich kann mich erinnern, ist ja noch nicht so lange her", sagte er mit einem Lächeln, als er Wehner ins Gesicht geschaut hatte. „Spät geworden gestern?"
„Wie kommen sie denn darauf, Chef?"
„Ach, nur so. Okay, kümmern sie sich darum, liegt ja momentan nichts anderes an."
Wehner nahm noch ein weiteres Kaugummi aus der Jackentasche, schnappte sich den Autoschlüssel und machte sich auf den Weg nach Schraplau.

„Die Straße ist immer noch eine Zumutung!" fluchte Wehner, nachdem er seinen Wagen wieder oberhalb des Hauses auf dem kleinen Parkplatz abgestellt hatte. Er ging die Treppe herunter, die in einem genauso desolaten Zustand war, direkt auf das Schild der Immobilienfirma zu und holte seinen kleinen Schreibblock heraus, um die Telefonnummer zu notieren. Dann zückte er sein Handy und überlegte für einen Moment, sofort dort anzurufen, als er eine ältere Frau die Straße entlangkommen sah.

„Guten Morgen, Wehner mein Name, Hauptkommissar von der Polizei aus Querfurt. Können sie mir vielleicht sagen, wann sie hier das letzte Mal jemanden gesehen haben?"

„Oh, da fragen sie glaub ich die Falsche. Ich bin erst vor ein paar Jahren zugezogen. Mein Sohn hat hier ein Haus gekauft, haben die einem ja fast regelrecht hinterhergeschmissen, nach der Wende. Der hat nun eine Stelle in Berlin in einer Werbefirma bekommen, und vor drei Jahren bin ich dann endgültig auch hierhergezogen. Mir ist oft schwindelig geworden, ich kann darum auch kein Auto mehr fahren. Wenn ich im Bus nach Querfurt zum Einkaufen fahre, kenne ich mittlerweile jeden. Ich bin mir immer noch nicht sicher, ob ich mich hier dran gewöhnen kann, nur alte Leute, furchtbar."

Wehner hörte geduldig zu: „Nochmal auf meine Frage zurückkommend, können sie sich erinnern, wann sie hier jemanden gesehen haben?" Er zeigte zur Unterstützung nochmal auf das alte Haus.

„Oh ja", meinte die Frau, „das ist ein besonderes Haus, ich habe mal jemanden gefragt, wem es gehört. Ich finde das eigentlich schön. Es ist eine Schande, dass es so zerfällt, aber da redet keiner drüber. So, als wäre da ein Fluch drauf, und seit ein paar Wochen ist es nun zu verkaufen."

„Ach, interessant. Haben sie da mal diesen Mann gesehen?" Wehner holte das Foto aus der Innentasche, welches im Rahmen der Blauen Notizanfrage von Interpol beigefügt war.

„Zeigen sie mal", sagte die Frau, „ich habe meine Brille nicht bei." Sie nahm den Ausdruck des Fotos und hielt ihn dermaßen vors Gesicht, dass Wehner bezweifelte, dass sie überhaupt etwas erkennen konnte.

„Ich bin mir da nicht sicher, kann sein, kann aber auch nicht sein", antwortete sie unsicher und gab ihm den Ausdruck zurück. „Ist der denn gefährlich?" fragte sie mit neugierigem Blick.

„Nein, nein", versuchte Wehner zu beruhigen, „es geht da ausschließlich um eine Identitätsprüfung."

„Ja, ja, junger Mann", sagte die alte Frau nach einer Weile, „wissen sie, ich bin zwar alt, aber noch nicht senil. Eine Identitätsprüfung also. Nun, da ist nachts manchmal was los. Ab und zu kommt da auch mal ein Auto angefahren, nachts. Aber tagsüber sieht man da nie jemanden. Auch kein Auto. Ich finde das höchst merkwürdig, aber wie gesagt, ich bin ja nur eine alte Frau. Versuchen sie es doch mal bei den Nachbarn. Würde mich allerdings wundern, wenn jemand mit ihnen redet. Ich glaube, da gibt es eine längere Geschichte, so aus DDR-Zeiten, heißt es."

Wehner nickte beschämt, er hatte sein Gegenüber unterschätzt, und außerdem plagten ihn seit einer halben Stunde leichte Kopfschmerzen.

„Ich bedanke mich recht herzlich für ihre Mithilfe, gute Frau", sagte er freundlich.

„Da nicht für", erwiderte die alte Dame und setzte ihren Weg fort.

Wehner schaute sich um. Das Haus war an der Kreuzung eigentlich so positioniert, dass es keine Nachbarn mit direktem Blick auf das Gebäude gab, die Hauptstraße machte einen v-förmigen Knick um das Gebäude mit seiner Steinmauerbegrenzung herum, und die Fenster der Anlieger zeigten aus diesem Grund in völlig andere Richtungen. Direkt gegenüber war die alte hohe Mauer der Außenbefestigungsanlage der alten Burg, wo mit einigem Abstand zum Haus eine sehr steile kleine Straße zu dem Parkplatz führte, auf dem er seinen Wagen abgestellt hatte.

Dann hatte er sich entschieden, er wollte nicht noch mehr Staub aufwirbeln, aber sich umschauen, das wollte er schon. Das Haus stand eigentlich direkt auf dem Präsentierteller, aber andererseits war es der anonymste Platz in der ganzen Straße, ja vielleicht im ganzen Ort. Wehner dachte nach, er hatte Lust, die Mauer hochzusteigen und durch eines dieser kaputten Fenster mal einen Blick ins Innere des Hauses zu riskieren, aber irgendetwas hielt ihn davon ab.

Er entschloss sich, vorerst zu der Tür zu gehen, die sich an der Stirnseite der rechten Hausseite befand. Sie war in einem genauso erbarmungswürdigen Zustand, wie der Rest der Immobilie. An der Klingel, die nur noch an ihrem Kabel hing, da sich die verrosteten Schrauben nun endgültig und erfolgreich gegen die Umklammerung des Türpfostens gewehrt hatten, waren nur noch die Reste eines Namensschildes zu erkennen. Wehner holte seine Lesebrille aus der Jacke und versuchte, die Schrift zu entziffern. Nach einigen Versuchen der Deutung und Umdeutung war er sich einigermaßen sicher: „Waltraud Lehmann" stand da. Das war der Name der Großmutter von Erich, wenn er sich recht erinnerte! Treffer, einfach entzückend. Er war stolz auf sich. Obwohl er die Erinnerungen an diesen Ort nach seiner Versetzung fast erfolgreich abgespaltet hatte, funktionierte

sein Gedächtnis bei Bedarf hervorragend. Doch wie geht das jetzt weiter, dass das Gebäude nicht mehr bewohnt war, war augenscheinlich, aber was diese alte Frau ihm gesagt hatte, ging ihm ganz einfach nicht aus dem Kopf. „Hier ist manchmal nachts jemand!"
Die Frau war zwar alt, aber keineswegs verkalkt. Obwohl die Spinnweben an der Tür mit Sicherheit ausschlossen, dass, sagen wir mal, zumindest in den letzten Wochen jemand das Haus betreten hatte, war er noch nicht bereit aufzugeben. Er ging auf dem Rasen hinter dem Schild „Zu verkaufen" an den Fenstern entlang und riskierte an den zerbrochenen Fensterscheiben einen Blick in die Räume. Nichts, keine Möbel oder Bilder, nichts von irgendwelchen Spuren, die darauf hindeuteten, dass da mal vor nicht allzu langer Zeit jemand gelebt hatte.
Er ging weiter zur linken Hausseite, um dort von der Begrenzungsmauer zu steigen, um an der gegenüberliegenden Festungsmauer den steil ansteigenden Weg zum Parkplatz zu gehen, wo sein Wagen stand. Was war das denn? Wehner blickte auf eine Einfahrt, die in den Keller des Hauses führte. Sie war nicht lang, dafür recht steil und mit Beton befestigt. Er hatte diese Einfahrt von keinem anderen Punkt, an dem er sich vorher befunden hatte, gesehen, erst als er das linke Ende des Hauses erreicht hatte, war diese einsehbar. Er sprang von der Mauer, ging die Einfahrt hinunter bis zu einem alten Garagentor. Es war zwar völlig verrostet, machte aber noch einen recht stabilen Eindruck. Und was war das? Er erblickte unter einem abgegriffenen Knauf ein hochwertiges Sicherheitsschloss, das tausendprozentig nicht so alt war wie das Tor.

Wehner griff in seine Taschen und suchte. Mit einem leichten Lächeln holte er seinen letzten Lolli aus der Tasche, wickelte ihn aus und steckte ihn genüsslich in den Mund. Er ging zurück und wählte die Nummer, die auf dem Schild stand. Mailbox: „Bitte hinterlassen sie ihren Namen und Telefonnummer, wir rufen zurück."
Er legte auf. Die nächste Nummer, die er nach kurzem Überlegen wählte, war die seines Kumpels Wilfried.

„Das ging aber schnell!" sagten beide übereinstimmend. Ralf und Erich hatten Post bekommen. „Vorladung, Abteilung Inneres" stand auf dem Umschlag. Bei ihrem letzten Treffen mit ihrem Führungsoffizier, nachdem sie ihre Ausreiseanträge gestellt hatten, waren sie instruiert worden, nun ihre konterrevolutionäre Einstellung und ihren Ausreisewunsch auch vor ihren Kollegen deutlich anzusprechen. Beide sollten in ihren Berichten Stellung nehmen, welche Kollegen wie darauf reagiert hätten. Besondere Beachtung lag auf wohlwollenden, anerkennenden Bemerkungen. Sie wurden seitdem von Kollegen, die vorher recht zurückhaltend ihnen, den Neuen, gegenüber waren, angesprochen und auch auf Partys eingeladen. Ein Aspekt bei solchen Feiern war, in der Szene neue Inoffizielle Mitarbeiter, auch IM genannt, zu platzieren, da sie selbst ja demnächst einer anderen Verwendung zugeführt werden sollten.

Neben Ralf und Erich ging „Kutte" mit zu den Einladungen. Kutte war ein Punker der ersten Stunde in Halle, mit exzellenten Kontakten in die Szene, vor allem in die völlig neue Punkszene mit noch unbekannten subversiven Strukturen. Diese Szene machte ihre Vorgesetzten zunehmend ratlos.

Und nun war es soweit, nach noch nicht mal zwei Monaten ging es los. Ralf war besonders froh über die neue Herausforderung, die ihn erwartete. Bärbel hatte die Scheidung eingereicht, kurz nach dem Wochenende, als er sie und Günter besucht hatte, und ihm ein Umgangsverbot für Günter ausgesprochen, welches sie notfalls auch per Gericht erwirken würde, wenn er es darauf anlegte.

Ralf hatte sich vorgenommen, sich nur auf die vor ihm liegenden Aufgaben zu konzentrieren, hatte wieder exzessiv angefangen zu trainieren. So konnte er den ganzen angestauten Frust am besten bewältigen.

Gestern hatten sie ein Treffen mit ihrem Führungsoffizier, der die Briefe der Abteilung Inneres angekündigt hatte. Sie hatten den Befehl erhalten, sich in Gießen im Aufnahmelager für Bayern als Ziel zu entscheiden, genauer für Traunstein. Im Aufnahmelager in Traunreut, das in der Nähe von Traunstein lag und in dem sie die erste Zeit unterkommen würden, werde man sie dann das nächste Mal kontaktieren. Codewort: „Katzengold".

„Natürlich habe ich Zeit", antwortete Wilfried, als er den Anruf von Wehner bekam und hörte, worum es ging. „Ich komme mit meinem Privatauto, habe sowieso bald Mittagspause."

Wehner hatte inzwischen nochmal an dem abgenutzten Griff der verrosteten Garagentür gerüttelt, sie war fest verschlossen. Er ging zurück auf die Straße, niemand zu sehen. Hier möchte man ja nicht tot überm Zaun hängen, dachte er schmunzelnd, nahm seinen Lolli aus dem Mund und begutachtete diesen so, als ob der ihm eine Geschichte erzählen könnte, über das Haus und über diesen Erich. In diesem Moment bemerkte er den Wagen, der schräg hinter ihm anhielt.

Als Wilfried ausstieg, platzte es lachend aus ihm heraus: „Mensch, Lolli, hast'e dir diese Marotte immer noch nicht abgewöhnt, deine alte Kojack-Macke!"

Wehner war die Situation sichtlich peinlich. Kurz überlegte er, den angefangenen Lolli in seine Jackentasche zu stecken, doch dann schob er ihn wieder in den Mund und sagte: „Entzückend, nicht, Willi?"

„Was meinst du denn?"

„Na, Schraplau, das hat sich ja gar nicht verändert."

„Genau wie du", meinte Wilfried, „allerdings finde ich das bei dir absolut gut so, was man von Schraplau nicht sagen kann. Nun zeig mal, was hast du denn für mich?"

Wehner ging mit ihm die Einfahrt hinunter und deutete auf das Schloss, welches in der verrosteten Tür in der Sonne glänzte.

„Ach du Scheiße!" entfuhr es Wilfried, „das ist Oberliga, nicht so 'n Baumarktscheiß!"

„Kriegst du das auf oder nicht?" wollte Wehner wissen.

Wilfried grinste: „Auf geht alles, aber das wieder so zu verschließen, dass der Besitzer nichts merkt, wird schwierig."

„Wenn ich's zu haben möchte, hätte ich dich nicht gerufen", erwiderte Wehner und grinste ebenfalls.

„Alles klar." Wilfried holte den Werkzeugkoffer aus dem Auto und setzte das Spezialwerkzeug ein, welches durch Vibration den Zylinder zur Aufgabe brachte.

„Geiler Scheiß", meinte Wehner, „gab's früher nicht, so was."

„Gab auch früher solche Schlösser nicht, wo man so etwas gebraucht hätte", entgegnete Wilfried.

„Hast ja recht, wir werden alt, Willi."

„Wir sind alt, Lolli!"

Beide lachten und Wilfried betätigte langsam den Türgriff. Ein lautes Klacken war zu vernehmen, welches Willi veranlasste, seine Stirn in Sorgenfalten zu legen: „Alter Falter, was is'n das?" Als sich die Tür einen Spalt breit geöffnet hatte, war schon zu erkennen, dass sich hinter der verrotteten Außenhaut eine äußerst stabile Konstruktion verbarg. Ein Schwall abgestandener Luft, verfeinert mit einem Geruch von Sprühöl oder ähnlichem, kam ihnen entgegen. Nachdem die Tür ganz geöffnet war und sich die Augen an die Dunkelheit gewöhnt hatten, erkannte Wilfried in etwa fünf Metern Entfernung eine blinkende Leuchtdiode. Er holte eine Taschenlampe aus seiner Werkzeugtasche und leuchtete in die Richtung.

„Verdammt, wem auch immer das hier gehört, weiß jetzt, dass er Besuch hat!"

„Bleib locker", beruhigte Wehner, „ich wollte den Besitzer vorhin informiere, dass bei ihm eingebrochen wurde, doch unter der Nummer ist nur ein Anrufbeantworter. Was soll er denn machen, die Polizei rufen? Die ist schon vor Ort, oder?" Er zwinkerte Wilfried zu: „Gib mal deine Taschenlampe. Wenn da so 'ne Alarmanlage oder was auch immer in Betrieb ist, muss es hier auch Strom geben."

Er leuchtete den Bereich neben dem Tor ab und siehe da, ein Lichtschalter. Als er diesen anschalten wollte, hielt er kurz inne und richtete die Taschenlampe in das Innere des Kellers. Als erstes erschien ein alter russischer Geländewagen, ein Niva, im Lichtstrahl, dahinter, an die Wand gelehnt, ein Anhänger mit einer Plane überzogen. Auf der linken Seite ein Regal mit jeder Menge Armeeutensilien und ein Stapel Nummernschilder, die sauber übereinander aufgeschichtet neben einem Nachtsichtgerät aus russischer Produktion lagen.

„Mensch, das glaub ich nicht", staunte Wilfried, „haufenweise NVA-Zeugs, lass uns mal Licht machen."

„Lass es bitte aus", stoppte ihn Wehner, als er mitbekam, dass sich Wilfried auf dem Weg zum Schalter befand. „Eventuell muss hier die Spurensicherung ran."

„Alles klar", antwortete Willi und gab durch ein zusätzliches Nicken an, dass er verstanden hatte.

Überhaupt hatten sich die Augen an die Lichtverhältnisse gewöhnt und beide begannen, sich weiter neugierig umzuschauen. Auf der rechten Seite des Raumes, der im Gegensatz zu dem äußeren Erscheinungsbild des Hauses sehr solide gebaut war, befand sich ein Schreibtisch mit hochwertigen Intarsien. „Nicht billig", meinte Wilfried und deutete darauf. Über dem Schreibtisch waren einige Fotos mit Armeerekruten. „Schau mal hier, Lolli, weißt du, was das für welche sind?"
„Keine Ahnung." Wehner nahm die Taschenlampe und leuchtete die Bilder eins nach dem anderen ab. An dem größten hielt er inne und war kurz versucht, den Staub mit der Hand abzuwischen. „Ich glaube, dass ist Erich Lehmann", sagte er und schaute zu Wilfried.
„Klar", erwiderte dieser, „eindeutig."
„Was ist das eigentlich für 'ne Uniform? Normale sind das doch nicht."
„Nee, nicht wirklich", bestätigte Wilfried.
„Schau mal, da unten, der Streifen auf dem Ärmel. Wachregiment Dzierzynski", buchstabierte Wehner langsam vor sich hin. „War das nicht so 'ne Elitetruppe? So wie die Schweizer Garde für den Papst, nur halt für den Mieske."
„Ja, ich glaube schon", bestätigte Wilfried Wehners Gedankengang.
Neben dem Schreibtisch waren noch einige Zettel und Anstecknadeln an eine Pinnwand aus Kork geheftet. Wehner schaute noch einmal zurück zum Regal. Darin waren noch jede Menge Transportkisten verschiedener Größen gestapelt, alle fein säuberlich in Reih und Glied, wie mit

einem Maßband eingemessen und ordentlich mit Öl abgerieben.

„Guck mal hier, Lolli", Wilfried zeigte auf den alten russischen Geländewagen, der wie eine Speckschwarte glänzte, „alles ausgeölt, und hier, abgeschmiert." Er deutete auf die Schmiernippel, die sich an der Vorderachse befanden.

„Entweder ist das ein totaler Ostalgier, so ein ewig Getriebener. Oder es ist dein gesuchter Mann Erich Lehmann, der hier einen perfekten Unterschlupf hat, wenn er nicht gefunden werden will."

„Das glaube ich nicht", entgegnete Wehner. „Nach einem Versteck sieht das hier nicht aus. Eher nach einem Depot, einem Stützpunkt, aber warum in Schraplau?"

Beide sahen sich um, es war nirgendwo ein zweiter Ausgang zu entdecken.

„Also, im Haus wohnt aber auch definitiv niemand mehr, ich habe vorhin durch die kaputten Fenster geschaut, und auch die Eingangstür wurde eindeutig lange nicht geöffnet", gab Wehner noch zu bedenken, um seine eben aufgestellte These eines Depots zu untermauern. „Lass uns diesen entzückenden Ort verlassen, Willi, ich fühle mich hier wie im Museum."

„Alles klar, Lolli, ich muss auch zurück zur Arbeit. Soll ich versuchen, das Tor wieder abzuschließen?"

„Wäre gut, wenn du das hinkriegst, ansonsten versiegele ich das hier und versuche noch mal, mit dem Besitzer, dieser Wachschutzfirma, Kontakt aufzunehmen."

Wehner hatte den ganzen Tag über versucht, irgendwen in dieser Wachschutzfirma zu erreichen. Bei seinem zehnten Anruf nahm endlich jemand ab: „Das ist nicht unser Haus", war die knappe Erklärung, die er telefonisch erhielt. Der Chef der Firma hatte sich dann doch noch herabgelassen, nachzusehen, ob dieser Erich Lehmann mal bei ihm gearbeitet hatte.

„Das war aber vor meiner Zeit", war sein kurzer Kommentar, „ich habe die Firma vor drei Jahren übernommen. Damals ist dieser Lehmann in Rente gegangen, wenn ich das hier alles richtig lese. Aber mit dem Haus habe ich nichts zu tun, das muss ein Irrtum sein."

Wehner dachte nach. Er hatte den Tag verstreichen lassen, ohne Brandstetter über das zu informieren, was er auf nicht so ganz vorschriftsmäßige Art herausgefunden hatte. Diesen Triumph wollte er ihm nicht gönnen, falls er sich doch irren sollte. Doch jetzt schien es ihm wasserdicht, er war sich sicher. Dieser Lehmann ist bis vor kurzem dort ein- und ausgegangen.

„Klar, da schauen wir nochmal vorbei", war Brandstetters Antwort, nachdem ihn Wehner über die gestrigen Ereignisse informiert hatte. „Das stand also offen?" vergewisserte er sich nochmals.

„Quasi", antwortete Wehner und musste grinsen. „Ich habe dann versucht, den Besitzer zu informieren. Aber da ist niemand ans Telefon gegangen. Ich habe das Tor dann vorsichtshalber versiegelt."

„Na gut, Wehner, so wie du das beschrieben hast, nimmst du am besten jemanden von der Spu-Si mit. Die haben einen geschulten Blick, was das Erkennen von Kleinigkeiten betrifft, die weiterhelfen könnten, die Identität von diesem Lehmann zu klären und seinen jetzigen Aufenthaltsort herauszufinden."

„Entzückender Einfall", rutschte es Wehner heraus.

„Wie meinst du?" vergewisserte sich Brandstetter, der so aussah, als hätte er Wehner nicht richtig verstanden.

„Ach, war nur so eine Redewendung", antwortete dieser, „was meinst du, wann kriegen wir da jemanden?"

„Ich rufe gleich mal an", sagte Brandstetter und griff zum Telefon.

„Ich bin Nicole, die Vertretung der Kollegin, die in Elternzeit ist." Nicole streckte Wehner und Brandstetter die Hand entgegen und musterte aufmerksam deren Blicke. „Ist doch okay, wenn wir uns duzen?"

Die beiden Männer schauten sich verdutzt an. Damit hatten sie nicht gerechnet. Nicole war maximal Ende zwanzig, durchaus gut proportioniert, mit einem hübschen Gesicht und langem blondem Haar.

„Ja, klar", beendete Brandstetter die Situation, indem er sich und Wehner vorstellte.

„Also, folgendes, Nicole, wir haben hier eine Anfrage von Interpol, zur Überprüfung der Identität eines Erich Lehmann. Die letzte bekannte Meldeadresse stammt aus den achtziger Jahren, Traunstein in Oberbayern. Die Anfrage zur Identitätsprüfung kam aus Südfrankreich, wo er unter anderem als Verdächtiger beziehungsweise Zeuge in einigen Fällen von sexueller Belästigung und dem Verschwinden von mehreren Jungen im Alter von etwa acht Jahren gesucht wird. Bei einem Jungen ist zusätzlich noch von einem Tötungsdelikt auszugehen."

„Krass", sagte Nicole, „das ist ja geil. So 'n Kinderfickerring und dann noch Interpol."

„Nun mal langsam, junge Kollegin", bremste Brandstetter die aufkommende Euphorie. „Das ist erstmal eine ganz normale Anfrage von Interpol zur Feststellung der Identität oder des Aufenthaltsortes der Person Lehmann, nicht mehr und nicht weniger. Traust du dir das zu, Nicole, da mal nachzusehen, ob du etwas findest?"

„Klar, selbstverständlich", antwortete sie mit strahlenden Augen.

„Dann fährst du mit Wehner dort rüber und schaust mal nach dem rechten."

„Na, dann wollen wir mal, Nicole", lächelte Wehner ein wenig schüchtern seine junge Kollegin an. „Musst du noch was mitnehmen?"

„Ach, weißt du, am liebsten würde ich mein Auto nehmen, da ist immer alles drin, was man so braucht. Ich fahr dir ganz einfach hinterher."

Wehner blickte ihr nach, wie sie zu ihrem tadellos restaurierten und in strahlendem Weiß neu lackierten VW-Bus ging. Er musste lächeln, als er die pinkfarbenen Sitzüberzüge und Nummernschildeinfassungen sah, die den T3 aus den achtziger Jahren schmückten. Entzückend, wie die Kids die Achtziger interpretieren. In glänzendem Weiß, pink umrahmt. Eine Nacht bei saurem Regen in dieser Zeit, hier in Schraplau, und du hättest die Karre nicht mehr sauber gekriegt. Wie verklärt die Vergangenheit im Nachhinein gesehen wird. Disco, Punk, Rock, die spannendste Dekade

aller Zeiten, wie ein neuer Radiosender, der fast ausschließlich Musik aus dieser Zeit spielte, diese immer bewarb. Keiner dachte mehr an den Kalten Krieg, die Wettrüstung, die Welt am Abgrund. Einfach weiße Farbe drauf und pink einrahmen, so einfach war das.
Als es hupte merkte Wehner, dass er vor lauter Grübeln übersehen hatte, dass Nicole mit ihrem Bus schon hinter ihm stand und im freundlich zuwinkte.

„Scheiße, Alter, das ist aber schon ein bisschen schön!" Ralf schaute in den Himmel, als sie in Traunstein aus dem Bahnhofsgebäude ins Freie liefen und Ausschau nach dem Bus hielten. Das Wetter war rekordverdächtig gut und der Himmel hatte anscheinend den Auftrag, unmissverständlich klarzumachen: ihr seid im weiß-blauen Bayern.
Die letzten Tage waren anstrengend gewesen. Das Aufnahmelager in Gießen und die lange Zugfahrt. Auch Frankfurt hatte Ralf nachhaltig beeindruckt. Er hatte zwar immer versucht, einen gleichgültigen Gesichtsausdruck aufzusetzen, aber Erich kannte ihn zu gut. „Hey Alter, wir sind hier nicht zum Spaß", sagte er und boxte Ralf freundschaftlich in die Seite, „mach den Mund zu, sonst fliegen noch Fliegen rein. Ich glaube, wir haben noch 'ne

Stunde Zeit bis der Bus fährt, lass uns noch ein Bier trinken gehen."
„Hey, Alter, das ist schon dein zweites heute, und wir haben noch nicht mal Mittag! Wie war das gleich mit dem Spaß?"
„Ach, ich bin froh, wenn der Tag heute vorüber ist", erklärte Erich mit angespannter Miene. „Ich habe irgendwie Kopfschmerzen, das muss an dem Wetter liegen."
„Oder an der klaren Luft, Kumpel", sagte Ralf lächelnd.
„Bin mal gespannt, wie lange wir in dieser scheiß Idylle abhängen müssen, bis es endlich losgeht", meinte Erich.
„Schauen wir mal", erwiderte Ralf, „die vom BND im Lager in Gießen waren schon sehr berechenbar, genau die Fragen, die wir vorab trainiert hatten. Na gut, morgen anmelden und dann sehen wir weiter. Das Angebot vom Arbeitsamt in Gießen mit dem Fitnessstudio war schon interessant, meinst du nicht, Erich? Dann war der Trainer-Schein doch zu was nütze."
„Keine Ahnung", brummte Erich vor sich hin.
„Also, als Elektriker gehe ich nicht mehr los!" warf Ralf ein, „auch wenn die Frau auf dem Amt meinte, dass der in Traunreut immer händeringend sucht. Jetzt mach dich nicht verrückt, Alter, vielleicht lassen wir uns auch erst mal krankschreiben, machen ja die meisten direkt nach der Ausreise, fällt wahrscheinlich am wenigsten auf."
„Willst'e och 'n Bier?" meinte Erich feixend.
„Na gut, eins geht, aber nur eins."
„Dieses Weißbier is' schon 'n geiler Scheiß", grinste Erich.

„Irgendwann hau ich dem scheiß Polen ein paar in die Fresse!" polterte Erich, als er aus dem Bad ins Zimmer zurückkam. „Stell dir vor, der ist schon wieder auf 'm Trichter eingepennt, während dem Scheißen, diese alte Wodkaleiche!"

Erich kletterte zurück in das Doppelstockbett, welches den kleinen Raum in der Drei-Zimmer-Wohnung des Flüchtlingsheims fast komplett ausfüllte. „Ich halte das nicht aus, die saufen den ganzen Tag, zum Arbeiten haben die keine Lust! Kaufen sich 'nen ollen Benz, bauen da drei Antennen drauf und 'ne Telefonattrappe rein. Fahren dann zurück nach Polen und hauen auf die Kacke. Ich finde das mit dem lebenslangen Einreiseverbot absolut richtig. Stell dir doch mal vor, was das bei uns für Nachahmer nach sich ziehen würde, wenn man die alle nach ein, zwei Jahren auf Besuch wieder reinlassen würde, diese ganzen intellektuellen, arroganten Arschlöcher, die jetzt weg sind. Die einzig richtige Entscheidung, finde ich."

„Ich gebe dir voll recht, Alter", meinte Ralf, „aber fang hier bloß keinen Stress an mit den Polen. Wir fahren heute früh nach Traunstein und machen einen Termin zum Probearbeiten in dem Fitness-Center aus. Der Chef dort hat ja gesagt, er könnte uns eine Wohnung besorgen, dann hat sich das hier erledigt."

„Alles klar, so machen wir das", willigte Erich ein.

Nicole hatte ihren Bus hinter Wehners Dienstwagen geparkt. „Das ist schon ein bisschen gruselig hier", war ihr erster Kommentar, nachdem sie ausgestiegen war und sich umgeschaut hatte, „und ihr vermutet hier den Kinderfi…, Verzeihung, ich meinte natürlich, den Verdächtigen."
„Kann sein, muss aber nicht. Sicher ist, dass in dem Haus mal seine Großmutter gewohnt hat, die ist allerdings schon lange tot. Das Haus ist zwar unbewohnt, aber eine Zeugin hat mir erzählt, dass es hier nachts öfter Aktivitäten gab. Aber, das Kuriose ist das hier", Wehner deutete in Richtung Einfahrt.
„Was soll denn da sein?" fragte Nicole neugierig.
„Wart's ab und komm mit", sagte Wehner lächelnd.
Erst als sie an der äußersten linken Seite des Eckhauses ankamen, konnte man die Einfahrt zum Keller erkennen. „Die kann man schon leicht übersehen", kommentierte Nicole die Lage und schaute interessiert auf das alte, verrostete Garagentor, das mit einem Polizeisiegel gesichert war. „Das Schloss ist aber schon nicht schlecht", stellte sie fest, als sie kurz davorstand. „Ich hole mal meinen Werkzeugkoffer."
„Nicht nötig, ist schon offen."
„Wie jetzt, hast du sowas aufgekriegt? Entschuldigung, war nicht so gemeint", schob sie mit einem Lächeln hinterher.
„Ist schon okay", meinte Wehner, „es stand sozusagen offen."
„Verstehe, geht mich nichts an."
„Gut, lass uns mal reingehen." Wehner schlitzte mit einem Fingernagel das Siegel auf und öffnete das Tor. „Warte mal,

Kollege", sagte Nicole und kramte aus ihrer Jackentasche zwei Paar Handschuhe hervor. „Ich hoffe, die passen."

„Wird schon gehen", antwortete Wehner und nahm die Handschuhe in Größe M entgegen. „Zumindest sind die nicht Pink", dachte er und musste schmunzeln.

„Also, angefasst habe ich gestern noch nichts, Licht angemacht auch nicht. Allerdings, schau mal, da oben blinkt eine rote LED."

Nicole blickte fragend in die vorgegebene Richtung: „Wo denn?"

„Ja, da!" Wehner deutete nochmals dorthin, als er bemerkte, dass dort nichts mehr blinkte.

„Haben wir gleich", meinte Nicole und suchte erst mal den Lichtschalter. Die Starter der alten Leuchtstoffröhren klackten zögerlich vor sich hin, bevor die Lampen ihren Dienst aufnahmen. Beide standen da und ließen das, was sie sahen, erst einmal auf sich wirken.

Bei Licht betrachtet fiel die fast schon zwanghafte Ordnung in diesem Raum noch viel stärker ins Auge. Der Niva und der Anhänger, der an der Wand lehnte, sahen aus, als hätte sich ein professioneller Aufbereiter damit beschäftigt, von dem Regal ganz zu schweigen. Wehner erinnerte das an seine Zeit bei der NVA, wo sein Spind bei der Stubenkontrolle so oft mit einem Handstreich des Unteroffiziers ausgeräumt wurde, bis er es gelernt hatte, seine Habseligkeiten korrekt zu verstauen.

Alle Sachen, Kisten, Nummernschilder und so weiter waren perfekt ausgerichtet. „Das hier ist schon ein bisschen krank", bemerkte Nicole. „Wenn ich da an meine Wohnung denke, und das hier ist ein Kellerraum!"

Als nächstes ging sie in die Richtung, aus der es rot geblinkt haben sollte. „Wehner, schau mal, da oben ist eine Webcam! Wenn die geblinkt hat, als du das letzte Mal da warst, dann weiß der, dem das hier gehört, jetzt Bescheid, dass er Besuch hatte."

„Und warum ist die jetzt aus?"

„Ganz einfach", Nicole lächelte ihn an, „du kannst mit so einem Teil zwar von überall aus einen Ort überwachen. Aber umgedreht funktioniert das natürlich auch. Solange die Kamera in Betrieb ist, kann man auch feststellen, wo derjenige sich befindet! Das hat sich allerdings erledigt, wenn sie außer Betrieb ist."

„Verstehe", sagte Wehner, „das ist ja entzückend."

„Was meinst du?" Nicole sah ihn fragend an.

„Ach, das ist nur so ein Spruch", antwortete er etwas verlegen.

„Hier, schau mal, die Fotos und die Zettel", Wehner deutete in Richtung Schreibtisch. „Also, meiner Meinung nach ist das auf dem Foto hundert Prozent dieser Erich Lehmann, und von den Uniformen her ist das eine Spezialeinheit oder so, zumindest nichts Normales. Soweit, wie ich das gestern erkennen konnte, sind das Ausgehuniformen vom Wachregiment Dzierzynski aus Berlin."

„Was für 'n Regiment?"

„Das war so eine Spezialeinheit der Staatssicherheit der DDR."

„Okay", Nicole bestätigte die Antwort mit einem nachdenklichen Nicken.

Als nächstes wandte sie sich der Pinnwand zu, an der einige Zettel mit Kombinationen aus Zahlen und Buchstaben

hingen. Irgendwie hatte sie den Eindruck, dass diese Blätter nicht so recht zu dem Rest des Raumes passten, hingen sie doch anscheinend ungeordnet und wie zufällig angebracht an dieser Tafel. Wenn man so wollte, das einzige Chaos in dem sonst steril anmutenden Raum.
Dann nahm sie das Regal in Augenschein. Der Stapel Nummernschilder neben dem Nachtsichtgerät fiel ihr als erstes auf. Sie hob eines nach dem anderen in die Höhe: „Hier, schau mal, Wehner, alles unterschiedliche Regionen, aber jedes abgestempelt mit TÜV und Zulassungsmarke, die sollten wir schon mitnehmen und überprüfen, oder was meinst du?"
„Klar, die Fotos und die Zettel ebenso. Vielleicht sind darauf noch irgendwelche Hinweise, wo sich dieser Lehmann aufhalten könnte."
Plötzlich hielt Nicole inne und sah an Wehner herunter, um an seinen Schuhen zu verweilen.
„Ist was mit mir oder mit meinen Schuhen?" fragte dieser etwas unsicher.
„Nein, alles in Ordnung, geh mal bitte ein Stück zur Seite." Sie kniete sich auf den Fußboden und strich mit der Hand über einige eng nebeneinanderliegende Riefen, die auf dem sauber betonierten Boden eine Art Halbkreis abbildeten, der von dem Regal ausging und in circa einem Meter Abstand endete. Sie stand auf und betrachtete das Gestell genauer. Exakt an der Stelle war an der sonst durchgängigen Konstruktion ein Stück als Verlängerung angefügt worden. Sie fuhr mit der Hand über die Fuge zwischen den beiden Regalteilen und prüfte mögliche Verbindungen. Nachdem sie sich vergewissert hatte, zog sie beherzt an dem Pfosten

des angefügten Regalteiles, was dieses mit einem satten mechanischen Klacken quittierte, um sich dann auf der durch die Riefen auf dem Boden beschriebenen Halbkreisbahn wie eine Tür zu öffnen.
Wehner war sprachlos, das hätte er der jungen Kollegin nicht zugetraut. Alle Achtung!
Dann standen sie beide vor der kleinen Nische, die sich hinter der Öffnung befand, und blickten staunend auf einen Tresor.

„Was meinst du, Ralf?" Erich zog die Stirn in Falten, nachdem die Bedienung ihm sein Weißbier gebracht hatte und schaute sich in dem kleinen Biergarten des König-Ludwig-Cafés um, in das sie nach dem Probetraining gegangen waren.
„Der Job ist schon interessant, und die Wohnung ist auch nicht schlecht. Zwar Altbau, kann man halt nicht mit unseren modernen Plattenbauten zu Hause vergleichen. Naja, von dem Preis mal ganz zu schweigen."
Erich trank in einem Zug das halbe Glas Bier leer, als ob er das Gesagte damit bestätigen wollte.
„Finde ich auch", meinte Ralf. „Ich hätte nicht gedacht, dass unser Trainer-Schein sich so schnell auszahlt. Der Chef von

dem Studio war schon nicht schlecht, aber ich glaube, den haben wir nachhaltig beeindruckt."

„Hast du was anderes erwartet, Alter?" entgegnete Erich, „wir sind die Besten! Ach, übrigens, der komische Typ vorhin mit dem schwarz gefärbten Irokesenschnitt, der war auch nicht von schlechten Eltern. Der hat uns die ganze Zeit so merkwürdig angestarrt."

„Stimmt, wo du das jetzt sagst", bestätigte Ralf Erichs Beobachtung, „Ich glaube, das ist auch 'n Ex-Ossi. Jedenfalls absolut schräg. Ich glaube, der alte Taunus-Ford, dieser ehemalige Leichenwagen-Kombi in Mattschwarz mit dem Kreuz in der Heckscheibe, der vor dem Fitnesscenter stand, gehört ihm."

„Kann schon sein", sagte Erich. „Nee, Alter guck mal! Scheiße, wenn man vom Teufel spricht." Er deutete mit dem Kopf zum Ausgang des Biergartens, wo gerade an einem frei gewordenen Parkplatz der mattschwarze Taunus anhielt. Der Typ mit dem Iro stieg aus, schmiss Kleingeld in den Parkautomaten, schaute sich um und kam grinsend zu ihrem Tisch.

„Noch frei hier?"

„Klar, warum nicht", meinte Ralf, während Erich noch immer argwöhnisch an der skurrilen Erscheinung auf- und abschaute. „Wenn 's sein muss, Alter", willigte auch er nun betont gelangweilt ein.

„Ihr seid doch och Ossis, das ist mir sofort aufgefallen. Da hab' ich 'nen Blick für, wir Ex-Ossis sind halt anders. Wann seid ihr denn rübergemacht?"

Erich und Ralf sahen sich an, dann ergriff Ralf nach kurzem Zögern die Initiative: „Letzten Monat, und du?"

„Ach, ich bin schon ein Jahr hier. Übrigens, ich bin Karl-Heinz, Kalle, für meine Kumpels."

Kalle setzte sich auf den freien Platz und bestellte sich einen Kaffee.

„Ihr wollt also im Gym anfangen, geil! Die Leute, die bis jetzt da gearbeitet haben, hatten nicht wirklich Ahnung. Aber ihr seid ein ganz anderes Kaliber, das war auf den ersten Blick klar."

„Und, was machst du eigentlich so?" fragte Erich mit immer noch betont gleichgültigem Gesichtsausdruck.

„Ach, so dies und das. Ich mache Kurierfahrten, überführe Autos für Gebrauchtwagenhändler, und vor allem suche ich ‚Katzengold'." Kalle blickte gespannt von einem zum anderen.

„Nee, Alter, das glaub ich jetzt nicht! Alles hätte ich gedacht, aber das nicht!" Ralf streckte die Hand zur Begrüßung aus, die Kalle grinsend annahm. Erich brauchte etwas länger, bis sich seine Miene aufhellte, doch dann schlug auch er in die ihm entgegengestreckte Hand ein.

„Ihr wurdet mir schon angekündigt", begann Kalle, „eure Personenbeschreibungen waren schon perfekt, Verwechslung ausgeschlossen, vor allem bei dir", er grinste in Erichs Richtung und legte ihm kurz die Hand auf die Schulter.

Der konnte seinen despektierlichen Gesichtsausdruck immer noch nicht ganz ablegen. „Welche Einheit warst du denn?" fragte er etwas steif.

„Prora, Kampfschwimmer. Ihr seid vom Wachregiment, bin informiert", sagte Kalle, immer noch grinsend, als er merkte, dass Erich antworten wollte. „Dieses Wochenende geht's los, seid ihr bereit?"

„Klar", meinte Erich, „was denkst du denn. Wo geht's hin?"

„Nach Hallstatt in Österreich. Wir machen da 'ne Woche ‚Urlaub'."

„Und wie machen wir das mit dem Job im Gym?" fragte Ralf.

„Annehmen natürlich, anfangen könnt ihr ja ab nächstem Monat. Der Chef war ziemlich euphorisch, der nimmt euch hundertprozentig, hab' ich aus seinen Kommentaren rausgehört, die er über euch rausgelassen hat, als ihr weg wart. Den habt ihr erwartungsgemäß überzeugt."

„Was müssen wir vorbereiten?"

„Nichts, alles schon da, der Rest ist da drin." Kalle zeigte auf seinen mattschwarzen Leichenwagen.

„Alter, ist der nicht ein bisschen auffällig?" stöhnte Erich.

„Klar, aber gerade da geht keiner ran, glaubt's mir, den könnte ich offenstehen lassen. Davor haben die Leute Respekt, na, sagen wir mal anders, die wollen mit mir ganz einfach nichts zu tun haben. Gibt es eine bessere Voraussetzung, um unseren Job zu machen?"

Dieses Argument hatte nun auch Erich überzeugt, dessen Gesichtsausdruck sich endlich etwas entspannt hatte.

„Nun gut", fuhr Kalle fort, „wenn ihr heute nichts weiter vorhabt, würde ich gerne schon ein paar Basics durchgehen, bevor wir ins Detail einsteigen." Ohne eine Antwort abzuwarten, winkte er die Kellnerin heran und bezahlte die Rechnung.

„Hier bin ich öfter", erzählte Kalle im Gehen, „dieses Traunstein ist eine kleine Beamtenstadt. Hier liegt sonst der

Hund begraben, nichts los. Aber wir sind ja nicht zum Spaß hier. Jedenfalls nicht nur", fügte er mit einem Lächeln hinzu.
„Habt ihr eigentlich schon ein Auto?"
„Nö", erwiderte Ralf.
„Ist vorerst auch nicht nötig. Das war zwar mal ein Leichenwagen, aber die Halterungen für die Rücksitzbank waren noch drin. Da habe ich mir ganz einfach eine vom Schrottplatz geholt, fertig. Beim Einsteigen ist das so noch ein bisschen eng, aber es funktioniert." Kalle schloss die Beifahrertür auf und sagte: „Bitteschön", als Erich zögernd vor dem Wagen stand.
„Das wird 'ne Fuhre, Alter. Ein Punker, ein Kung-Fu-Hippie mit Stirnband und ein ZZ-Top-ler mit langem Bart. Und das alles in einem ollen Leichenwagen."
Als Erich und Ralf eingestiegen waren, blickten sie sich erst einmal um. Das etwas robuste Äußere wurde drinnen von einem durchaus gediegenen Ambiente abgelöst.
„Schon riesig, das Teil von innen", brachte Ralf mit einem gewissen Staunen zum Ausdruck. Erich drehte sich um: „Krass, Alter, was is'n das?"
„Ach, das sind noch die alten IDA-71 Russen-Tauchgeräte, habe ich mir rüberschicken lassen, der ganze amerikanische Scheiß taugt nichts. Und ihr wisst ja, ein Taucher, der nicht taucht, der taugt nichts. Die Russentechnik ist auch hier das Maß der Dinge, zwar hinter vorgehaltener Hand, aber einig sind sich alle, spätestens nach den ganzen tödlichen Unfällen mit dem Ami-Schrott. Selbst einige Tauchschulen hier arbeiten mit denen oder den 72-ern, einfach, weil sie unter allen Umständen funktionieren."
Nun war auch bei Erich das Eis endgültig gebrochen.

„So, passt auf, Kameraden", fuhr Kalle fort, „ich würde vorschlagen, wir fahren rüber zum Tüttensee und gehen 'ne Runde schwimmen. So als Check, wie weit ihr in Form seid, nur für den Fall, dass ich euch doch mal in meinem Element brauche. Ist zwar unter normalen Umständen nicht nötig, aber ich will hundertprozentig jede Eventualität mit einbeziehen. Dazu ist der Auftrag zu brisant. Aber lasst uns erst mal losfahren."

Kalle startete den Taunus. „Also, Kameraden, wir fahren gleich hinunter zur Traun, die entspringt im Hallstätter See, aber deswegen sind wir nicht hier in Traunstein, sondern weil das ganz einfach als Ausgangspunkt für unser Vorhaben perfekt ist."

Während Kalle so erzählte, grüßte er schon den siebten oder achten Typen, der auf dem Fußweg vorbeilief.

„Hey, du kennst hier aber 'ne Menge Leute", meinte Ralf anerkennend, „und das in der kurzen Zeit!"

„Klar, bleibt nicht aus, bei der Maskerade", antwortete Kalle lächelnd und zeigte dabei auf sich und den Taunus. „Wenn die wüssten! Die meisten sagen immer zu mir, wenn sie mich kennenlernen: ‚Du bist doch überhaupt kein richtiger Ossi! Die wollen bloß immer die besten Sachen, neue Autos, und alles vom Feinsten. Dann kriegen die auch noch zinslose Kredite und so. Du bist da anders'." Er lachte kurz.

„Apropos anders. Euer Äußeres bleibt so bis zum Ende des Einsatzes. Eure und meine Vita ist so platziert, ihr könnt mir glauben, in unserem Einsatzgebiet sind sämtliche Geheimdienste der Welt versammelt, und die machen alle ihren Job. Wollen wir mal hoffen, nicht so gut wie wir", sagte er grinsend, als er die Stadt in Richtung Tüttensee verließ. „Ach, und das mit den ‚Kameraden' lassen wir mal besser vollständig, bevor es aus Gewohnheitsgründen jemandem herausrutscht."

„Alles klar, Alter", meinte Erich und strich sich durch seinen Bart, der in den letzten Monaten schon eine beachtliche Länge erreicht hatte.

„So, nun erst einmal zu den Eckdaten. In Karl-Marx-Stadt ist bei der Sanierung einer Hauptwasserleitung im Stadtarchiv in einem vermüllten und gesperrten Kellerraum ein ganzer Schrank mit alten NS-Akten gefunden worden."

Kalle sah im Rückspiegel, wie Ralf und Erich Luft holten und gerade anfangen wollten zu sprechen.

„Ich weiß, ihr wart vor Ort. Deswegen sitzt ihr jetzt hier und niemand anders. Und auch, weil ihr nicht nur im Kampfsport die Besten seid. Auch der Einsatz ‚Abseits' hat sich in der Firma herumgesprochen." Er nickte bestätigend in den Rückspiegel, dann fuhr er fort.

„Unsere Spezialisten haben sich die alten Akten vorgenommen, was bei dem erbärmlichen Zustand, in dem sie sich befunden hatten, schon eine gewisse Zeit in Anspruch genommen hat. Zusammen mit den Sachverständigen vom Zentralantiquariat in Leipzig, die mit der Neuauflage von alten Schriften als Reprint und Faksimile erhebliche Mengen Valuta für unsere Republik erwirtschaften, ist es ihnen gelungen, einen Großteil der Schriften zu entziffern.

Nun zu den harten, gesicherten Fakten. So eine Pleite wie die Operation ‚Herbstwind' am Stolpsee, wo ihr ebenfalls involviert wart, können wir uns hier nicht leisten. Am Ende des Zweiten Weltkrieges wurden einige der geraubten

Kunstschätze unserer russischen Freunde sowie viele bedeutende Kostbarkeiten des Deutschen Reiches und auch gestohlene Wertgegenstände der Juden in Richtung Alpenfestung geschafft, die im Toten Gebirge entstehen sollte. Göring selbst hatte das noch hektisch organisiert, aber es ist nicht mehr alles da angekommen, wo es hinsollte. Durch das Vorrücken der Alliierten wurden kurzfristig andere Verstecke ausgesucht und gesichert. Das Salzkammergut und vor allem seine Seen sind so zu ungewollten Lagerstätten von immensen Schätzen geworden.
Unser Auftrag besteht nun darin, auszukundschaften, wo sich eine Möglichkeit zu einer konspirativen Bergung und die gefahrlose Rückführung in unsere Republik realisieren lässt."
Ralf und Erich hörten gespannt zu. Das Äußere von Kalle wollte so überhaupt nicht zu seinen präzisen und detaillierten Ausführungen passen. Aber wenn sie so in den Spiegel schauten in den letzten Monaten …
Ralf verspürte wieder sein lang vermisstes Gefühl in der Magengegend, das er immer bekam, wenn das Adrenalin seinen Körper flutete. Was für ein geiler Einsatz, das übertraf all seine Erwartungen. Erich hingegen schien völlig regungslos, aber konzentriert.

„Warum fahren wir eigentlich mit der großen Kiste?", fragte Ralf, als Kalle sie mit dem Wohnmobil abholte.
„Das ist schon in Ordnung so", erwiderte der nur kurz. Und so hatte Ralf das Thema als erledigt angesehen, bis sie in Berchtesgaden zur Rossfeldstraße abbogen. Die ersten

Kurven und die Steigung waren nicht von schlechten Eltern, aber ein Hinweisschild ließ darauf schließen, dass es die nächsten Kilometer nicht besser werden würde.

„Nee, Alter, das ist jetzt nicht dein Ernst! Du weißt aber schon, was du da machst?"

„Klar", antwortete Kalle und nahm jede Kurve so beherzt, dass die Reifen quietschten, aber er so wenig wie möglich an Schwung verlor. „Das Ding packt das schon, habe ich bereits oft genug getestet. ‚Horst' ist auch nicht das, wonach es aussieht. Ich meide damit die Autobahn-Grenzkontrollen, die schauen schon mal genauer nach. Hier über Land kennen die mich schon, hab' ich schon circa vierzig Mal probiert. Zweimal haben die mir hier Horst auch zerlegt, doch jetzt werde ich immer durchgewunken, ist halt Provinz hier. Die ticken eben wie überall auf dem Dorf. Das sind meistens auch die gleichen Beamten, im Gegensatz zur Autobahn. Da sind immer Frischlinge dabei, die dementsprechend hibbelig sind.

Hier ist das Thema Kontrollen durch. Da hilft auch mein spezielles Äußeres, der Wiedererkennungsfaktor ist so gegeben. Und Horst ist seitdem nach und nach aufgerüstet worden. Aber dazu später mehr."

„Wieso heißt das Ding eigentlich ‚Horst'?" wollte Erich wissen.

„Du kennst doch ‚Derrick'?" fragte Kalle.

„Klar", antwortete Erich.

„Na und, macht's Klick? Der Schauspieler heißt mit Nachnamen Tappert, so ähnlich wie das Wohnmobil."

„Ach so, alles klar", meinte Erich grinsend. „Was willst du eigentlich hier oben?"

„Na, das ist schon geil da oben, und auch mit Horst macht das Fahren hier ganz einfach Spaß. Wenn wir oben sind, siehst du den Watzmann so nah, da hast du das Gefühl, rüberspringen zu können.
Aber am interessantesten hier auf dem Obersalzberg ist der sogenannte Berghof von Hitler. Das haben die Armys zwar alles platt gemacht, doch das Hauptgebäude mit der riesigen Terrasse davor wurde wiederaufgebaut. Das ist auch das einzige Haus, wo man noch hinkommt. Auf dem Rest sitzen die Amerikaner. Die haben die ganzen alten Bunkeranlagen in Beschlag genommen und sich dort oben eine Kaserne gebaut, mit Golfplatz, diese dekadenten Säcke. Einige Teile der Anlage sind total zerstört, andere noch recht gut erhalten. Unsere Auslands-Aufklärung war da auch mal dran, weil nicht sicher war, wie weit der Baufortschritt von dem sogenannten Haupt-Führerbunker gewesen ist. Die wollten da ernsthaft einen Eingang mit einer vierspurigen Straße in den Berg bauen, der den damals schon bestehenden Bunker nach unten erweitern sollte. Wie die Amis aus alten Akten entnommen haben, sollte der bei zukünftigen Kriegen sämtliche Vermögenswerte des Deutschen Reiches aufnehmen und gegen alle Waffen, auch Atombomben, schützen.
Genaues vom endgültigen Stand der damaligen Bauarbeiten wissen wir leider auch nicht, aber wenn da irgendetwas hingeschafft worden ist, dann ist das hundertprozentig nicht mehr da."
Kalle hielt vor dem Gebäude des Berghofes auf dem großen, vorgelagerten Parkplatz an. Zumindest hier, zwischen den

Massen von Touristen, die dort ihre Autos und Wohnmobile geparkt hatten, fiel ihr Fahrzeug nicht mehr auf.

Erich stieg andächtig aus und blickte sich um. Das Wetter meinte es gut mit ihnen und hatte wieder den weiß-blauen Paradehimmel herbeigezaubert. „Da oben ist doch das Teehaus", meinte Erich und zeigte linker Hand auf ein Gebäude, das wie ein Adlerhorst auf einer Bergflanke über ihnen thronte.

„Das ist nicht so ganz richtig", erklärte Kalle. „Das ist ein weit verbreiteter Irrtum. Bis dort oben läuft man circa zweieinhalb Stunden, und wie wir aus alten Akten wissen, hat Hitler meistens bis Mittag geschlafen, wenn er hier war, hat dann zwei Stunden gefrühstückt. Und wenn er Gäste hatte, die er frühestens zu diesem Mittags-Frühstück empfing, ist er danach mit ihnen zu dem Teehaus gelaufen, laut Akten zehn bis fünfzehn Minuten. Fällt dir da was auf, Erich? Das kann also gar nicht da oben sein. Das Teehaus befand sich in der Nähe des ‚Türkenwirt', ein Gasthof, der auch im Sperrgebiet der US-Army liegt, am Rande des jetzigen Golfplatzes."

Erich schaute Kalle verdutzt an, Ralf schienen diese Geschichten weniger zu interessieren.

„Ja, und wie kommt es dazu, dass alle meinen, das sei das Teehaus da oben?" hakte Erich nach.

„Ist ja auch irgendwie richtig", meinte Kalle mit wichtiger Miene, der Erich die Begeisterung für die Geschichte anmerkte. „Das dort oben ist das ‚D-Haus', wie Diplomatenhaus. Da oben hat er seine Staatsgäste raufgefahren. War halt ein ziemlicher Poser, der Herr

Schickelgruber", sagte Kalle lächelnd. „Kommt, lasst uns mal weiterfahren, wir haben heute noch was vor.

„Ich glaube, ich hab's", sagte Willi und wischte sich den Schweiß von der Stirn. „Diese alten Dinger gehen halt nicht anders auf." Er drehte an dem Rad, das durch ein sattes Klacken signalisierte, dass der Tresor jetzt geöffnet war.
„Wo hast du das denn gelernt, bei Egon Olsen von der Olsenbande?" witzelte Wehner anerkennend.
Nicole sagte gar nichts, sie war augenscheinlich nachhaltig beeindruckt. Doch dann rutschte ihr doch noch eine Bemerkung raus: „Wahnsinn, ich dachte, die Sache mit dem Stethoskop, das funktioniert nur im Film!"
„Na gut, Willi, jetzt mach schon auf!" sagte Wehner, „hoffen wir mal, dass wir was finden."
Willi zog an der Tür, die durch ein sattes Unterdruckgeräusch nachgab. Der Tresor war zur Hälfte mit Akten in vergilbten Heftordnern sowie auch neuen Ordnern gefüllt. Im oberen Fach lagen drei Stöße mit Banknoten. Wehner nahm einen der Geldscheinstapel in Augenschein: „Das sind alte englische Pfund, und hier Euros, das sind ja mindestens zwanzigtausend! Und schaut mal hier, alte D-Mark-Scheine, auch nicht wenig."
„Was sind das für Akten?" wollte Nicole wissen.

Wehner zog vorsichtig einen der vergilbten Ordner vom Stapel: „Die sind aus dem Dritten Reich", sagte er verdutzt. „Schaut mal hier", er hielt den Ordner, auf dem der Reichsadler ein Hakenkreuz in den Fängen hielt, vor Willi und Nicoles staunende Gesichter. Dann legte er die Papiere auf das Regal und griff sich einen der Ordner des anderen Stapels. „Stasiunterlagen!" Wehners Gesichtsausdruck verfinsterte sich: „Scheiße, wo sind wir denn da reingeraten!"
Er schnappte sich noch einen der neueren Ordner und blätterte eine Weile darin, dann drückte er ihn Nicole in die Hand: „Schau mal, kennst du dich damit aus?" Er sah ihr gespannt zu, wie sie die Seiten durchging.
„Ich glaube, das sind Daten von einem Schweizer Nummernkonto, so scheint es mir zumindest."
Wehner strich sich mit der Hand über seinen kahlrasierten Schädel: „Entzückend!" sagte er, ohne Rücksicht auf das verdutzte Gesicht von Nicole zu nehmen, die mit diesem Ausspruch so rein gar nichts anfangen konnte.
„Ich glaube, wir müssen Brandstetter informieren, aber vorher verschaffen wir uns zuerst mal selber einen Überblick, es geht ja schließlich um eine Anfrage von Interpol. Und auf den ganzen Scheiß stürzen sich dann sowieso andere. Daran hat sich bestimmt nichts geändert, auch wenn die Republik jetzt eine neue ist."
Nicole stand mittlerweile wieder vor der Pinnwand und betrachtete die anscheinend wahllos angehefteten Notizzettel: „Hier habe ich 'ne Idee", sagte sie, „ich bin mir aber noch nicht sicher. Ich nehme die erst mal mit. Kann ja nicht schaden", fügte sie lächelnd hinzu.

Als sie etwa einen Kilometer durch den Tunnel gefahren waren, hielt Kalle auf einem Parkplatz an, der einen ersten Ausblick auf Hallstatt und den See erlaubte.

„So, wir sind da. Dort unten gehen wir heute abend noch ein Bier trinken. Da bin ich schon einigermaßen bekannt", meinte Kalle grinsend. „Morgen stehen wir früh auf. Wir machen eine kleine Bergtour, um euch erst mal einen Überblick zu verschaffen, aber jetzt fahren wir erst mal weiter auf den Campingplatz zum Anmelden. Ordnung muss sein."

Ralf wollte noch einen Blick auf den Berg werfen, durch den sie gerade gekommen waren. Der Parkplatz, auf dem sie standen, war so eine Art Ausweichbucht, von der aus man über eine Treppe in den Ort gelangen konnte. Nachdem er ein paar Stufen hinabgestiegen war, konnte er einen Wasserfall sehen, der in einen Kanal gezwängt sich neben den Stufen seinen Weg hinab durch den Ort bahnte. Etwas höher waren übereinander zwei schöne alte Steinhäuser mit separat abgezweigten Kanälen zu sehen, durch die jeweils ein hölzernes Mühlrad angetrieben wurde. Und das in dieser steilen Lage, ging es ihm durch den Kopf.

Er mochte Altstädte, Eisleben, seine Heimatstadt, oder auch Halle, wo sie vor ihrem Einsatz wohnten, hatten die doch auch jede Menge alte Bausubstanz, aber in welchem Zustand. Hier war alles in leuchtenden Farben getüncht, Farben, die dem Auge schmeichelten. In Halle oder Eisleben brauchte man immer sehr viel Vorstellungskraft, um zu erkennen, welchen Glanz die Altstädte einmal gehabt haben mussten, bevor sie das sozialistische Einheitsgrau, die Farbe des allmählichen Verfalls, angenommen hatten.

Ralf ertappte sich oft bei diesen Gedanken, die in seinen Kreisen nicht existierten, zumindest nicht offiziell, und schon gar nicht bei Erich. Bei dem musste ganz einfach alles funktionieren, praktisch sein. Erich war ausgeschriebener Neubau-Fan, nicht zu begeistern für den alten bourgeoisen Mist. Die Dekadenz eines untergehenden Systems, dem Kapitalismus, in dem sich einige Wenige die Taschen vollsteckten und der Rest sehen musste, wie er klarkam. Erich verschloss ganz einfach seine Augen und Ohren vor der Wahrheit, dass die Versorgungslage zu Hause in der DDR immer schlechter wurde, Jahr für Jahr. Erichs eigentliche Leidenschaft waren die Clubabende innerhalb des Wachregimentes, die Treffen eines kleinen Kreises zu dem er, Ralf, nicht dazugehörte. Diese Aktivitäten von Erich und seinen Gleichgesinnten standen unausgesprochenerweise zwischen ihnen. Die Huldigung für einen Führer und sein ebenfalls schon untergegangenes Reich, das nach dessen Willen tausend Jahre hätte bestehen sollen.

Kalle riss Ralf aus seinen Gedanken: „Komm jetzt, Ralf! Das siehst du morgen alles viel besser! Wir machen dann eine Bergwanderung zum Schneidkogel, und da oben siehst du den Turm, den Rolandsturm, da kommen wir dann auch

vorbei." Er deutete auf das Ziel des nächsten Tages. "Aber jetzt lass uns weiterfahren, ich habe noch 'ne Verabredung."
"Okay", meinte Ralf, "ich komm ja schon!"
Als sie auf den Parkplatz zurückkamen, stand Erich gelangweilt vor dem Wohnmobil, er hatte keinen Blick für die Schönheit des Ortes, der unter ihnen lag.

"Boäh, das nenn ich doch mal Frühsport!" Ralf war an diesem Morgen der erste, der die steilen Treppen in Richtung der Mühlen in Angriff nahm und sich auch bis zur Weggabelung zwischen Kaiser-Franz-Josef-Stollen und der Soleleitung von Kalle und Erich nicht mehr einholen ließ.
Als Kalle als zweiter ankam, fragte Ralf nur kurz: "Rechts oder links?"
"Nee, warte mal, ich zeig euch mal was."
Es dauerte keine zwei Sekunden, bis Erich ebenfalls erschien.
"Na, wohl doch ein Bier zu viel gestern", spaßte Ralf, wenn auch schon mit einer gehörigen Portion Ironie.
"Haha", konterte Erich, "war halt gestern noch 'n bisschen später bei uns, nicht, Kalle?"
"Klaro, Alter, die Beate hat dir schon gut gefallen, nicht wahr, Erich?" wollte Kalle wissen.
"Naja, ging so", erwiderte dieser.
"Dafür habt ihr euch aber ganz schön angeregt unterhalten", gab Kalle zurück.
"Woher kennst du die Annette eigentlich?" wollte Erich wissen.

„Na, aus dem Marktbeisl, wo wir gestern waren. Da war ich jedesmal, wenn ich hier war, abends ein Bier trinken, hat sich halt so ergeben."

„Na, vom Äußeren her passt ihr ja gut zusammen. Sie hat ja voll den Grufti-Style", kommentierte Ralf Annettes Erscheinungsbild.

„Und du, Alter?" gab Kalle an Ralf gerichtet zurück, „machst dir wohl nichts aus Frauen. Die eine hat dich voll angehimmelt, und dann noch so ein Feger, aber du guckst da noch nicht mal hin!"

„Ach, ich war ganz einfach hundemüde", sagte Ralf genervt.

„Ist schon okay, vielleicht ist die ja heute Abend auch wieder da", entgegnete Kalle, für den das Thema damit erledigt schien. Erich grinste noch ein wenig in sich hinein.

„Na gut", fuhr Kalle fort, „da drüben ist die Mühlbachschlucht, die du gestern von unten gesehen hast", sagte er an Ralf gerichtet, „die sehen wir uns kurz an, und dann geht es weiter in Richtung Franz-Josef-Stollen."

Als sie um die Ecke kamen, konnte man die gigantische Rinne schon erkennen, die der Mühlbach in das Gestein getrieben hatte. Über diese Rinne war ein Steg gebaut, der einen fantastischen Ausblick in beide Richtungen erlaubte.

„Ihr müsst euch mal vorstellen, hier haben die früher ganz einfach den gesamten Abraum aus dem Salzberg runtergeschüttet. Ganz Hallstatt steht sozusagen auf dem Abraumschutt der Jahrhunderte aus diesem Berg. Damit nicht irgendwann der halbe See zugeschüttet ist, haben die in den letzten Jahrzehnten angefangen, die ausgebeuteten Stollen mit diesem Abraum aufzufüllen. Aber da gab es nach dem Krieg erst mal einiges wegzuräumen, auch

Sprengfallen. Die Nazis haben hier quasi alles vermint, nachdem sie Unmengen an Kunstgegenständen eingelagert hatten. Meist durch den Franz-Josef-Stollen. Das Dickste, was da rausgeholt wurde, waren 500-Kilo-Bomben, und nun ratet mal, wer das gemacht hat."
Er blickte triumphierend in die Runde, bevor er weitersprach. „Das war noch vor unserer Zeit, und das haben sich unsere Leute auch gut bezahlen lassen. Der Kommandoeinsatz ‚Bienenkorb', die erste Aktion der neugegründeten Staatssicherheit, und gleich ein voller Erfolg. Ansonsten würde es den Berg hier nicht mehr geben, zumindest nicht in dieser Form, wie er heute existiert."
Erich und Ralf hörten ihm gebannt zu.
„Wenn ihr so wollt, war es der erste und einzige Auftrag unserer Organisation, den wir für ein nichtsozialistisches Land erledigt haben. Das wissen auch nur ganz wenige, außer uns jetzt", fügte Kalle grinsend hinzu. „Davon gehört zu haben, ist auch eine Vorbereitung auf unseren Job hier. Muss eine heiße Zeit gewesen sein, man spricht von neununddreißig ungeklärten Todesfällen bis 1955. Besser war damals, man wusste nicht allzu viel über diese ganzen Verstecke, das war im allgemeinen gesünder und verlängerte das Leben auf ein natürliches Maß."
Nachdem sie einige Serpentinen gelaufen waren, standen sie vor dem Kaiser-Franz-Josef-Stollen. „Das ist ja ein riesiger Eingang", staunte Erich, und Ralf nickte zustimmend.
„Ja", erklärte Kalle, „das war auch der größte Stollen, und er war am längsten in Betrieb. Von hier aus haben sie über diese Terrasse eine Trasse zum Mühlbach gebaut, wo man mit Loren den Abraum entsorgte. Diese Mine haben die

Nazis auch am meisten favorisiert, um die ganzen Raubschätze zu verstauen. Was da genau drin war und wo sich das alles heute befindet, weiß keiner genau. Nun lasst uns weitergehen, wir haben noch ein ganzes Stück Weg vor uns."

Kurze Zeit später kamen sie zum Rudolfsturm. „Hier hat damals der Chef dieses Bergwerks gewohnt", kommentierte Kalle das imposante Bauwerk, das an absolut exponierter Lage errichtet war. Ralf hatte schon Lust, es sich etwas genauer anzusehen, doch als Erich den Anblick folgendermaßen kommentierte: „Das ist wieder mal typisch, bourgeoise Säcke! Lasst uns mal weitergehen", hatte sich Ralfs Wunsch erledigt.

„Du hast ja sowas von recht, Erich", meinte Kalle, „und außerdem sehen wir von dem Platz, wo wir hinwollen, eh' viel besser."

Ralf fügte sich der Mehrheit und nahm die Aufforderung zu einem kleinen Wettkampf, den Kalle dadurch begann, dass er an einem Steilstück von etwa 28 Prozent in den Laufschritt verfiel, gerne an. Rechts und links des Weges standen einige Gebäude, die teilweise noch in Betrieb zu sein schienen, während andere dem Verfall preisgegeben waren. Immer wieder sah man Stolleneingänge, die durch massive Türen verschlossen und augenscheinlich außer Betrieb waren.

Nun wurde die Landschaft waldiger und der Weg zog sich in Serpentinen den Berg hinauf, ein verblichenes Wanderschild, welches an einer kleinen, alten Mühlenbaracke angebracht war, wies ihnen den Weg in Richtung Schneidkogelalm. Kalle legte immer noch ein beachtliches Tempo vor und fand traumwandlerisch jede noch so kleine Abkürzung zwischen den Schotterserpentinen.

Rechter Hand kam eine kleine Hütte ins Blickfeld, die anscheinend Jägern als Unterkunft diente, was sich aus dem davor geparkten Geländewagen schlussfolgern ließ, an dessen Anhängerkupplung eine Art Korb montiert war, der zum Abtransport des erlegten Wildes diente. Vor der Hütte stand eine Tränke, die aus einem massiven Baumstamm gefertigt war, und in die über eine ebenfalls hölzerne Leitung Quellwasser hineinlief. In ihr befanden sich fünf Flaschen Bier, die man gegen Entgelt, das man in eine Kassette, die an einem kleinen Baum befestigt war, hineinwerfen sollte, erwerben konnte. Erich sah so aus, als ob er einen kleinen Moment überlegte, der Verlockung nachzugeben, ließ es dann aber doch bleiben.

Ein wenig höher gelangten sie an die ersten Schneebretter, welche die Frühlingssonne noch nicht erreicht hatte, um sie wegzutauen, und die Bewaldung sowie das Unterholz wurden immer dichter. Jetzt ging es linker Hand auf einer Art Steig weiter, der sich mit einem beachtlichen Anstieg zum Schneidkogel hinaufschraubte, und auf der linken Seite die Alm gleichen Namens hinter sich ließ.

Durch ein Rascheln sensibilisiert stoppte Kalle den Aufstieg und hielt den Arm mit nach oben gestreckter Hand Ralf und Erich entgegen, um sie damit aufzufordern, es ihm gleichzutun. Mit dem Finger vor den Lippen ermahnte er die beiden zur Ruhe und flüsterte: „Seht ihr da drüben den Steinbock, der hat sich hinter diesem Baum versteckt und beobachtet uns. Die Viecher sind so neugierig, deswegen sind sie auch fast ausgerottet."

Ralf und Erich sahen nach einem Moment der Konzentration zwei gebogene Hörner wechselseitig hinter einem Baumstamm hervorlugen. Erich flüsterte zu Kalle: „Na, wenn die Viecher so blöd sind, haben die es auch nicht anders verdient."

Kalle schmunzelte daraufhin, nahm das Gesagte aber so hin. Der weitere Weg führte auf der sonnenabgewandten Seite weiter steil den Berg hinauf, und mit zunehmender Höhe wurden die Schneebretter immer massiver.

„Wahnsinn", staunte Ralf, „so hoch sind wir hier doch gar nicht."

„Klar, aber die Sonne fehlt hier komplett im Winter. Nach Hallstatt beispielsweise kommt über ganze vier Monate kein einziger Sonnenstrahl runter. Das muss man sich mal vorstellen."

„Deswegen saufen die auch so viel", meinte Erich grinsend.

„Kann schon sein", bestätigte Kalle seine Vermutung, „soll ja in Skandinavien ähnlich sein über die Wintermonate."

Alle drei grinsten sich an und marschierten weiter.

Nach einer Weile hatten sie den höchsten Punkt des Schneidkogels erreicht und mussten noch ein leicht abschüssiges Hochplateau queren, um an die Stelle zu gelangen, deren Panorama allen dreien für einen Augenblick den Atem verschlug.

„Wahnsinn, Alter!" platzte Ralf als erster los, „was für eine Aussicht!"

Das Wetter meinte es wieder einmal gut mit ihnen, bis auf ein paar Wolken, die sich an das gegenüberliegende

Dachsteinmassiv lehnten, war der Rundblick durch nichts getrübt. Anstelle eines für solche Orte üblichen Gipfelkreuzes hatte man hier einen Stein, der die perfekte Form eines Herzens hatte, in einem Metallgestell platziert.

„Schon ein bisschen romantisch hier", stellte ausgerechnet Erich fest, „aber find mal 'ne Uschi, die hier mit raufkommt", sagte er lachend.

Ralf musste in diesem Moment das erste Mal seit langem an Regina denken, die er vor Jahren verlassen hatte. Die wäre bestimmt mitgekommen, doch diesen Gedanken verdrängte er gleich wieder.

Kalle ließ nicht viel Zeit verstreichen, um dann zur Sache zu kommen: „So, Kameraden, hier oben sind wir hundertprozentig allein." Er zeigte auf den Hallstätter See, der sich zu ihren Füßen in einer Nierenform ausbreitete: „Deswegen sind wir hier! Das, was wir nach Hause holen sollen, liegt wahrscheinlich an der tiefsten Stelle des Sees, und die ist 124 Meter tief. Nun sagen die meisten Laien, geht ja, aber das hat es in diesem Fall gehörig in sich. Wenn wir den Aufzeichnungen Glauben schenken können, und im Gegensatz zum Stolpsee-Einsatz sind sich unsere Experten da fast sicher, verbergen sich dort unten Kisten von unschätzbarem Wert. Wir gehen davon aus, dass an dieser Stelle das Bernsteinzimmer versenkt wurde.

Es gibt auch einige Hinweise, dass es nach Zell am See zum Schloss Fischhorn gebracht wurde, von wo es die Amerikaner mit über den Großen Teich genommen haben sollen. Wir meinen, dass es sich bei diesen Hinweisen um Fälschungen handelt, die bewusst platziert wurden, um das Interesse von Hallstatt abzulenken. Wie gesagt, sämtliche

Geheimdienste sind hier aktiv, und das selbstredend nicht, um die totale Klarheit zu schaffen über das, was sich hier in den letzten Tagen des Zweiten Weltkrieges zugetragen hat. Unseren Informationen nach hatte ein Fritz Köhler den Auftrag, das Bernsteinzimmer gegen Kriegsende unbeschadet in die Alpenfestung zu bringen, wo sich der harte Kern der Nazis verschanzen wollte, als letztes Bollwerk sozusagen. Dabei war schon allein die Alpenfestung ein Mythos, die es so überhaupt nicht gegeben hatte und wahrscheinlich auch nie geben sollte. Der Obersalzberg bei Berchtesgaden sollte nach dem Krieg beziehungsweise dem Endsieg zu einer Art Festung, oder sagen wir mal A-, B- und C-Waffen-sicheren Tresor und Bunker ausgebaut werden, der sämtliche bis dahin bekannten Dimensionen gesprengt hätte. Also war das Salzbergwerk im Obersalzberg wahrscheinlich als Lagerstätte auserkoren. Einige gehen zwar davon aus, dass der Toplitzsee dafür bestimmt war, das halten wir allerdings für Blödsinn.

Die Gerüchteküche um diesen See ging explosionsartig in die Höhe, als Professor Doktor Frog dort mit seinem Tauchboot die gefälschten Pfundnoten geborgen hat. Der ganze See war zugemüllt mit allem möglichen Schrott, Waffen und Minen und so weiter. Was dort reingeschmissen wurde, sollte so schnell nicht wiederauftauchen. Eigentlich vermutete man da ja die Zugangscodes zu Schweizer Banken, dem Vermögen der im Dritten Reich enteigneten Juden, aber gefunden hat man nichts. Der eigentliche Mythos dieses Sees besteht in der Tatsache, dass dort in aller Abgeschiedenheit die Marine der Wehrmacht neue

Waffensysteme getestet hat. Andere Hinweise haben wir nicht!

Dieser Professor Frog ist auch ein abtrünniger Ossi, der aber erkennen musste, dass er unserem Land, das ihn ausgebildet und studieren lassen hat, nicht so leicht entkommt, egal, wo er sich befindet. Sagen wir mal, er hat seine Schuld noch nicht beglichen.

Nun noch mal zu diesem Fritz Köhler. Der war schon zuständig für die Demontage, das Verpacken und den Transport des Bernsteinzimmers in Sankt Petersburg. Zwischenzeitlich wurde es nach Königsberg gebracht, um Teile davon auszustellen und den Rest einzulagern, bis es in Berlin beziehungsweise ‚Germania', wie die Hauptstadt später heißen sollte, in einer dieser wahnsinnig gigantischen Neubauten einen würdigen Platz bekäme.

Dann verlor sich angeblich jede Spur dieses Kunstschatzes, angeblich, wir wissen aber, dass dieser Fritz Köhler die Kisten ein zweites Mal packen musste und der Abtransport in Richtung Alpenfestung befohlen war, nachdem immer mehr deutsche Städte bombardiert wurden und davon auszugehen war, dass dies mit Königsberg ebenfalls passieren würde."

Kalle nahm einen Schluck aus seiner Trinkflasche, blinzelte gegen die Sonne und erzählte dann weiter.

„Nun kommen wir zu dem Szenario, das sich wahrscheinlich hier zugetragen hat. Dort drüben, auf der anderen Seite des Sees, führt die Eisenbahnstrecke entlang. Seht ihr da die kleine Halbinsel? Hinter dem Hügel befindet sich der Bahnhof von Hallstatt, von dort aus legt eine Fähre ab, die den Bahnhof mit dem Ort verbindet. Es ist immer noch die

gleiche Fähre wie damals. Anfangs hieß sie ‚Dampfschiff Kronprinz Rudolf'. Daraus wurde im Dritten Reich ‚MS Rudolf Hess', und heute heißt sie ‚MS Rudolf', so einfach ist das hier mit der Vergangenheitsbewältigung.
Linker Hand, hinter dem Hügel, wo sich der Bahnhof befindet, seht ihr die Eisenbahnbrücke."
Kalle deutete zur Unterstützung in die Richtung.
„Ja, was ist da?" wollte Erich wissen und holte nebenbei seinen Feldstecher aus dem Rucksack.
„Da kam der Zug nicht weiter und hat sich dort der Kisten mit dem für uns interessanten Inhalt entledigt, um danach den Befehl zu erhalten, zurückzusetzen und nach Zell am See zu fahren."
„Wieso kam er denn da nicht weiter?" fragte Ralf.
„Es gab da so einen Funkspruch, dass angeblich ein paar Übereifrige von der Hitlerjugend und vom Volkssturm unter dem Kommando eines gewissen Wallner Josef die Eisenbahnbrücke Hallstätter Kuppenstraße sprengen wollten und auch den Bahnhof schon vermint hätten. Also gab es keine Möglichkeit mehr, die Kisten mit der Fähre nach Hallstatt hinüberzubringen. Deshalb entschied der besagte Fritz Köhler, die Kisten vor Ort zu versenken. Er war noch so geistesgegenwärtig, sie mit einem jeweils vierzig Meter langen Draht zu versehen, an dem er einen hölzernen Schwimmer befestigte, um sie irgendwann mit einem Anker wieder hinaufziehen zu können. Was der gute Mann allerdings nicht wusste, war, dass sich ausgerechnet unter der Brücke mit einhundertvierundzwanzig Metern die tiefste Stelle des Sees befindet. Er hatte über Funk die Information

bekommen, es wäre an der Schiffsstation Bahnhof circa achtzig Meter tief.
Die Stelle, an der die Kisten nun liegen, ist zwar nur einen Steinwurf vom Bahnhof entfernt, aber deutlich tiefer, was die Bergungsmöglichkeit per Anker entscheidend einschränkt, außerdem können wir uns nicht einfach auf die Brücke stellen und nach Kisten angeln, einleuchtend, oder?" Er grinste in die Runde.
„Schon allein, auf die Brücke zu gelangen, wäre nicht so einfach. Es gibt, wie ihr seht, nur den Zugang über die Bahnschienen oder übers Wasser. Das Gebirge dahinter ist zu steil, absolut unbegehbar. Also bleibt nur der Zugang über das Wasser. Und deswegen wurde ich für Einsatz ausgewählt", erklärte er mit unüberhörbarem Stolz in der Stimme.
„Mein Spezialgebiet halt. Aber auch mit einem Boot zu dieser Stelle rüberzufahren ist nicht möglich, da wären wir total auf dem Präsentierteller."
Kalle hielt kurz inne, um sich zu vergewissern, das Ralf und Erich noch zuhörten. Als er in ihren Gesichtern erkannte, dass sie noch voll bei der Sache waren, fuhr er fort: „Seht ihr da rechts drüben, wo die Straße entlangführt, an dem schmalen Stück den Parkplatz?"
Die beiden folgten seinem Blick und nickten. „Ja", antwortete Ralf zur Bestätigung.
„Das ist die Werflinger Wand. An diesem Platz habe ich des öfteren mit Annette eine Nacht verbracht. Ein Grufti und ein Punk im Leichenwagen, was Auffälligeres ist mir ganz einfach nicht eingefallen und ist wahrscheinlich auch schwer zu finden. Annette ist da voll drauf abgefahren, und glaubt

mir, wir hatten immer unsere Ruhe. In dieser erzkatholischen Gegend sind wir Gesprächsthema Nummer Eins, doch dann halten eben doch alle Abstand.

Meinen Ford nehmen wir das nächste Mal auch mit. Der ist ganz einfach perfekt, um mein Aqua Zepp zu transportieren. Mit dem komme ich unter Wasser total entspannt durch den ganzen See und kann bis zu drei Kisten zurücktransportieren. Ich habe im Vorfeld schon einen Punkt zur Verankerung auf circa fünfzig Metern Tiefe angebracht, damit wir das Ding nicht immer abtransportieren müssen. Wenn wir zurückkommen, bekommt ‚Horst' die nächste Ausbaustufe."

„Was heißt das denn?" wollte Erich wissen.

„Gut", meinte Kalle, „Horst sieht zwar völlig normal aus, ist es aber keinesfalls. Im ersten Schritt hat das Wohnmobil ein stabileres Fahrwerk erhalten, damit es auch schwere Lasten aufnehmen kann, ohne optisch zu tief einzutauchen. Danach wurden Stauräume in den Wänden geschaffen, dafür wurden die Isolierung entfernt und die entstandenen Hohlräume exakt auf das Maß der Paneele aus dem Bernsteinzimmer hergerichtet. Beim nächsten Umbau bekommt es noch einen anderen Unterboden, denn allzu oft wollen wir ja auch nicht fahren müssen."

„Die Tanks, sind die keine Möglichkeit, um irgendwas darin zu verstauen?" gab Erich zu bedenken.

„Eben nicht", antwortete Kalle. „Die werden meist als erstes kontrolliert. Wurden zu oft von Drogenkurieren verwendet."

Erich nickte etwas beschämt. Er hatte zu wenig nachgedacht, was für seine absolute Begeisterung an diesem Projekt sprach.

„Eure Aufgabe besteht in der Absicherung meiner Person und der Basis für die nächtlichen Aktionen, am Tag ist da ganz einfach zu viel los, und die Werflinger Wand liegt wie auf dem Präsentierteller."
„Okay", sagte Ralf, „klingt alles soweit machbar, wann geht es denn los?"
„Das dauert noch ein wenig", erklärte Kalle. „Wir müssen euch hier noch platzieren. Bei mir hat der Gewöhnungsprozess schon stattgefunden. Aber das größte Problem ist der Torner. Der hat unten am See eine Tauchschule und mit seiner Schwester zusammen eine Pension. Der kennt den See wie seine Westentasche und ist einer der besten Taucher, die ich kenne. Den müssen wir auf dem Schirm haben.
Nach unseren Informationen arbeitet er momentan an einem Buch über verschollene Schätze im Salzkammergut. Es ist nicht davon auszugehen, dass er was über das Bernsteinzimmer im See weiß. Wie die meisten in der Gegend geht er wohl davon aus, dass das die Amerikaner haben, zumindest behauptet er das bei Stammtischgesprächen. Es wäre vielleicht eine Möglichkeit, wenn ihr einen Tauchlehrgang bei ihm machen würdet."
Ralf und Erich schauten Kalle verwundert an.
„Ja, für mich kommt das nicht in Frage", meinte Kalle, „der merkt sofort, dass ich tauchen kann. Da gibt es so automatisierte Prozesse, die kann man nicht ohne weiteres auf Anfängerniveau zurückfahren, der würde das hundertprozentig merken."
„Okay, machen wir", antworteten Ralf und Erich, „wir können uns ja morgen anmelden."

„So, jetzt lasst uns zurückgehen, und heute abend geht's zu Annette in die Kneipe."
„Gute Idee", meinte Erich und grinste.

„Schuster, Bundesnachrichtendienst" stellte sich der unscheinbare Mann mittleren Alters kurz vor, nachdem er die Polizeiwache in Querfurt betreten hatte. Er war zielstrebig auf Wehner zugegangen und hielt ihm kurz den Ausweis unter die Nase. „Sie sind der Dienststellenleiter?"
„Nein, das ist der Herr Brandstetter", sagte Wehner und lächelte etwas verlegen. Dieser war schon auf dem Weg aus seinem Büro heraus, um schnurstracks auf den Besucher zuzugehen.
„Hauptkommissar Brandstetter, ich leite hier das Kommissariat", sagte er beflissen und streckte Schuster die Hand entgegen. Dieser ignorierte das Angebot gekonnt, indem er von seinem nicht ganz billigen Anzug eine Fussel entfernte, die sich auf seinen linken Ärmel verirrt hatte.
„Wir haben telefoniert", erwiderte Schuster nur kurz und wies Brandstetter mit einer eindeutigen Handbewegung den Weg in dessen Büro.
Wehner war fassungslos und konnte seinen Gesichtsausdruck immer noch nicht ganz regulieren, als Nicole die Wache betrat.

„Morgen", sagte Nicole fröhlich und schaute ihn mit großen Augen an, „was ist dir denn für eine Laus über die Leber gelaufen?" fragte sie schmunzelnd.

„Ach, hör bloß auf!" platzte Wehner heraus. „Dieser A…, ich meine, der Chef hat den BND angerufen, nachdem er unseren Bericht hatte. Der Herr fühlt sich anscheinend zu Höherem berufen."

„Und was heißt das denn jetzt genau?"

„Dass wir mit dem Fall nichts mehr zu tun haben, achte drauf!" sagte Wehner, immer noch merklich aufgebracht.

„Na, wenn das so ist und wir wirklich raus sind, dann brauchen die das ja bestimmt nicht, was ich herausgefunden habe."

Wehner musste grinsen, er hatte in diesem Augenblick den Rest seiner Skepsis, die er Nicole immer noch entgegengebracht hatte, über Bord geworfen. Vielleicht eine Macke aus der anderen Republik, oder ganz einfach Schraplau, dieser, wenn man es wohlwollend betrachtete, Ort mit dem morbiden Charme, an dem das ganze Mysterium begonnen hatte, wodurch sein Leben nachhaltig verändert worden war. Für einen kurzen Moment kam ihm zum ersten Mal der Gedanke, dass diese beiden Sachen zusammenhängen könnten, erst die Staatssicherheit, und jetzt der BND, und zwischendurch die Anfrage von Interpol.

„Nun erzähl schon!" sagte Wehner neugierig, „was hast du denn herausgefunden?"

„Komm, wir gehen in den Pausenraum, da haben wir unsere Ruhe."

Nachdem sie Platz genommen hatten und Wehner sich und seiner Kollegin einen Kaffee eingeschenkt hatte, holte sie die gelben Notizzettel aus ihrer Tasche. Sie legte diese Wehner vors Gesicht und fragte kess: „Und, was liest du daraus?"

„Mach es nicht so spannend", antwortete Wehner und wiegte dabei seinen Kopf hin und her, „erzähl schon!"

„Also, dazu habe ich die halbe Nacht gebraucht, dabei war es doch relativ einfach. Anfangs habe ich sämtliche numerischen Codes ausprobiert, die mir eingefallen sind, nichts! Dann wollte ich schon alles wegräumen und schlafen gehen, als ich durch Zufall noch mal kurz auf so einen Wikipedia-Ausdruck vom Müritzsee geguckt habe. Da will ich dieses Jahr mit Freunden Urlaub machen und paddeln gehen. Und bei den Beschreibungen des Sees sind neben Tiefe, Länge, Breite und so weiter, auch die GPS-Daten aufgeführt. Ab da war alles nur noch eine Fingerübung. Zwischen den Angaben auf den Zetteln fehlten ganz einfach die üblichen Symbole für GPS-Koordinaten, aber sonst war alles vollständig. Selbst die anscheinend willkürlichen Positionen auf der Pinnwand machten dann einen Sinn, nachdem ich mir das Foto, das ich gemacht hatte, nochmals genau angesehen habe."

„Und?" fragte Wehner ungeduldig.

„Sämtliche GPS-Koordinaten, bis auf eine, befinden sich im Hallstätter See im Salzkammergut. Das Beste ist, die Zettel auf der Pinnwand geben exakt an den Einstichstellen der Nadeln wieder, wo sich die Stellen im See befinden, vorausgesetzt, man legt eine maßstabsgerechte Karte des Sees darüber. Wenn das mal nicht zwanghaft ist, dann weiß ich auch nicht. Dieser Lehmann, oder wie auch immer er heißen mag, ist ziemlich krank!"

Nicole schaute Wehner mit großen Augen an und wartete auf eine Reaktion seinerseits.

„Oder absolut perfekt, der hat nichts dem Zufall überlassen, entzückend", sagte dieser und wischte sich mit der linken Hand über seine Glatze, als die Tür zum Pausenraum aufging.

„Ach, hier seid ihr", konstatierte Brandstetter. „Ich habe Herrn Schuster vom BND euren Bericht übergeben. Wir haben mit der Anfrage von Interpol ab sofort nichts mehr zu tun."

„Ich hoffe, sie haben mit denen noch keinen Kontakt aufgenommen?" fragte Schuster mit strengem Blick.

„Oh, das tut mir jetzt aber leid", sagte Nicole lächelnd, „die E-Mail ist gestern abend raus."

Schuster drehte sich wortlos um und ging, während Brandstetter einfach nur ungläubig glotzte und umgehend hinterhereilte.

„Wie jetzt?" Wehner blickte Nicole verdutzt an.

„Also, das stinkt doch zum Himmel!" meinte diese. Dann holte sie ihr Smartphone aus der Tasche, wischte über den E-Mail-Button und drückte bei der erscheinenden Mail auf ‚Senden'.

„Respekt", murmelte Wehner, der für einen Moment so aussah, als würden ihm gleich die Augen rausfallen, „hast du jetzt gerade das gemacht, was ich denke?"

„Ja, da war ich wohl gestern etwas übereifrig."

„Ich glaube, das hatten wir ja auch so miteinander abgestimmt", lachte Wehner, „Respekt!"

„Ach, weißt du, Wehner, wenn du so jung bist wie ich, hast du kein Verständnis für die Grabenkämpfe der alten Leute.

Ich weiß schon zu schätzen, in welche Zeit ich geboren bin, und ich finde solche Institutionen wie Interpol durchaus wichtig. Vor allem, wenn es um die Aufklärung von so einer perversen Scheiße wie in Frankreich geht. Ich denke, das müssen auch die Herren von unserem Geheimdienst mal einsehen, oder nicht?"
Sie nahm ihr Smartphone und steckte es zurück in die Tasche.
„So, jetzt warten wir mal ab, was da kommt", sagte sie grinsend.

„Na, was meinen sie denn dazu, das ist doch äußerst merkwürdig!"
Moulin und Renard saßen voller Erwartung in dem Büro ihres Chefs in Marseille und schauten auf die ausgedruckte E-Mail, die dieser vor sie auf den Schreibtisch gelegt hatte.
„Äußerst merkwürdig!"
Moulin schob das Schreiben so auf den Tisch, dass er und Renard gleichzeitig lesen konnten.
„Temporärer Aufenthalt von Erich Lehmann in den letzten Monaten in Schraplau, Sachsen-Anhalt. Wahrscheinlich spurentechnische Hinweise auf gelegentliche Aktivitäten in Hallstatt in Österreich. Was ist daran jetzt merkwürdig?"

wollte Renard wissen, nachdem er den Bericht überflogen hatte.

„Der Absender, meine Herren", gab der Polizeichef zu bedenken, „nicole@vw-bulli-club.de, und die Tatsache, dass der Herr Stiel von Interpol selbst keinerlei Wertung dieser Information vornimmt, ist schon speziell. Was macht eigentlich der Kollege Simond, meine Herren?"

„Nun ja", Moulin und Renard schauten sich kurz an, „der hat sich irgendwie voll reingesteigert in unseren Fall, aber hat dann plötzlich Überstunden abgefeiert. Wir sind in Kontakt. Diese Akte ‚Katzengold', die unsere Zeugin Schwartz erwähnt hat, die hat ihn völlig elektrisiert."

„Nun gut, meine Herren, wir müssen den Fall irgendwann abschließen, was halten sie davon?"

„Wovon?" fragte Moulin erstaunt und blickte zu Renard hinüber, „mit Verlaub, Chef, ich glaube nicht, dass wir den Fall abschließen können, wir haben noch immer keinen Hinweis, wo sich die Leichen der beiden Jungen aus Cassis befinden, und was dieser Erich Eisenhuth oder Lehmann damit zu tun hat. Ich kann nicht ruhig schlafen, ohne diesen Fall vernünftig abgeschlossen zu haben. Und außerdem finde ich, wir sind das den Kindern und ihren Eltern schuldig, alles lückenlos aufzuklären!"

Moulin erschrak sich in diesem Moment, in dem er kurz innehielt, um nach neuen Argumenten zu suchen, über die Stille, die plötzlich in dem Büro herrschte. Erst jetzt wurde ihm klar, wie emotional und lautstark er reagiert hatte.

„Auch, wenn das Migrantenkinder sind", schloss er den vorherigen Satz etwas leiser nach einer kurzen Pause.

„Na, die letzten Worte habe ich mal nicht gehört, aber ansonsten möchte ich sie genau so, so engagiert, meine Herren. Wir lassen uns doch von den Deutschen nicht vorführen, und dem Namen nach ist dieser Stiel von Interpol wohl auch ein Deutscher."

Er räusperte sich kurz und fuhr dann fort: „Nehmen sie doch mal Kontakt zu dieser Nicole von diesem Bullenclub auf. Scheint ja eine recht unkonventionelle Frau zu sein. Sehr sympathisch, sehr französisch, und wenn es sein muss, machen sie sich da vor Ort ein Bild.

Ach ja, und noch etwas, es wäre vielleicht hilfreich, den Kollegen Simond davon zu überzeugen, mit am Ball zu bleiben. Ich regle das selbstverständlich mit seinem Vorgesetzten."

Simond konnte es noch immer nicht glauben, auch als er die E-Mail zum zehnten Mal durchlas: „Möchte dich treffen, es gibt was zu besprechen! Marcel."

Er überlegte, wie lange er schon keinen Kontakt mehr zu seinem Sohn hatte. Seit damals, als dieser sein zweites Studium verhauen hatte und sich nicht traute, ihm, seinem Vater, sein erneutes Scheitern einzugestehen. Erst Physik und dann Philosophie, und er, Simond, hatte dies alles finanziert. Als er dann erfuhr, dass Marcel ein halbes Jahr schon keine Vorlesungen mehr besucht hatte und nur noch das Nachtleben studierte, war der Ofen aus. Obwohl er ihn gut verstehen konnte, jung sein war nicht immer einfach.

Er selbst hatte auch lange gebraucht, um seinen Weg zu finden, aber eines hatte er nie getan, auf Kosten anderer gelebt, er hatte immer versucht, auf eigenen Füßen zu stehen, seit er sechzehn Jahre alt war und diese peinliche Sekte seines Vaters und seiner Mitstreiter verlassen hatte. Er hatte damals jeden Kneipenjob angenommen, um sich über Wasser zu halten und sein Zimmer in der WG zu finanzieren. Aber bei Marcel war es wohl sein fehlender Einfluss an dessen Erziehung. Marcels Mutter hatte den Kontakt nicht gestattet, aus Rache, weil Simond sie verlassen hatte, diese fürchterliche Frau ohne Ideale und moralische Normen, der größte Fehler in seinem Leben.

Simond merkte, wie auch nach all den Jahren sich sein Puls sofort beschleunigte, wenn er an seine Exfrau dachte. Diese hatte sich dann einen Richter geschnappt, der ihr ein sorgenfreies Leben garantierte, ohne lästige Arbeit, diese Tätigkeit im Leben, wofür sie sich nie so ganz erwärmen konnte. Was sollte Marcel da auch an Werten für sein Leben mitbekommen haben?

Lieber ein Ende mit Schrecken, als ein Schrecken ohne Ende, hatte sich Simond gedacht und die Unterhaltszahlungen eingestellt. Das Ende seiner Beziehung zu Marcel, der sich daraufhin über einen Anwalt bei ihm meldete, natürlich ein Buddy seines Stiefvaters.

Und jetzt diese E-Mail. Was war da los?

Er grübelte immer noch, als ihn das Klingeln seines Smartphones aus den Gedanken riss. „Moulin" stand auf dem Display. Er wischte über den grünen Hörer: „Ja?"
„Bist du es, Simond?" fragte Moulin am anderen Ende.
„Ja, entschuldige, ich bin etwas in Gedanken. Ça va? Schön, von dir zu hören. Gibt es was Neues?"
„Du wirst es nicht glauben, wir haben aus Deutschland Hinweise bekommen über mögliche Aufenthaltsorte von diesem Lehmann, Eisenhuth oder wie auch immer, einmal in Deutschland und einmal in Österreich."
„Und?" fragte Simond ungeduldig, im Gegensatz zum Beginn des Telefonates waren jetzt sämtliche Sinne bei ihm geschärft, „gibt es Hinweise bezüglich ‚Katzengold'? Wo liegen denn diese Orte genau?"
„Tja, ich weiß nicht, ob dir die Namen was sagen. Von Hallstatt in Österreich habe ich zumindest schon mal gehört, aber Schraplau in Deutschland, keine Ahnung, wo das liegen soll."
Simond überlegte kurz, er ging in Gedanken seine Recherchen bezüglich des Bernsteinzimmers durch, die schon beachtliche Papierstapel in seinem Camper erzeugt hatten, bevor er antwortete. „Nein, diese beiden Orte kommen da nirgends vor", sagte er leise.
„Kommen wo nicht vor?" hakte Moulin nach.
„Excuse moi, ich meine in meinen Nachforschungen. Ich habe mich die letzten Wochen mit nichts anderem beschäftigt als mit diesem Bernsteinzimmer, aber von diesen Ortsnamen ist da nirgendwo die Rede."
„Bon, bist du trotzdem mit dabei? Wir haben von meinem Chef grünes Licht, weiterzumachen. Er fände es hilfreich,

wenn du weiterhin mit im Team wärst. Er würde das auch mit deinem Vorgesetzten regeln."

„Ich weiß nicht. Eigentlich gerne, mir fällt hier in der Bretagne so langsam das Dach auf den Kopf, wie man so sagt. Aber ich habe da noch ein privates Problem zu klären und weiß noch nicht, wieviel Zeit das in Anspruch nimmt. Ich würde vorschlagen, wir bleiben in Kontakt, gegebenenfalls komme ich nach. Ach, und grüße bitte Renard von mir."

„Mach ich, und hoffentlich bis bald." Moulin legte nachdenklich auf. Dann wählte er kurzentschlossen Renards Nummer. Als dieser abhob, fragte er ohne lange Umschweife: „Lust auf ein Déjeuner?"

„Klar, und wo?"

„In der Kantine?"

„D' accord, bis gleich."

„Das ging aber schnell mit der Genehmigung der Dienstreise", dachte Renard laut, als sie gerade die Route Napoleon in Richtung Grenoble verließen.

„Ich glaube nicht, dass es nur an unserer stichhaltigen Begründung lag, die wir gestern beim Mittagessen verfasst haben, ich denke, da ist noch etwas anderes, was den Chef dazu bewogen hat, uns fahren zu lassen", stimmte Moulin ihm zu. „Ich musste mir bei diesem Argument mit den Deutschen echt auf die Zunge beißen. Diese ganzen Ressentiments finde ich ganz fürchterlich, das ist alles so verlogen mit diesem Nationalstaatenscheiß. Im Tourismus leben wir alle voneinander und ziehen uns gegenseitig das

Geld aus der Tasche, doch wenn es darum geht, politisch zusammenzuarbeiten, kommen die Egoismen durch.

Wenn ich sehe, was da in England gerade los ist, mit diesem Referendum zum Austritt aus der EU, mal sehen, was daraus wird. Weißt du, manchmal kann man den Glauben an die Menschheit verlieren. Das sind doch alles eitle, egoistische alte Säcke, die sich da profilieren wollen, und über so ein wichtiges Thema versuchen, alte Rechnungen zu begleichen. Da fällt mir immer dieser Deutsche ein mit seinem Lied ‚Kinder an die Macht'. Kennst du das?"

„Leider nicht. Aber du weißt gar nicht, wie recht du hast. Die werden schon sehen, was sie davon haben, sollte es wirklich zu einem Austritt kommen. Andererseits blockieren die Briten auch nur in der EU. Mal sehen, was die Zukunft bringt. Politik ist so ein schmutziges Geschäft", resümierte Renard.

„Also, diese Straße war schon der Hammer", wechselte Moulin das Thema, der von der kurvenreichen Strecke durch die wilde, bergige Landschaft fasziniert war.

„Weißt du, schon nach unserer gemeinsamen Rennradtour von Marseille nach Cassis habe ich verstärkt darüber nachgedacht, mir ein Motorrad zuzulegen. Aber diese Strecke hier, das toppt noch mal alles."

„Ja klar, mach doch", bekräftigte ihn Renard. „Geht mir ähnlich, ganz zu schweigen von der Chartreuse oder der Route des Grandes Alpes, hier rechts und links von uns, für Motorradfahrer muss das doch das Paradies sein."

„Diese Nicole", fuhr Renard fort, indem er seinerseits das Thema wechselte, „die ist doch von der Spurensicherung, oder habe ich das falsch verstanden?"

„Nein, nein, das ist schon richtig."
„Ich verstehe nicht, warum ausgerechnet die Spurensicherung mit uns Kontakt aufnimmt, und dann noch mit so einer ungewöhnlichen E-Mail-Adresse. Normalerweise muss das doch über die Dienststelle laufen."
„Ja klar, aber sie hat auf unsere Anfrage geantwortet und uns auch Unterkünfte besorgt. So unkonventionell, diese Deutschen."
Da können wir uns eine Scheibe abschneiden. Ich bin überhaupt gespannt auf Deutschland, aber erstmal freue ich mich auf Chamonix", sagte Renard und schmunzelte. „Wir können ja heute abend ein Bier trinken gehen, vielleicht ins PMU?" Er wartete einen Moment Moulins Reaktion ab und schaute ihn an.
„Ja, ja, mach dich nur lustig", kam nach einer Weile dessen Kommentar, aber dann musste auch er grinsen.

Irgendwie sollte man Orte so in Erinnerung behalten, wie man sie beim letzten Mal verlassen hat, sinnierte Renard, als sie Chamonix in Richtung Schweiz verließen. „Die Passstraße ist ja in einem erbarmungswürdigen Zustand", kommentierte er die Schläge, die das Innere des Wagens in Form von unangenehmem Krachen durchdrangen.
„Ja, Entschuldigung, aber so, wie es heute schüttet, kann man ja kaum was sehen", antwortete Moulin, dem es peinlich war, anscheinend in fast jedes Schlagloch dieser Straße zu geraten.
„Da freut man sich auf Chamonix, und dann dieses Wetter", fuhr Renard fort.

„Dann wird auch noch das Elevation umgebaut, das PMU hat ebenfalls zu, und von den Bergen war auch nichts zu sehen", ergänzte Moulin die Beschreibung der Tristesse, die sie gestern abend vorgefunden hatten.

„Nun gut, aber die ganze Strecke an einem Tag durchzufahren wäre auch nicht wirklich eine Alternative gewesen. Mal ganz abgesehen von den Autobahngebühren, die in Frankreich angefallen wären, da ist die Vignette in der Schweiz ja geradezu ein Schnäppchen", argumentierte Moulin weiter.

„Da hast du recht", stimmte ihm Renard zu.

„Eigentlich sieht man gleich da oben für einen Moment die Staumauer von diesem Wahnsinns-Stausee", erklärte Moulin.

„Gigantisch, in dieser Höhe", staunte Renard. „So was machen nur die Schweizer, wenn sie nicht gerade ihre Berge durchlöchern wie den gleichnamigen Käse.

Kurze Zeit später war die Grenze in Sicht.

„Hier endet Europa, mitten in seinem Herzen, irre, nicht?" kommentierte Renard die flexiblen Sperren, die neben das Postenhaus geschoben waren.

„Ja, irgendwie will man das nicht mehr haben", gab Moulin ihm recht. „Aber so ist das nun mal mit der direkten Demokratie. Die Schweizer Regierung war damals total euphorisch und wollte Mitglied der Europäischen Union werden. Sie hatten schon begonnen, Zollstationen abzubauen, die dann ja überflüssig gewesen wären, und was passierte? Bei der dafür notwendigen Volksabstimmung entschieden sich die Schweizer mehrheitlich gegen den Beitritt. Shit happens, sozusagen."

„Da stellt man sich ja ernsthaft die Frage, was vernünftiger ist", überlegte Renard laut, „die direkte Demokratie nach Schweizer Vorbild, oder die parlamentarische, wie bei uns oder in Deutschland beispielsweise."

„Da hast du wohl recht. Einerseits ist das schon eine tolle Sache mit den Volksbefragungen. Andererseits kann man Menschen auch so leicht beeinflussen, und den meisten ist das eigene Hemd dann doch am nächsten. Kaum jemand hat das große Ganze im Blick."

„Da hast du recht, Moulin", sagte Renard nachdenklich, „du kennst doch den Egoistenspruch, wenn jeder an sich selbst denkt, ist an alle gedacht."

Beide mussten lachen und fuhren auf die Autobahn.

„Gut, dass wir einen Tempomat haben", sagte Moulin erleichtert. „Die blitzen hier schon ab einem Stundenkilometer zu viel, und das kostet ein Schweinegeld. Bin mal gespannt auf die deutschen Autobahnen, freie Fahrt, das ist schon verlockend. Mal schauen, was unser Dienstwagen so läuft", sagte er lächelnd.

„Respekt, Respekt", sagte Wehner mit einem breiten Grinsen, während Nicole ihn auf den neuesten Stand brachte. „Ein Zimmer hast du den beiden also auch schon besorgt, und die zwei kommen heute abend an?"

„Ja, die haben mir gestern abend eine Mail geschickt. Sie haben wohl in Chamonix übernachtet und kommen mit dem Auto."

„Tja", sagte Wehner und schaute an die Decke, „das sind ja auch etwa zwölfhundert Kilometer bis hierher, ziemlich weite Dienstreise."

„Ja, und wenn ich das richtig verstanden habe, sind das ein Hauptkommissar aus Marseille und sein Kollege von der Spurensicherung, die sich angekündigt haben. Aber mein Schulfranzösisch ist etwas eingerostet, ich habe schon etwas Bammel davor."

„Du machst dir Sorgen", meinte Wehner, indem er sich mit der Hand über seinen frischrasierten Schädel strich. „Ich mache mir viel mehr Sorgen, wenn die vom BND mitkriegen, dass du die Mail erst morgens abgeschickt hast, und nicht, wie behauptet, am Abend davor."

„Ich glaube, das wird nicht passieren, ich hoffe es zumindest. Ich habe den Abstand der automatischen Aktualisierung der Mails auf meinem Smartphone auf sechs Stunden eingestellt. Das könnte also gerade so klappen, falls die das überprüfen sollten."

„Gut, mir persönlich ist es relativ egal, was die mit mir noch anstellen. Aber du, Nicole, du hast doch nur einen befristeten Vertrag, machst du dir da keine Gedanken wegen der Verlängerung oder Festanstellung?"

„Ja klar, mache ich schon, aber das sollte nicht die Arbeit beeinflussen, und ich finde das gar nicht mal so unwichtig, woran wir hier arbeiten."

Wehner zögerte einen Moment, zog die Stirn in Falten und begann dann zu erzählen: „Also, ich glaube, du solltest wissen, worauf du dich einlässt. Dass der BND hier aufkreuzt, macht mich schon nachdenklich. Du kannst das nicht wissen, aber als ich hier als Polizist angefangen habe, war mein erster Einsatzort Schraplau, und genau dieses Schraplau hat schon einmal einen Geheimdienst interessiert, die Staatssicherheit der ehemaligen DDR. Aber das ist eine längere Geschichte. Ich habe noch nicht gefrühstückt, wollen wir in das Café an der Ecke gehen? Ich denke, du hast ein Recht darauf zu wissen, worum es hier geht, damit es dir nicht genauso ergeht wie mir und deine Karriere aufhört, bevor sie angefangen hat. Ich habe die letzten Tage viel nachgedacht und bin mir sicher, das hat alles miteinander zu tun. Aber der Reihe nach, lass uns was essen gehen."

„Scheiße!" fluchte Kalle, er war gerade aufgetaucht, hatte das Mundstück des Sauerstoffautomaten herausgenommen und schlug mehrfach mit der Faust auf die Uferböschung.
„Hey, nicht so laut", ermahnte ihn Erich und nahm Kalle das Seil ab, dass er in der anderen Hand hielt. Aufgeschreckt von dem Wutausbruch kam Ralf angerannt. Er hatte sein Nachtsichtgerät in der Hand, welches er hastig abgesetzt hatte, als er Kalle fluchen hörte.
„Was ist denn los?" fragte er angespannt.

„Ach, schon wieder eine Kiste, die mir beim Transport vom Aqua Zepp gerutscht ist. Mittlerweile die dritte. Das ist zum Kotzen. Die Scheiße ist so vergammelt. Ich bin die letzten Male extra einen Umweg gefahren, damit ich nicht in die Strömung gerate. Scheiße, Scheiße, Scheiße!" schimpfte er nochmals merklich leiser und kam mit einem gekonnten Schwung aus dem Wasser geklettert. „Ist die Luft rein?" fragte er an Ralf gerichtet.

„Klar, Kalle, so klar wie Kloßbrühe. Alles in Ordnung, nüscht los."

„Wollen wir die Kisten noch hochziehen?" wollte Erich wissen und deutete auf das Seil, das er Kalle abgenommen hatte.

„Nee, heute nicht", antwortete der, nachdem er kurz nachgedacht hatte, „ist alles safe am Depot, alles gut vertäut. Schmeiß das Seil wieder rein, das würden wir heute nacht eh' nicht mehr schaffen.

Erich, gib mal die Karte her, ich muss noch die Koordinaten einzeichnen, wo ich die letzte Kiste verloren habe. Dieser Ami-Schrott da unten macht mir auch Sorgen, die P 47 hängt noch mit einer Tragfläche am Felsen fest. Jedes Mal, wenn ich vorbeifahre, wackelt sie bedenklich. Ich glaube, die werde ich noch mal zusätzlich verankern müssen. Wenn die abrutscht ist alles vorbei, dann können wir den Rest vergessen, dann kommt da keiner mehr ran."

Kalle kratzte sich die kahlen Seiten seines Irokesenschnittes, welcher durch die Kapuze des Tauchanzugs nach einem akkuraten Seitenscheitel aussah, wie ihn früher mal der Führer des Deutschen Reiches getragen hatte, einzig der Bart fehlte. Dieser Gedanke ging auch Erich durch den Kopf, als er Kalle mit schief gestelltem Kopf und breitem Grinsen eine Weile beobachtete.

„Was is'n mit dir los", fragte Kalle genervt, „willst 'n Passfoto, Alter, mach 'n Kopp zu! Heute abend machen wir frei, ich muss mir mal einen titschen, damit ich wieder klar denken kann."

„Gute Idee", meinte Erich, „ich bin dabei, und du Ralf?"

„Mal sehen", antwortete der zögernd.

„Nun stell dich nicht so an", sagte Kalle. „Die haben hier ein Sprichwort, die sogenannte ‚Goisernkrawatte'. Wer mehr frisst als er nützt, der nimmt sich einen Strick. Und ich sage euch, wir nützen so viel, dass wir uns ruhig mal was gönnen sollten. Heute fahren wir mal rüber nach Bad Goisern in den Puff, und du Mädchen kommst mit", sagte er an Ralf gerichtet, „oder willst'e wieder alleine zu deiner Fuchssteinbaracke wandern, weiß der Geier, was du da oben machst, Alter."

Erich und Kalle lachten herzhaft, was Ralf ebenso versuchte, es gelang ihm aber nicht recht überzeugend. „Okay", sagte er kurz, „abgemacht, ich bin dabei."

„Klingt logisch", bekräftigte Nicole Wehners Geschichte, „absolut logisch, aber was soll hier in Schraplau denn

Bedeutendes gewesen sein, dass sich die Geheimdienste damit beschäftigen?"

„Keine Ahnung", antwortete Wehner, „das habe ich damals schon nicht verstanden. Niemand hat das damals kapiert mit diesen Garagen, man muss schon sagen ‚Hochsicherheits-Garagen', dieser Aufwand, um solche Dinger dahinzustellen, und jetzt sind die wieder verschwunden.

Vor allem verstehe ich nicht, was der BND heute für ein Interesse an dieser Geschichte hat", gab er nochmals zu bedenken.

„Ganz einfach", sagte Nicole, „es gibt genau drei Möglichkeiten. Die interessieren sich für Schraplau, das können wir ganz leicht herausfinden, indem wir nochmal zu diesem Keller fahren, um uns zu vergewissern, ob wir die Letzten waren, die sich darin aufgehalten haben.

Die zweite Möglichkeit ist, es geht um diesen Lehmann, dass jemand die Hand über den hält, wer auch immer."

„Interessante Überlegung", Wehner nickte zustimmend, „du meinst, so was wie Zeugenschutz?"

„Ja, kann sein, aber vielleicht hat dieser Lehmann ja auch nur den Arbeitgeber gewechselt. Soll ja auch nach dem Ende der DDR nicht unüblich gewesen sein."

„Okay, spannender Gedanke", Wehner war angenehm überrascht von dem Wissen, das Nicole anscheinend über diese Zeit besaß.

„Und die dritte Möglichkeit?" fragte er interessiert.

„Nun, es geht um beides, den Lehmann und auch Schraplau."

Wehner überlegte kurz.

„Nein, der war damals nicht mit dabei, als die hier waren und gebuddelt haben."

„Was hast du da gerade gesagt?" fragte Nicole.

„Wie, was meinst du", Wehner runzelte die Stirn. „Ich sagte, dass ich den damals hier nicht gesehen habe."

„Nein, das meine ich nicht", Nicole lächelte, „das mit dem buddeln, das bringt mich auf eine Idee."

„Und die wäre?"

„Dass die hier etwas verbuddelt haben. Du hast doch was von diesen Geschichten erzählt, von den unterirdischen Gängen und so."

„Klar, wäre eine Möglichkeit, aber die Garagen?"

„Das ist doch einfach nur perfekt! So 'ne Garage, da kannst du reinfahren, das Tor schließen und in Ruhe ausladen und durch den hinteren Ausgang, den ich da ganz einfach mal vermute, alles in den Burgberg bringen, was du da verstauen möchtest."

„Klar, das ist es!" gab Wehner ihr recht.

„Die ganze Straße ist voll mit Garagen. Auf ein paar mehr oder weniger kam es da gar nicht mehr an. Und, was fällt am wenigsten auf?" Sie grinste über das ganze Gesicht und ihre Augen funkelten. „Ein Baum im Wald, oder eine Garage unter anderen Garagen."

„Wie machen wir jetzt weiter?" Wehner runzelte die Stirn und wischte sich mit der Hand über die Glatze.

„Kann ich mal einen Vorschlag machen?" Nicole schaute ihn an und wartete.

„Klar, lass hören."

„Wir können ja nochmal nach Schraplau fahren, jetzt nach dem Frühstück, die Franzosen kommen ja erst am

Nachmittag. Wir schauen nach, ob jemand in dem Keller war und sehen uns mal genau den Platz an, wo die Garagen gestanden haben."
„Ja, und dann? Irgendwann müssen wir Brandstetter informieren, der ist ja nun auch nicht blöd", gab Wehner zu bedenken.
„Sicher nicht, aber wir sind dann sicher, um was es dem BND geht. Wenn die noch nicht in dem Keller waren, geht es ihnen nur um die Person Lehmann. Wer sagt uns denn, dass die alles auf dem Schirm haben? Ich meine damit, dass der Lehmann sein Doppelleben durchaus vor denen verborgen haben könnte."
„Respekt, deine Gedanken könnten durchaus richtig sein. Diese Fotos da im Keller, das Wachregiment, das war ja schon die absolute Elite. Diese Leute mit Spezialkenntnissen sowie auch Geheimnisträger sind nach der Wende alle auf die Füße gefallen. Nicole, genau so machen wir das, es macht wirklich Spaß, mit dir zusammenzuarbeiten."
Nicole schaute etwas verlegen zur Seite: „Das Kompliment kann ich aber zurückgeben."

„Irgendwann lasch' ich den ab!" sagte Erich, der als erster munter wurde und genervt die Jalousien von „Horst" hochmachte, um zu sehen, was draußen los war. Der Sohn der Campingplatzchefin hatte sich an seinem Fahrrad ein Stück gebogenes Plastik an den Rahmen geklemmt, welches in die Speichen ragte und beim Fahren ein nerviges Knattern verursachte, während er einige Runden damit um den Camper drehte.

„Hab ich's doch gewusst, schon wieder diese Krachlatte!" Erich sprang zur Tür, riss sie auf und fluchte laut: „Verpiss dich!"

Der Junge grinste verschmitzt und fuhr Richtung Rezeption. Kalle und Ralf waren durch die Aktion ebenfalls munter geworden und schälten sich aus ihren Betten.

„Was ist denn los?" wollte Kalle wissen, der noch immer recht orientierungslos mit den Augen blinzelte.

„Ach, schon wieder dieser kleine Spinner."

Ralf räkelte sich gleichfalls, machte aber mit Abstand den klarsten Eindruck von den dreien.

„Ist doch egal, Erich", beschwichtigte Kalle, „wir müssen eh' langsam los. Lasst uns in die Bäckerei im ehemaligen Pferdestall gehen und frühstücken, dann besprechen wir, wo wir heute verladen. Der Junge von der Chefin hier ist mir eine Spur zu neugierig geworden und der Platz mittlerweile zu voll."

„Okay", Erich nickte und Ralf grübelte nach.

„Es ist schon besser, wenn wir heute abend zurück nach Traunstein fahren", begann er seine Überlegungen zu äußern, „meinst du nicht auch, Erich? Unser Chef im Fitnessstudio will uns morgen ein Angebot unterbreiten. Ich glaube, der möchte den Laden verkaufen."

„Das wäre ja perfekt", meinte Kalle. „Da gibt es keine Diskussionen mehr, wenn wir Freitag schon losfahren

wollen, oder auch früher. Wir sollten eh' zusehen, so schnell wie möglich die Sache abzuschließen. Die Polizei ermittelt hier in der Gegend wegen einiger Fälle von Kindesmissbrauch, die haben zwar schon einen Verdächtigen festgenommen, aber die schnüffeln immer noch hier rum. Es gibt wohl noch einige Ungereimtheiten."
„Woher weißt du denn das schon wieder?" hakte Ralf nach.
„Annettes Vater ist mit dem Polizeichef befreundet. Die haben von dem Typen ein Geständnis für fünf Fälle, aber drei weitere streitet der wohl ab. Ist wohl völlig unklar, warum."
Ralf und Erich sahen so aus, als ob sie das nicht besonders interessierte. Kalle wechselte daraufhin das Thema.
„Ich würde vorschlagen, dass ich nächste Woche die erste Fuhre nach Westberlin mache, wir haben grünes Licht. Die Lagerstätte ist fertiggestellt, außerdem sind Ferien, also erhöhtes Reiseaufkommen. Perfekter wird es die nächsten Wochen kaum werden, um den ersten Test zu fahren.
So, nun lasst uns endlich frühstücken gehen, war das gestern ein geiler Abend!"
„Ich komme nach", meinte Ralf, „ich gehen noch duschen."
„Du schon wieder, das mit der Hygiene wird überbewertet", meinte Erich grinsend und strich mit der linken Hand durch seinen Bart.
Kalle hatte sich am Waschbecken seinen Iro gerichtet, drehte sich um und klatschte mit Erich ab: „Richtig, Alter, los geht's, ich habe mächtig Kohldampf."

„Was meinst du?" Wehner schaute Nicole an und wartete auf eine Reaktion.

„Also", begann sie verhalten, „ich glaube, beim BND kann man nichts ausschließen, aber augenscheinlich war nach uns niemand mehr in diesem Keller. Da bin ich mir ziemlich sicher."

„Du meinst also, denen geht es nur um die Person Lehmann?"

„Sieht ganz so aus."

„Gut, in dem Fall müssen wir Brandstetter mit ins Boot holen", war Wehners Fazit.

„Wir können uns ja mit den Franzosen nicht nur im Café treffen. Und falls Brandstetter fragen sollte, wer die benachrichtigt hat, das war ich."

Nicole wollte gerade etwas sagen, als Wehner ihr ins Wort fiel: „Ich möchte darüber eigentlich nicht diskutieren. Wie ich dir schon heute morgen gesagt habe, die zwei Jahre bis zur Rente. Die können mich mal! Und davon mal abgesehen, ist das gerade das Spannendste, was ich in meiner Zeit bei der Polizei erlebt habe.

So, und nun komm mal mit", forderte er Nicole auf.

Mittlerweile waren sie an der Straße oberhalb des Schwimmbads angekommen, wo früher einmal die Garagen gestanden hatten, die Wehner in der Bauphase beaufsichtigen musste.

Das Schild mit dem Hinweis, dass hier Bergsanierungsarbeiten mit Unterstützung der Europäischen Union durchgeführt werden, hatte sich an einer Stelle vom Gitter abgelöst, so dass Nicole den Kopf etwas schief halten musste, um es lesen zu können, als sie davorstand.

„Das hängt schon ewig hier, so wie das aussieht. Hier müsste man mal reinschauen können. So sieht man reichlich wenig."

„Ich kann ja Wilfried anrufen", entgegnete Wehner grinsend.

„Nein, lass mal gut sein. Was meinst du, wollen wir erst mal zurück nach Querfurt fahren und den Chef informieren?" schlug Nicole vor.

„Das lässt sich wahrscheinlich nicht vermeiden. Okay, lass uns das so machen, es hilft ja nichts, auch wenn ich darauf überhaupt keine Lust habe."

„Magnifique Autoroute, 220 Stundenkilometer, magnifique!"

Nicole und Wehner schauten sich an, als sie die Wache in Querfurt betraten.

„Nein!" war das erste Wort, welches Nicole herausbrachte, „das glaub ich jetzt nicht!" sagte sie etwas später an Wehner gerichtet. Sie kramte schnell ihr Smartphone aus der Tasche. „Eine neue Mail" stand auf dem Display. Sie hatte gestern, wie jeden Abend, ihr Handy stummgeschaltet, und dann am Morgen vergessen, das zu revidieren.

„Zumindest müssen wir uns keine Gedanken mehr machen, wie wir es dem Chef erklären, dass die Franzosen unterwegs sind", kommentierte Wehner die Situation.

Nicole ergriff als erste die Initiative und ging auf die beiden Männer zu, die sie mit großen Augen ansahen. Zuerst streckte sie dem strenger erscheinenden, akkurat gescheitelten Mann mit leichtem Bauchansatz die Hand entgegen: „Bonjour, Monsieur Moulin, oder Renard?" sagte sie mit zögerlichem Schulfranzösisch.

Moulin erwiderte das ungewohnte Begrüßungsritual und war für einen Moment versucht, sich zu der jungen hübschen Frau herunterzubeugen, um sie mit einem angedeuteten Kuss rechts und links auf die Wangen zu begrüßen. Diese kurze Vorwärtsbewegung quittierte Nicole mit hochgezogenen Augenbrauen und einem etwas eingeschüchterten Lächeln.

„Bonjour, Madame Nicole, vom Bullenclub?" ergänzte Moulin seine Begrüßung.

„Bulliclub, Monsieur Moulin, Bulliclub, das hat was mit meinem Auto zu tun."

„Ah, interessant", entgegnete Moulin, sichtlich verlegen.

Um die Situation zu beenden, wandte sich Nicole Renard zu. Er schien der Lockere von beiden zu sein, zumindest, was sein Äußeres betraf. Renard erwiderte freundlich den Handschlag. Wehner und Brandstetter beobachteten die Szene mit einigem Abstand, wobei Brandstetter Wehner für einen Moment mit einem äußerst strengen Blick bedachte.

„Tut mir leid, Chef", sagte Wehner, betont leise, „wir wollten dich gerade informieren, da ist wohl was schiefgelaufen. Die Mail an Interpol war leider schon raus, als der Typ vom BND hier auftauchte."

„Klar, quasi, wie du so gerne sagst. Wie zum Beispiel auch quasi der Keller in Schraplau offenstand."

Wehner schaute seinen Chef verdutzt an und kratzte sich seinen Schädel: „Ja, genau so."
„Tja, nun lass uns mal sehen, was wir aus der Situation machen. Unsere junge Kollegin scheint ja ganz passabel Französisch zu sprechen, zum Glück."
Nicole hatte nach erstaunlich kurzer Zeit ihre ersten holprigen Verständigungsversuche mit den französischen Kollegen zu einem beeindruckend flüssigen Gespräch entwickelt und drehte sich in diesem Moment zu Wehner und Brandstetter um.
„Also", begann sie, „das sind Kommissar Moulin aus Marseille und sein Kollege Renard von der Spurensicherung, ebenfalls aus Marseille. Wenn ich alles richtig verstanden habe, suchen die diesen Erich Lehmann alias Eisenhuth nicht nur als Zeugen, sondern auch als vermutlichen Mittäter, wozu allerdings noch stichhaltige Beweise fehlen. Ich habe ein wenig von diesem Keller in Schraplau erzählt, und was wir dort vorgefunden haben. Dieser Erich Lehmann ist nach Aussagen von Zeugen mit so einem russischen Geländewagen mit einem Zeltanhänger in Cassis gesehen worden. Das könnte durchaus das Fahrzeug sein, welches wir in Schraplau gefunden haben.
Sie möchten nun, wenn möglich, gerne selbst den Keller besichtigen, aber vorher haben sie nach einer Empfehlung gefragt, wo man hier gut Mittagessen gehen kann. Ich habe geantwortet, dass meine Oma sich immer freut, wenn sie jemand besucht, und außerdem hat sie gestern Rouladen gemacht. Ich rufe sie jetzt an. Möchtet ihr auch mitkommen?"
Sie blickte fragend zu Wehner und Brandstetter.

„Gerne", antwortete Wehner als erster.
„Okay", sagte Brandstetter, „ich halte hier die Stellung. Aber wir drei unterhalten uns noch. Die Angelegenheit ist noch nicht erledigt."

„Magnifique, diese Rouladen, aber was bedeutet eigentlich ‚Schneckenfresser'?" wollte Renard von Nicole wissen, als alle mit dem Bulli nach Schraplau fuhren.
„Ach, meine Oma wollte damit zum Ausdruck bringen, wie sehr sie Frankreich und seine Kultur mag."
„Sehr höflich von ihrer Oma, richten sie ihr das bitte aus", freute sich Moulin.
Nicole parkte wieder genau gegenüber der Einfahrt, die in den Keller des unbewohnten alten Eckhauses führte. Schon beim Aussteigen bemerkte Wehner, dass das neue Siegel, welches sie heute morgen erst angebracht hatten, beschädigt war.
„Scheiße!" fluchte er laut, was Moulin und Renard veranlasste, sich etwas verwundert anzusehen.
„Was ist los?" fragten sie Nicole interessiert.
„So, wie es aussieht, war jemand hier, nachdem wir heute morgen nach dem rechten gesehen haben."
Wehner machte mit einer Handbewegung deutlich, dass er nicht wollte, dass ihm jemand folgt. Er zog seine Dienstwaffe und ging vorsichtig auf das alte, verrostete Tor zu, öffnete es langsam und spähte hinein. Niemand war zu sehen.
„Okay, wir können hineingehen", sagte er zu seinen Kollegen.

Der Niva und der Anhänger standen noch an der gleichen Stelle, das Regal ragte geöffnet in den Raum. Der Tresor war ebenfalls offen und leer.

„Mist!" fluchte nun auch Nicole, „sind wir blöd! Die Fotos und die Kamera sind ebenfalls weg. Aber der Rest scheint alles noch da zu sein."

„Die Nummernschilder und das Nachtsichtgerät fehlen auch", ergänzte Wehner desillusioniert. „Wir haben's vergeigt. Scheiße."

„Ich denke, ich verstehe das richtig, ihr seid verärgert, weil das Siegel kaputt war?", fragte Renard an Nicole gerichtet.

„Ja", antwortete sie, „vor ein paar Tagen war der Geheimdienst bei uns auf der Wache und hat uns aufgefordert, nichts mehr zu unternehmen, um diesen Lehmann ausfindig zu machen, und jetzt dieser Einbruch hier. Es ist schon sehr mysteriös."

Moulin schaute Renard eine Weile an, dieser erwiderte den Blick mit der gleichen nachdenklichen Miene.

„Geheimdienst", sagte Moulin nur kurz, um sich gleich darauf wieder Nicole zuzuwenden.

„Unser Kollege Simond, der aus familiären Gründen leider verhindert ist, hatte genau diesen Verdacht geäußert. Allerdings hatte das nichts mit dem BND zu tun, sondern, wie hieß das?"

Er sah fragend zu Renard.

„Staatssicherung oder so ähnlich", antwortete dieser zögerlich.

„Ihr meint Staatssicherheit?" fragte Nicole.

„Ja, genau!" platzten beide fast gleichzeitig heraus. „Genau davon hat unser Kollege geredet."

Wehner hatte lange gar nichts mehr gesagt, als er sich plötzlich über seine Glatze strich und ihm ein lautes „Entzückend!" herausrutschte.

Moulin tippte Renard an: „Du kennst Kojack?"

„Ja, genau", sagte der, ohne dass Wehner mitbekam, warum die beiden schmunzelten.

„Dieser Einbruch, das ist kein Malheur für uns. Das, was wir brauchen, ist noch da. Der russische Geländewagen und der Anhänger. Damit war dieser Lehmann bei uns als Eisenhuth unterwegs, höchstwahrscheinlich in Cassis, und wenn es da noch irgendwas zu finden gibt, dann wird mein Kollege Renard das aufspüren", meinte Moulin.

„Ich kann sie unterstützen", bot Nicole an, „selbstverständlich können sie mein Labor benutzen."

„Magnifique", antwortete Renard, „ich freue mich auf die Zusammenarbeit."

„Ich würde vorschlagen, wir lassen den Wagen und den Hänger abschleppen und beschäftigen uns in unserer Werkstatt damit", sagte Nicole und griff sofort zu ihrem Handy, noch bevor Renard zustimmen konnte. „In der Zwischenzeit können wir uns mit dem Rest beschäftigen, ich hole mal schnell meine Tasche aus dem Wagen."

Wehner und Moulin begannen, die Kisten aus dem Regal zu heben und zu öffnen. Diese alten Militärtransportbehälter waren allesamt sorgfältig mit Öl eingerieben und hatten schon etwas Staub angesetzt.

In der ersten Kiste waren Einwegschutzanzüge, Schutzbrillen und Handschuhe sowie Überzüge für Schuhe, fein säuberlich voneinander getrennt und in akkurater Anordnung verstaut. Die zweite Kiste war mit einer Art

Behältern gefüllt, die man aus dem Kanusport kannte, sowie einem Sprühzerstäuber mit Druckbehälter, der einen äußerst soliden Eindruck machte, ganz anders, als die gängigen Baumarktmodelle.

Renard war sofort elektrisiert und öffnete einen der kleinen Patronenbehälter, nachdem er sich ebenfalls die von Nicole verteilten Handschuhe angezogen hatte. Sofort verbreitete sich ein beißender Geruch im Raum. Er wedelte noch kurz mit der Hand über die Öffnung in Richtung seiner Nase, bevor der dann schnell das Gefäß wieder verschloss.

„Was ist denn das, Salzsäure?" wollte Wehner wissen.

„Non, das ist spezieller", meinte Renard nachdenklich. „Ich bin mir fast sicher, dass das die Chemikalie ist, die wir in dem Fabrikgebäude in den Calanques gefunden haben. Können wir das bitte zur Analyse mitnehmen?" bat er Nicole.

„Bien sûr", antwortete sie erstaunt. „Klar, da kommt eine Menge Arbeit auf uns zu", schob sie noch hinterher.

„Aber zuerst müssen wir mal mit Brandstetter reden, mal sehen, was er davon hält, dass der BND ganz einfach in versiegelte Räume einbricht und etwaige Beweismittel entwendet", gab Wehner zu bedenken. „Schließlich hat er den doch informiert. Darum kümmere ich mich natürlich, ihr habt ja genug zu tun", sagte er grinsend.

Moulin hatte sich die ganze Zeit über interessiert umgesehen und wendete sich nun an Nicole.

„Sie haben etwas von Hinweisen erzählt, die es gäbe, nach Hallstatt in Österreich. Hier kann ich beim besten Willen nichts entdecken, dass darauf hindeuten könnte."

„Richtig", antwortete sie, „diese Hinweise haben wir glücklicherweise gleich beim ersten Mal mitgenommen, die erkläre ich euch später. Die Verknüpfung zu diesem Erich Lehmann, die wir hier ermittelt hatten, waren Fotos, die da drüben hingen, aber nun leider verschwunden sind. Dieser Erich Lehmann wurde allerdings zweifelsfrei von meinem Kollegen und einer weiteren Person identifiziert. Außerdem waren in dem Tresor noch jede Menge Bargeld verschiedener Währungen, Stasiunterlagen und augenscheinlich Unterlagen von Schweizer Bankkonten. Des weiteren lagen im Regal noch ein Stapel verschiedener Nummernschilder sowie ein Nachtsichtgerät."
Die beiden Franzosen sahen sich bedeutsam an: „Immer wieder Stasiunterlagen."
„Wie, immer wieder?", fragte Nicole interessiert.
„Nun ja", begann Moulin zu erzählen, „eine Zeugin in unserem Fall, die allerdings auch beschuldigt wird, den Hauptverdächtigen ermordet zu haben, hat ebenfalls von Akten gesprochen, die sie in einem Wohnmobil gefunden hat, in dem sie zusammen mit unserem Hauptverdächtigen, dem späteren Mordopfer, in Südfrankreich unterwegs war."
„Interessant, interessant", bekräftigte Renard, „Simond war in allen Belangen wahrscheinlich auf der richtigen Spur."
„Das ist ja ganz schön kompliziert", meinte Nicole, wobei sie tief durchatmete.
„Ich glaube, der Abschleppwagen kommt", sagte Wehner, „ich gehe mal raus und weise ihn ein, sonst findet der das nie."

„Ja, wir sind dann hier auch fertig, großartig Spuren werden wir hier eh' nicht finden, außerdem wissen wir ja gar nicht, wonach wir suchen müssen", seufzte Nicole.
„Ich hätte da vielleicht eine Idee", entgegnete Renard.

„Was habe ich?" Brandstetter schaute Wehner mit großen Augen entrüstet an. „Den BND informiert? Wie kommst du denn auf das schmale Brett!"
„Ja, wer denn sonst?" gab Wehner etwas verlegen zurück.
„Tja, keine Ahnung!" antwortete Brandstetter etwas verärgert. „Ich denke mir, so etwas läuft automatisch bei der Koordination von Interpol. Die schicken die Anfragen sicher an alle Behörden, die in irgendeiner Art und Weise Auskunft geben könnten."
„Ja, kann sein", Wehner dachte kurz nach. „Aber ist das denn normal, dass der BND in Keller einbricht, Polizeisiegel ignoriert, Tresore knackt, die Inhalte mitnimmt und sämtliche Beweise und Informationen entfernt, die hilfreich sein könnten, die Anfrage von Interpol zu beantworten? Naja", resümierte Wehner seufzend, „das erinnert mich schon stark an unsere verflossene Pseudorepublik. Viel geändert hat sich da nicht. Und schon wieder Schraplau, das ist doch alles kein Zufall."
„Wie meinst du denn das?"
„Ach, das ist eine längere Geschichte, die wir vielleicht mal bei einem Bier besprechen müssten. Tut mir leid, Chef, meine Unterstellung vorhin."
„Ist schon in Ordnung, Wehner, ich denke auch nicht, dass wir uns das gefallen lassen sollten. Zumindest haben wir ja das Auto und den Anhänger. Haben Nicole und der Franzose

schon angefangen, das zu untersuchen? Ich muss mir überlegen, was wir da unternehmen können."
Ohne eine Antwort auf seine Frage abzuwarten, ging er in sein Büro, schloss die Tür, griff zum Telefon und wählte eine Nummer.

„Das ist exactement die gleiche Flüssigkeit wie in der Industrieruine in Cassis", stellte Renard nüchtern fest.
„Du meinst dieses Salzsäuregemisch?" fragte Nicole. Die beiden hatten sich während ihrer Arbeit schnell auf das Du geeinigt.
„Ja, das ist schon spezieller. Das Interessante daran ist, dass die meisten Inhaltsstoffe nicht mehr erhältlich sind. Die wurden allesamt in Leuna in den achtziger Jahren für den westlichen Markt hergestellt, beispielsweise für WC-Reiniger."
Nicole hielt kurz inne, sie hatte schon die Sitze aus dem Niva ausgebaut und war nun dabei, mit Klebeband die spärlich vorhandenen Partikel auf den Matten zu sichern, um danach auch diese zu entfernen und auf dem Bodenblech ihre Arbeit fortzusetzen.
„Was heißt das nun genau?" fragte sie Renard.
„Nun, das bedeutet, dass du mit diesem Mittel sämtliche DNS entfernen beziehungsweise auflösen kannst. Deswegen sind die Substanzen auch damals verboten worden."
„Wahnsinn, du meinst, das ist vielleicht so 'n Zeugs, welches zum Beispiel Cleaner benutzen, um an Tatorten Spuren zu beseitigen?"
„Exactement."

„Ja, aber dann können wir uns das mit dem Auto hier doch sicherlich sparen", überlegte Nicole, um sich die Frage nach einer Sekunde selbst zu beantworten.

„Nee, eigentlich nicht, das wäre ja viel zu aggressiv für den Lack, die Stoffe und das Kunstleder. Ich glaube, die größte Chance überhaupt, um DNS zu finden, haben wir auf dem Bodenblech, in den Ritzen oder an den Schweißnähten. Aber von wem denn eigentlich? Wessen DNS, außer natürlich der von Lehmann, vermutest du denn hier?"

„Ich hoffe, wir finden darin Spuren von den beiden Jungen, die in Cassis verschwunden sind. Dann haben wir genügend Beweise für eine rote Notiz bei Interpol, das heißt für eine internationale Fahndung und Haftbefehl für diesen Lehmann, Eisenhuth oder wie auch immer."

„Na, dann lass uns mal weitermachen. Ach, übrigens, meine Oma hat für heute abend gekocht. Es gibt Schnitzel, ich hoffe, das ist okay für euch?"

„Klar, ich liebe deutsches Essen", sagte Renard lächelnd. Er zog einen Spachtel aus der Werkzeugtasche, um damit die Schutzmatten vom Bodenblech zu lösen, die er sich an einem Ende gegriffen hatte.

„Das sieht gut aus", freute er sich, „die wurde länger nicht entfernt. Jetzt drück uns die Daumen."

„Und?" fragte Brandstetter, „was haben wir jetzt alles?"
Moulin, Renard, Wehner und Nicole saßen in seinem Büro an dem ovalen Konferenztisch.

„Um das noch einmal klarzustellen, ich habe den BND nicht informiert, und ich weiß ehrlich gesagt auch nicht, wer hier vor ein paar Tagen wirklich aufgetaucht ist. Einen Schuster

kennen die beim BND nämlich nicht. Aber, um euch gleich den Wind aus den Segeln zu nehmen, der Ausweis war echt, zumindest augenscheinlich.
Nun gut, was hat die Spurenlage ergeben?"
Renard schaute zu Nicole und signalisierte ihr mit einem Nicken, dass sie beginnen sollte.
„Also, von unserer Seite haben wir folgendes herausgefunden. Die Notizzettel, die an der Pinnwand angebracht waren, sind Koordinaten im Hallstätter See in Österreich und eine am dortigen Salzberg, was eventuell etwas mit den Aufenthaltsorten von Lehmann zu tun haben könnte. Des weiteren haben die Laboranalysen ergeben, dass die Chemikalien, die wir in mehreren Gefäßen gefunden haben, eindeutig die gleichen sind, wie an dem mutmaßlichen Tatort in Cassis, wo sich die Spur eines verschwundenen Jungen verloren hat. Es ist nun davon auszugehen, dass Erich Lehmann alias Eisenhuth, der sich zur fraglichen Zeit in Südfrankreich befand, genauer gesagt hat er sich zwei Tage nach dem Verschwinden des Jungen auf dem Campingplatz in Cassis angemeldet, an dem Verbrechen beteiligt war. Des weiteren wurde der in Schraplau gefundene Jeep mit Anhänger in Cassis gesichtet, was als weiterer eindeutiger Beweis zu betrachten wäre.
Wir haben den Wagen auf DNA Spuren untersucht, was auf Grund der Tatsache, dass dieser penibel gereinigt war, sich alles andere als einfach gestaltete, und verschiedenes DNS Material separieren können. Es handelt sich dabei um die DNS von fünf verschiedenen Jungen im Alter zwischen sieben und acht Jahren, die von ihrem Zustand darauf schließen lassen, dass die Spuren von dreien von ihnen

schon älter waren. Bei den anderen beiden handelt es sich eindeutig um die zwei Jungen aus Cassis."
Sie holte tief Luft und fuhr dann fort.
„Nachdem die anderen Spuren mit dem Europäischen Zentralregister abgeglichen wurden, gab es drei Übereinstimmungen im Salzkammergut, Ende der achtziger Jahre. Damals wurde ein Kinderschänder in der Gegend verhaftet, der in mehreren Fällen geständig war, allerdings diese drei Jungen immer geleugnet hatte. Der lebte damals mit seiner Frau auf der Fuchssteinbaracke in der Nähe von Hallstatt." Sie beendete ihre Ausführungen und schaute stolz in die Runde.
Danach begann Wehner, etwas schüchterner: „Ja, bei meinen Nachforschungen bezüglich dieses Lehmanns in Schraplau fiel mir ein, dass seine Großmutter in diesem alten Eckhaus gewohnt hatte, welches heute verlassen und heruntergekommen ist. Durch Zufall entdeckte ich die Einfahrt zum Keller, welche mir durch dieses neue, hochwertige Schloss an der verrosteten Tür auffiel. Ich beschloss, mir Hilfe vom Schlüsseldienst zu holen, der feststellte, dass die Tür quasi offenstand. Nachdem ich den Inhalt des Kellers gesichtet hatte, versuchte ich, die Telefonnummer anzurufen, die auf dem Schild ‚Zu verkaufen' stand, unter der ich lange Zeit niemanden erreichte. Später stellte sich heraus, dass es sich hierbei um eine Wachschutzfirma aus Leipzig handelte, die aber angeblich nicht der Besitzer dieses Objektes sei. Allerdings konnte ich herausfinden, dass Erich Lehmann früher einmal in dieser Firma gearbeitet hat, aber der Besitzer mittlerweile gewechselt hat. Der Kollege vom Schlüsseldienst und ich

konnten auf den Fotos, die sich an der Wand über dem Schreibtisch befanden, eindeutig Erich Lehmann identifizieren, der mit Kameraden vom Wachregiment Dzierzynski darauf abgebildet war."
Alle in der Runde schauten sich fragend an, so dass sich Wehner genötigt sah, zu ergänzen: „Bei dem Kollegen vom Schlüsseldienst handelt es sich um meinen alten Kumpel Wilfried, der sich genau wie ich noch an Erich Lehmann erinnern kann, und der außerdem aus Schraplau stammt."
„Okay", konstatierte Brandstetter, „ich gehe mal davon aus, dass das für einen internationalen Haftbefehl reicht, wenn wir mit diesen Beweisen eine Anfrage bei Interpol starten."
„Ja, Chef, das sehe ich genauso", begann Wehner etwas leise Brandstetter zu bekräftigen, „aber da wäre noch was."
„Wie jetzt, was denn noch?" Brandstetter zog die Augenbrauen hoch.
„Nun", sagte Wehner, noch etwas leiser, „da war noch ein Tresor in dem Keller. Der war hinter so einem Regal versteckt, und da Wilfried nun schon mal da war, hat er sich den auch mal angeschaut."
„Ich verstehe", erwiderte Brandstetter, „lass mich raten, der war also quasi offen?"
„Genau", sagte Wehner etwas verlegen und kratzte sich mit einer Hand am Kopf.
„Ja, erzähl schon, was war drinnen?" Brandstetter machte einen ungeduldigen Eindruck, so dass Wehner, von seinem schlechten Gewissen getrieben, sofort weitererzählte.
„Nun, so 'n Stasikram, Akten halt, und Schweizer Bankunterlagen, und das nicht wenig."
Wehner blickte in die Runde und fuhr fort.

„Ja, und noch drei Stapel Geld."
„Was, Stapel?"
„Ja, alte Englische Pfund, D-Mark und Euro."
„Und, was ist mit dem ganzen Zeug?" Brandstetter runzelte die Stirn und fixierte Wehner mit einem stechenden Blick.
„Ja, weg halt."
„Wie, weg?"
„Na, weg eben, der Tresor stand auf und alles war verschwunden, obwohl wir den wieder verschlossen hatten."
„Schöne Scheiße!" platzte Brandstetter heraus, „was ist denn hier los, was passiert denn da in Schraplau!"
„Ja, das ist der Punkt, wo wir mal in Ruhe sprechen müssten." Wehner schaute hilflos in die Runde, als erhoffte er sich Unterstützung. Moulin und Renard sahen augenscheinlich so aus, als ob sie gar nichts kapierten, was daran lag, dass Nicole ganz vergessen hatte zu übersetzen, doch plötzlich ergriff sie das Wort.
„Chef, meine Oma hat gekocht, wollen wir das heute abend besprechen? Wir sollten uns erst einmal klarwerden, mit wem wir es hier zu tun haben, bevor wir weitermachen und uns an Interpol wenden."
„Okay", sagte Brandstetter, „momentan verstehe ich nur Bahnhof."

„Bon", sagte Simond nachdenklich, „klingt alles plausibel, aber mit diesem Schraplau bekomme ich keinen Zusammenhang hin, so sehr ich auch überlege."
„Und wie sieht es mit Hallstatt aus?" fragte Moulin, der das Telefon in die andere Hand nahm, da er schon eine knappe halbe Stunde mit Simond telefonierte und sein Arm einzuschlafen drohte.
„Ja, Hallstatt, das ist eine ganz andere Hausnummer. Da habe ich nach unserem letzten Telefonat mal angefangen zu recherchieren, bis jetzt zwar noch kein Treffer in unserer Sache, aber jede Menge andere interessante Ereignisse rund um das Ende des Zweiten Weltkrieges. Über den Toplitzsee, der ganz in der Nähe liegt, habe ich allerdings weitaus mehr herausfinden können."
„Aber nichtsdestotrotz, wenn es Hinweise gibt, dass dieser Lehmann sich dort aufgehalten hat, sollten wir uns die Gegend mal anschauen. Zumal wir DNS der beiden Jungen aus Cassis in diesem Wagen in Schraplau gefunden haben, und noch die von drei weiteren Jungen aus der Gegend von Hallstatt", bekräftigte Moulin die Gedanken seines Kollegen.
„Kann ich dich mal was anderes fragen? Hast du denn deine privaten Probleme klären können?" Moulin erschrak ein wenig, als er daraufhin für einen Moment keine Antwort von Simond bekam.
„Nein, noch nicht ganz, beziehungsweise weiß ich noch gar nicht, ob sich da überhaupt etwas klären lässt."
„Pardon, ich wollte dir nicht zu nahe treten", antwortete Moulin verhalten.

„Ach was, ist schon okay. Ich bin da nicht so ganz stolz drauf, wie das alles gelaufen ist. Es geht um meinen Sohn. Zudem habe ich schon ewig keinen Kontakt mehr, warum, das erzähle ich dir vielleicht irgendwann mal. Der hat mir jetzt eine Mail geschickt. Er hat eine Freundin aus Königsberg, die in Paris studiert, wo er sie auch kennengelernt hat. Ich weiß immer noch nicht, was das soll, warum er sich ausgerechnet jetzt meldet. Ich vermute, ich werde Großvater. Das ist die einzige Erklärung, die mir einfällt. Ich würde mich am liebsten davor drücken. Mal schauen."
„Was meinst du, Simond, bist du mit im Boot?" fragte Moulin nochmal.
„Ja, ich glaube schon. Wenn ihr nach Hallstatt fahrt, sagt mir Bescheid."

„Hey, Gerlinde, hol mal schnell den Fotoapparat!"
Der Westberliner Journalist Schulz konnte nicht glauben, was sich gerade vor seinen Augen abspielte. Er war eigentlich immer noch verärgert über das Procedere, welches er bei der Grenzkontrolle an der Transitstrecke über sich ergehen lassen musste. Er wusste, dass er ein hohes Risiko einging mit seinen nun schon fast regelmäßigen Treffen mit den Oppositionellen aus Leipzig am

Schkeuditzer Kreuz, an dieser Autobahnraststätte in der DDR, unweit von Leipzig und Halle/Saale.

Doch diesmal hatten sie ihm Fotos versprochen von den riesigen Zerstörungen, welche die Tagebaugebiete anrichteten, und von Industrieabwässern, die ungeklärterweise in ausgebeutete Teile dieser Tagebaue eindrangen. Das könnte der Durchbruch für ihn und seine Artikel und Dokumentationen sein.

Kurz hatte er überlegt, das Treffen abzublasen, aber zwei Kontrollen bei einer Durchfahrt Richtung Westberlin gab es noch nie, und so gründlich, wie die ihm den Wagen zerlegt hatten. Er wusste durchaus, dass man ihn, wie man so schön sagte, auf dem Schirm hatte. Diesmal hatte er es gerade noch so pünktlich zum Treffpunkt geschafft und seine Kontaktperson schon entdeckt, die sich, wie abgesprochen, nach seinem Eintreffen Richtung Rasthaus entfernte, nachdem sie den Film wie immer hinter das rechte Vorderrad des Trabants gelegt hatte. Doch das, was jetzt passierte, ließ ihn sein Vorhaben fast vergessen.

Circa vierzig Meter vor ihm waren zwei Männer aus einem Wohnmobil mit Traunsteiner Kennzeichen ausgestiegen. Der Fahrer hatte lange Haare und trug ein Stirnband, der Beifahrer einen langen Vollbart. Die beiden hatten gerade den Camper verschlossen und waren auf dem Weg in Richtung Rasthaus, als, während sie die Straße überquerten, zwei Lada rechts und links neben ihnen hielten. Die Türen klappten, jeweils zwei unscheinbar gekleidete Herren mit dunklen Sonnenbrillen und Pistolen im Anschlag stiegen aus und forderten die beiden aus dem Wohnmobil auf, die Hände zu heben und sich auf den Bauch zu legen. In Windeseile wurden sie durchsucht und mit Handschellen in die Ladas gezogen.

Schulz hatte sämtliche Vorsicht über Bord geworfen und eine ganze Serie von Fotos geschossen. Schnell hatte er nach dem Camper vor allem das Nummernschild fotografiert, als zwei Streifenwagen vorfuhren, das Campingfahrzeug sicherten, das kurze Zeit später auf einen Abschleppwagen verladen wurde.

„Kneif' mich mal bitte, Gerlinde, was war das denn?" Schulz war völlig euphorisch und beschloss, den Film am Trabant liegen zu lassen. Er wollte kein zusätzliches Risiko eingehen.

„Gerlinde, nimm bitte den Film aus der Kamera und verstaue ihn im Geheimfach. Das wird unser Griechenlandurlaub. Die Fotos sind Gold wert!"

Er startete seinen Wagen und legte den ersten Gang ein. Dabei bemerkte er, wie er immer noch am ganzen Körper leicht zitterte.

Brandstetter hielt die Antwort des Bauamtes in der Hand und las sie aufmerksam.

„Bei den Bauarbeiten unter der Burg Schraplau handelt es sich um die Sicherung und Abstützung eines Lagerraumes, der in den achtziger Jahren errichtet wurde. Die nicht fachgerechte Ausführung, vor allem aber der Wassereinbruch aus einem alten Zisternensystem, sind wahrscheinlich die Ursache, dass die Decke stellenweise eingestürzt ist und machen diese Arbeiten erforderlich. Bei den Sicherungsarbeiten wurde ein weitverzweigtes Tunnelsystem unter der Burgruine entdeckt, weshalb das Landesamt für Denkmalschutz einen Baustopp erwirkt hat. Bei dem entdeckten Tunnelsystem handelt es sich vermutlich um eine Verteidigungsanlage historischen Ausmaßes. Die von ihnen nachgefragte Ortsbesichtigung kann aus Sicherheitsgründen nicht stattfinden."

Brandstetter schaute die übrige Post durch, die sich noch auf dem Stapel befand, den er jeden Morgen abarbeiten musste, der Rest erschien ihm allerdings nicht dringlich genug, um ihn sofort zu erledigen.

Er dachte darüber nach, dass Moulin und Renard heute nach Hallstatt in Österreich weiterfahren wollten, und resümierte die Ereignisse der letzten Tage. Er hatte Wehner völlig verkehrt eingeschätzt, was er auch durch die Erlebnisse in den vergangenen Tagen erkennen musste.

Was für eine verrückte Zeit damals, die Achtziger. Er war da gerade erst geboren und hatte sich im Nachhinein nicht mit dieser Zeit beschäftigt, außer natürlich, was in der Schule darüber gelehrt wurde. Er hatte viel über den Abend bei Nicoles Oma gegrübelt. Diese Informationen, die ihm Wehner da gegeben hatte, hallten in seinem Kopf noch intensiv nach. Diese Krake Staatssicherheit, so allumfassend und jeden Lebensbereich betreffend, unvorstellbar heutzutage. Vor allem mit seiner eigenen Sozialisation nicht zu begreifen. Klar haben ihm seine Eltern sowie auch die

Lehrer in der Schule viel von den siebziger und achtziger Jahren erzählt, von der bleiernen Zeit, von dem Terrorismus der Roten Armee Fraktion und den damit einhergehenden Notstandsgesetzen. Aber die Stasi stellte nochmal alles in den Schatten.

Brandstetter musste schmunzeln über die Gesichter der französischen Kollegen, die an diesem Abend so gut wie gar nichts verstanden hatten, so sehr sich Nicole auch bemühte, alles zu übersetzen. Aber selbst er hatte bei dem sich ausbreitenden Mansfelder Dialekt an dem feuchtfröhlichen Abend genug Fragezeichen im Kopf. Er hatte sich aber auch nicht wirklich getraut nachzufragen, dafür lebte er schon zu lange hier.

Auch die Geschichten, die Wehner an diesem Abend vortrug, hatten ihn begeistert. Den Seeburger See mit der beeindruckenden Burg kannte er selbst von einigen Wochenendausflügen. Auch die Burg in Querfurt, auf deren Gelände Nicoles Oma wohnte und wo Nicole einen Großteil ihrer Kindheit verbracht und ihrerseits einiges zu erzählen hatte, hatte es ihm angetan.

Aber Schraplau stellte nochmal alles in den Schatten. Brandstetter hatte, seitdem er in der Region lebte, nie das Bedürfnis gehabt, diesen Ort zu besuchen. Die Nachbargemeinde Stedten kannte er von der Durchfahrt über Röblingen am See in Richtung Seeburg. Das von dort ausgeschilderte Schraplau hatte ihn nie interessiert, was wahrscheinlich auch mit diesem riesigen Kalkwerk zu tun hatte, welches seine Silhouette mahnend gen Himmel richtete, als wolle es sagen: Komm mir nicht zu nahe.

Schon die Schilderungen über die alten Höfe, Häuser und Mühlen sowie die Unzahl alter Sandsteinkeller und Gänge hatten seinen Blick verändert. Aber auch die Beschreibung der Ausmaße der Befestigungsanlagen der mittelalterlichen Burg ließen die Bedeutung erahnen, die dieser Ort einmal gehabt haben musste, und den der Sozialismus mit seiner historischen Gleichgültigkeit und der allem übergeordneten Planwirtschaft den endgültigen Todesstoß verpasst hatte. Das alles machte Brandstetter neugierig, und das nicht nur aus kriminalistischer Sicht.

Kurz war er versucht, den Vorschlag Wehners, seinen Kumpel Wilfried vom Schlüsseldienst erneut zu bemühen, um in diesen Lagerraum zu gelangen, der für die ehemalige DDR einmal von immenser Bedeutung gewesen sein muss, noch einmal zu überdenken.

Andererseits war Wehner ja für seine Alleingänge bekannt, und dieser falsche BND-Mann Schuster elektrisierte ihn schon. Brandstetter hatte noch nie zuvor in seinem Leben das Gefühl gehabt, so vorgeführt zu werden. Er war Polizist geworden, um den Rechtsstaat zu schützen und zu vertreten. So gesehen war es eigentlich seine Pflicht, den Hinweisen nachzugehen. Bauvorschriften und Denkmalschutz waren da eine Geschichte, Rechtsstaat und die Anfrage von Interpol eine andere.

Zwar hatten sie noch überhaupt keine Hinweise, dass dieser Erich Lehmann etwas mit diesem Lagerraum zu tun haben könnte, aber wenn sie nicht ermittelten, würden sie das auch nicht herausfinden.

In diesem Moment klopfte jemand an sein Büro. Brandstetter war so in Gedanken gewesen, dass er nicht mitbekommen hatte, dass Wehner und Nicole die Wache betreten hatten.

„Morgen, Brandstetter", grüßte Wehner freundlich, nachdem er die Bürotür einen Spalt geöffnet hatte, auch Nicole rief ein ebenso freundliches „Hallo Chef!" herein.

„Die Franzosen kommen gleich, die wollen sich noch verabschieden. Sie packen nur noch ihre Sachen."

Als Nicole schon auf dem Weg in den Pausenraum war, um Kaffee aufzusetzen, fasste Brandstetter einen Entschluss.

„Könnt ihr bitte mal einen Moment hereinkommen?" rief er den beiden hinterher. Nicole und Wehner drehten um und schauten durch die Tür.

„Ja" sagte Nicole neugierig, „was gibt's?"

„Setzt euch mal kurz", er deutete auf den ovalen Besprechungstisch. Dann verließ er seinen Platz hinter dem Schreibtisch und setzte sich zu den beiden.

„Tja, wie soll ich anfangen", sagte er grübelnd und kratzte sich dabei am Kopf.

„Dieser Schuster, ihr wisst schon, der ärgert mich noch immer, und zwar nachhaltig. Aber was mich noch mehr ärgert, das Bauamt hat meine Eilanfrage, um die Baustelle zu besichtigen, abgelehnt."

Wehner schaute Nicole mit großen Augen an.

„Du hast was?" fragte Wehner verwundert nach.

„Na, eine Anfrage beim Bauamt gestellt, um die von dir geschilderte Baustelle mit den sonderbaren Garagen zu besichtigen."

Wehner grinste über das ganze Gesicht, wischte sich mit der Hand über seine Glatze und gab ein wohliges „Entzückend!" von sich.

Brandstetter fuhr fort: „Es handelt sich da um einen Lagerraum, der durch einen Wassereinbruch stellenweise eingestürzt ist und nun saniert werden muss, um die Burgruine nicht weiter zu gefährden. Dieser Raum wurde damals in den achtziger Jahren errichtet, also zu der Zeit, als du dort Wache geschoben hast.

Nun zählen wir mal eins und eins zusammen. Dieser Lehmann war bei der Staatssicherheit, der gleiche Verein war bei dem Bau anwesend. Das ist mir ein bisschen zu viel Zufall. Ich möchte mir auch nicht vorhalten lassen, dass wir die Franzosen bei ihren Ermittlungen nicht ausreichend unterstützt haben."

„Und was heißt das jetzt?" fragte Wehner ungeduldig.

„Tja, ihr könnt ja mit den Franzosen noch mal dort rüberfahren, nach Schraplau, an die Baustelle. Nehmt doch noch deinen Kumpel Wilfried mit, wenn der sich in Schraplau so gut auskennt. Vielleicht steht die Baustelle ja quasi offen."

„Ja, genauso machen wir's!" Wehner stand euphorisiert auf und stieß dabei fast seinen Stuhl um. Er ging zu seinem Schreibtisch, nahm das Telefon und wählte Wilfrieds Nummer.

„Willi ist in einer halben Stunde dort", sagte er aufgeregt.

Nicole telefonierte ihrerseits mit den Franzosen: „Sie sind schon auf dem Weg hierher."

Wehner hatte sich wieder etwas beruhigt. Nun würde er also erstmals den Ort betreten, der sein Leben so nachhaltig verändert hatte. Einerseits freute er sich darauf, andererseits hatte er auch Angst davor, dass danach alles genauso unklar sein würde, wie vorher. In seinem Kopf rotierte es, seine

Gedanken überschlugen sich, als plötzlich Nicoles Stimme zu ihm durchdrang: „Wir können los, Wehner, aufwachen!" Sie winkte zur Unterstützung mit einer Hand vor seinen Augen.
„Alles klar", antwortete er, leicht erschrocken, und stellte fest, dass Moulin und Renard schon neben ihnen standen.

Wilfried hatte seinen Wagen gegenüber der Baustelle geparkt und blickte sich um.
„Schön ist eindeutig anders", war sein erster Gedanke.
Nachdem er sich das Baustellenplakat durchgelesen hatte, galt sein nächstes Interesse dem Vorhängeschloss. Kreisklasse, nicht Oberliga wie in dem Keller, ging es ihm durch den Kopf, als der weiße Bulli von Nicole hinter ihm hielt.
„Schon da?" fragte Wehner, als er ausgestiegen war.
„Warum nicht?" antwortete Willi, „ist ja nicht weit von mir aus bis hierher. Warum haben die denn die Garagen wieder weggerissen?" Er blickte Wehner fragend an.
„Weiß ich doch nicht."
„Du warst doch damals zur Baustellenabsicherung hier?" Wilfried hielt den Kopf schief und wartete auf Antwort.
„Das weißt du noch?" Wehner war erstaunt.
„Na klar, ich weiß noch, wie du dich darüber aufgeregt hast, dass die deinen Witz nicht verstanden haben und du dann auch noch nach Querfurt versetzt wurdest.
Wehner war überrascht: „Was du dir alles merkst, Willi. Was weißt du denn sonst noch über die Baustelle hier?"
„Naja, ich dachte eigentlich, dass du da eher auf dem laufenden warst."

„Nee, woher denn", konstatierte Wehner. „Nach dem ganzen Ärger, den ich wegen dieses Spruchs gekriegt habe, war mein Wissensdurst gestillt, endgültig."
„Kann ich verstehen", antwortete Willi, „aber ich weiß auch nur, was die Leute erzählt haben. Nachdem die Garagen fertig waren, ist hier Ruhe eingekehrt. Das Nachbarhaus hier drüben, das weiß ich noch, da ist nach dem Bau bei Regen immer der Keller mit Wasser vollgelaufen. Der Eigentümer hat sich dann beschwert und wollte eine Entschädigung. Da haben die ihm eine Pumpe hingestellt, kostenlos, die gab's ja nicht einfach so zu kaufen. Der hat aber nicht lockergelassen und immer wieder nach einer Entschädigung gefragt, und weißt du, was der dann zu hören gekriegt hat? Wenn er nicht Ruhe gibt und mit der Pumpe zufrieden ist, müssten die vom Bauamt mal nachschauen kommen, ob das Haus von der Statik her überhaupt noch sicher sei. Vielleicht müsste es ja abgerissen werden. Der hat sich dann doch mit der Pumpe zufriedengegeben und den Mund gehalten. So war das halt damals."
Wehner nickte, er kannte das nur zu gut.
„Und sonst weißt du nichts?" hakte er nochmals nach.
„Ansonsten sollen da eine Zeit lang nachts Barkas Transporter gekommen sein, die rückwärts an die Garagen rangefahren sind und etwas ausgeladen haben. Das ging so ein Vierteljahr, und dann war Ruhe."
Nicole hatte dem Gespräch aufmerksam zugehört und übersetzte nun Moulin und Renard, die erstaunt und interessiert wirkten.
„Nun gut, Willi, wie sieht das Schloss aus?" fragte Wehner, der gesehen hatte, dass Wilfried es schon begutachtet hatte.

„Das ist kein Hindernis", sagte Willi und winkte mit der Hand ab, um die Belanglosigkeit seiner Aufgabe nochmals zu unterstreichen. Er holte den elektrischen Dietrich aus seiner Jackentasche und ging Richtung Gittertür. Nachdem er zwei Vibrationsstöße an das Schloss weitergegeben hatte, sprang dieses so bereitwillig auf, als wollte es sich dagegen wehren, weiter durchgeschüttelt zu werden.

Das Öffnen des Gittertores gestaltete sich etwas schwieriger, die Scharniere hatten schon geraume Zeit kein Fett mehr gesehen, was sich durch ein anfängliches Brummen mit Vibrationen bemerkbar machte, welches dann in ein unangenehmes Quietschen überging. Instinktiv schaute sich Wehner in alle Richtungen um. Er hatte das erste Mal das Gefühl, auf die andere Seite des Gesetzes gewechselt zu haben, was allerdings völlig absurd war und er den Gedanken auch sofort wegwischte. Allerdings bekam er dieses diffuse andere Gefühl nicht so ganz aus seinem Kopf, dieses Gefühl, Weihnachten und Geburtstag an einem Tag zu erleben, jedoch mit dem Bewusstsein, ein unartiges Kind gewesen zu sein. Was zur Folge hätte, dass die Geschenke dementsprechend dürftig ausfallen oder gar ausbleiben könnten, und der Weihnachtsmann stattdessen die Rute aus dem Sack holt.

Der Raum, den sie nun betraten, war ein massiver mittelalterlicher Gewölbegang, der zwischen den Felsen mit gemauerten Rundbögen, die nach all den Jahrhunderten immer noch sehr stabil schienen, aufwartete. Die Lichtkegel der mitgebrachten Taschenlampen verliehen der Szenerie fast schon eine mystische Ausstrahlung, welche die massive

Tür mit ihren Eisenrädern, die an ein U-Boot oder eine Druckkammer erinnerten, jedoch völlig zerstörte.

Die Tür war einen Spalt geöffnet, was Nicole sofort veranlasste, an dem oberen Rad zu ziehen, um sie vollständig zu öffnen, allerdings mit nur mäßigem Erfolg. Erst als sie Renard, Moulin und Wehner unterstützen, gab die Tür nach und ging mit einem saugenden Geräusch auf.

Wehner leuchtete als erster in den Raum, als hätte er die Hoffnung, dass da jemand an einem Schreibtisch sitzen würde, der all die Jahre auf ihn gewartet habe und nun endlich eine Erklärung abgab, was genau damals dazu geführt hatte, dass seine Karriere endete, bevor sie begann. Doch das, was er sah, war ernüchternd.

Es war nicht der Heilige Gral der Erkenntnis, den er da erblickte, sondern ein schmuckloser Raum aus Beton, im hinteren Teil sicherten zahlreiche Stützen mit Schalungsbrettern die Decke ab.

Wehner war völlig desillusioniert, als die anderen hinter ihm eintraten. Auf der linken Seite war der Raum von Felsen begrenzt und circa einen halben Meter über dem Boden war wieder einer dieser mittelalterlichen Rundbögen zu erkennen, der vermutlich der Eingang zu einem weiteren Gang gewesen sein musste, der dilettantisch mit Beton verfüllt worden war.

„Was ist denn das?" Wilfried hatte sich, nachdem er sich ausgiebig mit der massiven Tür beschäftigt hatte, die er als Tresortür identifizierte, zu den anderen gesellt und schaute genau wie diese sparsam aus der Wäsche.

Renard leuchtete mit seiner Lampe die Ecken des völlig leeren Raumes aus, als sei er der Hoffnung, dass da noch irgendetwas stehen könnte, was die vorherigen Nutzer durch Zufall vergessen hatten, als ihm auffiel, dass das Licht seiner Taschenlampe reflektiert wurde. Er ging näher heran, um sich zu vergewissern, was dieses Glitzern hervorrief, entdeckte allerdings nichts als Staub. Er wischte mit dem Finger über den Boden und rieb die Probe zwischen Daumen und Zeigefinger.

„Hat mal jemand Feuer?" fragte er an Nicole gerichtet.

Wilfried kramte in seinen Taschen und gab Renard sein Feuerzeug, nachdem er sich vergewissert hatte, dass es noch halbvoll war. Renard riss ein Blatt aus seinem Notizblock, bückte sich und schob etwas von dem glitzernden Staub darauf, um es anzuzünden.

Der Geruch, der sich daraufhin im Raum ausbreitete, war sehr intensiv und übertünchte den vorherrschenden Modergestank.

„Das ist doch Baumharz, ich meine, das riecht nach verbranntem Baumharz!" Nicole hatte den Satz noch nicht ganz zu Ende gesprochen, als sich alle mit großen Augen anschauten.

„Oder Bernstein", bemerkte Renard und schaute zu Moulin, der diese Idee mit einem Nicken bekräftigte.

Wehner verschlug es fast die Sprache, als er versuchte, das Wort zu wiederholen, wie um dieses für sich selbst noch einmal zu bestätigen.

Moulin war etwas aufgeregt, als sie den Tunnel durchfuhren.
„Meinst du, die haben das Amtshilfeersuchen schon erhalten?" fragte er Renard.
„Aber sicher, das ist doch ein zivilisiertes europäisches Land hier, oder?" gab der mit einem Zwinkern zur Antwort.
Gleich hinter der zweispurigen Röhre, die durch den Salzberg führte, an dem Hallstatt wie ein Schwalbennest klebte, fuhr Renard auf den Parkplatz, der auch einige Plätze für die großen Reisebusse bereithielt, die so gar nicht in diese Gegend zu passen schienen, und aus denen gefühlte Hundertschaften von fotografierwütigen Touristen ausstiegen und sofort ihre Apparate in Anschlag brachten. Oder in Massen die öffentlichen Toiletten frequentierten, die genauso zu solchen Plätzen gehörten wie das Tourismusbüro oder auch die ersten der immer gleich wirkenden Souvenirläden, die sich an allen Sehenswürdigkeiten dieser globalen Welt geschwürartig auszubreiten schienen.
Doch dieser Ort war etwas ganz Besonderes, das war beiden sofort klar, als sie den Wagen abgestellt und einen Platz an der Uferpromenade gefunden hatten, der einen ersten Blick auf Hallstatt erlaubte.
„Wahnsinn!" Renard war beeindruckt und stupste Moulin an, der es nun auch geschafft hatte, sich einen Weg durch die sich gegenseitig fotografierenden Chinesen zu bahnen.
„Schau mal, Moulin, die Häuser stehen ja fast übereinander, und wie steil der Berg über der Stadt hinaufragt!"

Die mystische Stimmung wurde abrupt getrübt, als die Chinesen, nachdem einige Frauen laut gekreischt hatten, nun auch noch anfingen zu singen.

„Ja, Wahnsinn", Moulin schaute etwas genervt, „ich dachte schon, das mit den Asiaten in Chamonix sei nicht mehr zu toppen, aber hier potenziert es sich ja nochmal."

„Nun gut, lass uns mal fragen, wie wir zu dem Brauhaus kommen. Im Internet stand, dass die Parkplätze am Haus hätten, aber die Altstadt ist ja abgesperrt", bemerkte Renard und deutete auf die Schranke, die die Zufahrt zur Uferpromenade versperrte.

„Ich glaube, wir bekommen eine Magnetkarte, wenn wir unsere Reservierung vorzeigen", überlegte Moulin laut, der es immer noch nicht ganz schaffte, sich zu konzentrieren ob des Andrangs auf dem Parkplatz. „Ist schon verrückt, haben die Chinesen nicht diesen Ort in Südchina eins zu eins nachgebaut, nachdem Hallstatt Weltkulturerbe geworden ist?"

„Ja, richtig", bestätigte Renard, „ich glaube, in der Provinz Guandong. Diese Lage, der See, die Berge, das hat auch etwas von einem norwegischen Fjord, das ist schon schön hier, und die kopieren ja ganz einfach alles."

„Ja schon", stimmte Moulin seinem Kollegen zu, „aber das ist, glaube ich, so eine Art von Anerkennung bei denen", als plötzlich sein Handy klingelte. „Simond" stand auf dem Display, was Moulin veranlasste, sofort dranzugehen.

„Salut Simond, ça va?"

„Gut, und selber?" antwortete dieser etwas hektisch. „Seid ihr denn schon in Hallstatt oder noch in Schraplau?"

„In Hallstatt", antwortete Moulin, „warum fragst du?"

„Nun, ich habe die ganzen letzten Tage im Internet recherchiert, habe nach einem Link gesucht, der unsere Person Lehmann, die Akte ‚Katzengold' und Schraplau in eine Verbindung bringt."

„Und, bist du fündig geworden?" fragte Moulin aufgeregt, wissentlich, dass Simond die neue Spurenlage, die sie in der Baustelle in Schraplau sichergestellt hatten und die sich gerade in der kriminaltechnischen Untersuchung befand, noch gar nicht kannte.

„Ja, und ich bin immer noch völlig elektrisiert." Simond machte eine Pause, um sich kurz zu sammeln, und begann zu berichten.

„Also, nachdem ich stundenlang nach einem Zusammenhang zwischen dem Bernsteinzimmer und Schraplau gesucht hatte, kam ich auf die Idee, einmal über die Bildersuche im Internet mich mit Schraplau zu beschäftigen, und habe sofort mehrere Abbildungen von dem Haus gefunden, welches ihr fotografiert und mir zugeschickt hattet, das mit diesem Keller, wo ihr den Wagen gefunden habt."

„Ja, und?" hakte Moulin nach.

„Dieses Haus ist das älteste in Schraplau und steht unter Denkmalschutz. Urkundlich ist es als Schützenhof vermerkt. Doch als ich noch weiter in der Chronik zurückgegangen bin, habe ich etwas Unglaubliches entdeckt. Diese Burganlage, die ihr beschrieben habt, ist erstmals im neunten Jahrhundert erwähnt und wurde mehrfach zerstört. Aus den Resten dieser Anlage wurde das Stadtschloss errichtet, zu welchem der Schützenhof dazugehörte. Und nun ratet mal, wem das mal gehört hat."

„Jetzt mach's mal nicht so spannend, Simond!"
„Also, dieses Haus, in dem sich dieser Lehmann, Eisenhuth oder wie auch immer häuslich eingerichtet hatte, gehörte dem Soldatenkönig, Friedrich Wilhelm I., der sich just zu der Zeit in dem Schützenhof aufhielt, als er den Entschluss fasste, das Bernsteinzimmer an den russischen Zaren Peter den Großen zu verschenken, nämlich genau 1716. Das kann doch kein Zufall sein, oder?"
Moulin musste schlucken. Damit hatte er nicht gerechnet.
„Simond, wir haben auch Neuigkeiten, und die passen wie die sogenannte Faust aufs Auge. In einem alten Lagerraum außerhalb der Burg, der damals unter Aufsicht der Staatssicherheit errichtet wurde und heute auf Grund von Baumängeln einzustürzen droht, haben wir Bernsteinstaub gefunden. Dieser wird noch analysiert, aber zu neunzig Prozent ist sich Renard sicher."
„Wahnsinn", stammelte Simond und machte nochmals eine kurze Pause, um sich zu sammeln.
„Nun ergibt langsam alles einen Sinn. Ich habe mich nochmal mit diesem Wachregiment beschäftigt. Da gab es eine mehr oder weniger geheime Truppe, die den Führer des Deutschen Reiches verehrt hat und das an Clubabenden zelebrierte. Und das Bernsteinzimmer seinerseits galt unter Friedrich I., der es in Auftrag gab, als Legitimation für das Erste Deutsche Königreich, da man damals davon ausging, dass der Bernstein vom Himmel gefallen wäre, quasi göttlichen Ursprungs sei.
Friedrich Wilhelm I. wusste damals schon mehr über den wirklichen Ursprung des Bernsteins als sein Vorgänger und verschenkte es, um sich das Wohlwollen des russischen

Nachbarn zu sichern, und im Austausch Soldaten mit Gardemaß zu erhalten, die ihm für seinen Machterhalt wichtiger erschienen.
Wie auch immer, dieses Bernsteinzimmer ist immer noch so was wie der Heilige Gral der Deutschen. Ein Identifikationssymbol für Nationalisten."
Moulin brauchte eine Weile, um das Gehörte zu verarbeiten. Er hatte sein Handy auf Lautsprecher gestellt und blickte zu Renard, der genauso sprachlos schien.
„Und über Hallstatt? Hast du da vielleicht auch Neuigkeiten?"
„Mehr als genug, allerdings nichts Konkretes. Ich denke mal, wenn dieser Eisenhuth sich dort aufgehalten hat oder noch vor Ort ist, und wir das nachweisen können, gibt es zu der Bernsteingeschichte bestimmt einen Zusammenhang. Ich komme so schnell wie möglich zu euch. Die Sache mit meinem Sohn kann warten."
„Sollen wir dir ein Zimmer bei uns im Hotel reservieren?" wollte Moulin wissen, obwohl er die Antwort schon ahnte.
„Nein danke, nett von dir zu fragen. Aber ihr wisst doch, das ist nichts für mich. Ich komme mit meinem Camper."
„Alles klar, Simond, wir freuen uns. A` bientôt."
Moulin legte auf und sah Renard an. Dieser schaute immer noch genauso verblüfft drein wie er selbst.

Moulin und Renard hatten im Biergarten Platz genommen und blickten auf das ruhige Wasser des Hallstätter Sees. Die Bäume, die ihnen Schutz vor den letzten Sonnenstrahlen des ersten heißen Sommertages boten, waren mit bunten Lampions geschmückt, die gerade angeschaltet wurden und mit ihrem bunten Licht die Stimmung einzigartig werden ließen.

„Dieses Bier ist ganz einfach die Krönung. Da könnte ich mich reinsetzen!" konstatierte Moulin und Renard schmunzelte. Er ließ seinen Blick über das Panorama gleiten.

„Da drüben, das muss das Tote Gebirge sein." Renard zeigte zur eigenen Bestätigung in die Richtung, als sich ein überdimensionaler Tretbootschwan mit kreischenden Chinesinnen im bunten Manga-Style ins Blickfeld schob. Sie kamen so nah an den Steg des Biergartens herangefahren, dass beide glaubten, sie wollten direkt neben ihrem Tisch anlegen, und fotografierten dabei unablässig.

„Mann, die haben noch nichts von Privatsphäre gehört!" ärgerte sich Moulin und drehte sich demonstrativ zur Seite.

„Hast du dir mal die Schuhe von denen angesehen?" fragte Renard. „Zumeist die Frauen haben so circa ein bis zwei Zentimeter zu große Schuhe an und laufen mit so einem seltsam schlurfenden Gang."

„Ja", entgegnete Moulin, „das hat wahrscheinlich was mit der Mode aus früheren Zeiten zu tun, als die Chinesinnen noch viel zu kleine Schuhe getragen hatten, der den großen Zeh derart deformierte, dass sie ohne Schmerzen gar nicht laufen konnten. Das habe ich mal irgendwo gelesen."

„Okay, dann hat sich das aber hundertprozentig ins Gegenteil gewandelt."

Die Chinesinnen mit ihrem Tretbootschwan hatten sich entschlossen, weiterzufahren, so dass sich Moulin und Renard wieder dem See zuwandten.

„Nicole hat mir eine Karte vom See mitgegeben, in welche sie diese drei Koordinaten eingezeichnet hat." Renard kramte in seiner Tasche und holte die Karte heraus, um sie auf dem Tisch auszubreiten. Beide schauten sich die angekreuzten Punkte an, um sie danach den ungefähren Stellen auf dem Wasser zuzuordnen.

„Also, wenn ich das richtig erkenne, ist das in etwa ein Bogen zwischen der Halbinsel, kurz vor der Brücke, wo dieser Bahnhof eingezeichnet ist, und der Stelle da drüben an der Wand, dort, wo die Wohnmobile und der Bus stehen", Renard schaute nochmal genau auf die Karte, „Werflinger Wand heißt der Ort. Meinst du, es geht um diesen Bogen oder um die einzelnen Punkte?"

„Keine Ahnung", antwortete Moulin, „wenn ich das wüsste, wir sollten da vielleicht mal jemanden fragen, der sich mit dem See auskennt."

Renard schaute noch eine ganze Weile auf den See, als wollte er eine Antwort von diesem bekommen, als er plötzlich eine Idee hatte.

„Schau mal, an dieser Linie wechselt die Farbe des Wassers, vielleicht eine Abbruchkante, an der sich die Tiefe des Sees ändert."

„Oder Strömung", gab Moulin zu bedenken.

„Ja, das könnte auch sein", stimmte Renard ihm zu, als plötzlich ein leichter Wind aufkam und die farbliche Abgrenzung des Wassers durch einen leichten Wellengang zunichtemachte.

„Naja", seufzte Renard, „und der andere Punkt, die letzte Koordinate, das ist hier drüben an dem Zufluss des Waldbachs, beziehungsweise das Echerntal, welches hoch

zur Grubenalm führt. Das ist genau oberhalb des Gletschergartens. Da wurde ein Naturlehrpfad angelegt, so mit Stegen und Leitern, soweit ich das schon herausfinden konnte. Nun ja, ich habe meine GPS-Gerät dabei. Die Stelle finden wir, das dürfte nicht das Problem sein."
„Aber vielleicht warten wir mit der Erkundung, bis Simond hier ist. Sechs Augen finden mehr als vier", gab Moulin zu bedenken.
„Bon, so machen wir das. Morgen melden wir uns erstmal auf der Polizeistation an. Mal sehen, ob die schon etwas herausgefunden haben."

Polizeichef Gamsbichler saß wie jeden Abend in dem italienischen Lokal, dessen Besitzer eigentlich ein Türke war, aber das störte hier keinen. Hauptsache, man war etwas unter sich. Bis zu diesem etwas abgelegenen Teil des Ortes, der auch nicht direkt am Seeufer lag, verirrten sich nur wenige Touristen, außer sie waren auf dem Weg zum Campingplatz, der gleich vis-à-vis lag.
In den letzten Jahren hatte sich der Italiener zu einer Art Stammkneipe der Alteingesessenen entwickelt. Die Preise waren moderat, das Essen schmeckte, und das Bier war gut und günstig.
Er hatte sich zu seinem Kumpel Riedlnauer gesetzt, der anscheinend schon länger hier war und schon das ein oder andere Bier getrunken hatte, was man ihm auch anmerkte. Kurz überlegte Gamsbichler, ob das vielleicht der falsche Zeitpunkt sei, um die Neuigkeiten mit seinem Kumpel zu teilen, aber diese Information brannte ihm unter den Nägeln.

„Riedlnauer, grüaß di, sag mal, kannst du dich noch an den Typen erinnern, in den Achtzigern, auf der Fuchssteinbaracken?"
„Du meinst den Kinderficker!" platzte Riedlnauer in einer Lautstärke heraus, dass sich Gamsbichler gleich ärgerte, ihn angesprochen zu haben.
„Ja genau, geht es auch ein wenig leiser?"
Riedlnauer winkte ab: „Is' scho goat, ist ja eh' keiner do, den 's interessieren tät. Jo, was is' nun mit dem?"
Gamsbichler blickte sich um, anscheinend hatte Riedlnauer trotz seiner lauten Aussprache kein Aufsehen erregt.
„Der hatte doch damals alles gestanden, als man ihn verhaftet hatte, wir hatten fast den Eindruck, dass er regelrecht erleichtert war, dass er alles jemandem erzählen konnte. Mir läuft da immer noch 'ne Gänsehaut den Rücken runter. Der hat die Taten in einer Ruhe und mit einer Detailversessenheit geschildert, wie wenn wir beide uns über den letzten Angelausflug unterhalten und verschiedene Vorstellungen haben, wie Fische waidgerecht getötet werden, damit sie so wenig wie möglich Schmerzen haben."
„Hör auf, Gamsbichler, ich möcht den ganzen kranken Scheiß net hörn! Ich denk', der ist tot? Der hat sich doch nach seiner Entlassung sein Gehänge abgeschnitten und ist elendig verblutet. Die haben den doch erst nach Tagen gefunden, da hat er schon fürchterlich gesaftelt."
„Ja, richtig, Riedlnauer, aber darum geht es gar nicht. Drei Kinder, die verschwunden waren, mit denen wollte er absolut nichts zu tun gehabt haben, das hat der so vehement abgestritten, obwohl es doch überhaupt keine Rolle mehr gespielt hätte."

„Dass diese Sau überhaupt entlassen wurde, darum geht's!" sagte Riedlnauer, nun doch dem Bierkonsum geschuldeter Weise leicht in Rage.

„Das ist eine ganz andere Sache, der hatte gegen die anschließende Sicherheitsverwahrung vor dem Europäischen Gerichtshof geklagt und musste entlassen werden.

Nein, was ich sagen wollte, Riedlnauer, der war das wahrscheinlich doch nicht mit den Kindern, zumindest mit den dreien, die er geleugnet hat."

„Ist das jetzt nicht egal, nach so langer Zeit?" Riedlnauer schaute ihn mit leicht geröteten Augen an, „die Kinder werden davon auch nicht mehr lebendig."

„Da hast du schon recht", Gamsbichler bereute es nun endgültig, seinen Kumpel in diesem Zustand angesprochen zu haben. „Die haben jetzt aber in Deutschland DNS-Spuren der drei Kinder in einem alten Wagen gefunden, der auch mit einer Straftat in Frankreich in Verbindung gebracht wird, wo es ebenfalls um Kindesmissbrauch geht."

„Nee, nicht wahr!" Riedlnauer schien schlagartig nüchtern zu sein, „des gibt's doch net!"

„Doch, mit den ermittelnden Kommissaren aus Frankreich treffe ich mich morgen."

Er trank sein Glas aus und wechselte dann das Thema.

„Was macht eigentlich deine Tochter, die Annette?"

Riedlnauer wurde augenblicklich etwas ruhiger: „Ach, die kommt zurück, die hat sich von ihrem Mann getrennt, und in Wien möchte sie nicht bleiben. Die hat für den Anfang eine Stelle im Pferdestallcafé als Bedienung."

„Und ihr Sohn, der Felix?"

„Der ist ja mittlerweile volljährig, der will in Wien bleiben und studieren."
„Mann, wie die Zeit vergeht, unglaublich", sinnierte Gamsbichler. „Also dann, bis demnächst einmal", verabschiedete er sich, er hatte ja morgen früh den Termin mit den Franzosen und wollte dafür schon fit sein.

„Bonjour, Messieurs", Moulin und Renard schauten verhalten in die Runde der anwesenden Polizisten, die gerade ihre Wurstsemmel oder einen Leberkäs mit Brezn aßen.
„Oh, pardon, nous dérangeons votre petit déjeuner."
„Was wollen die?" Gamsbichler stand auf, wischte sich den Mund und die Hände an einer Serviette ab, die er hastig aus der Papiertüte vom Metzger hervorgekramt hatte, und ging auf die beiden Franzosen zu.
„Habe die Ehre, Gamsbichler, Revierleiter." Er streckte den beiden die Hand entgegen. „Do you speak english?" fragte er freundlich.
„No, only french", bekam er als verlegene Antwort.
„Na, das geht ja schon mal gut los." Gamsbichler kratzte sich irritiert am Kinn und blickte sich um: „Kennt's ihr jemanden, der Französisch ko?"
„I net."
„I a net", bekam er als Antwort von seinen Kollegen zurück. Moulin und Renard blickten ratlos in die Runde, als Renard plötzlich mit dem Finger schnippte und sein Handy aus der Tasche zog.
„Attends, j' ai une idée!" Er schaute zu Moulin: „Wir rufen Nicole an, vielleicht kann die uns ja helfen!"

„Das ist eine richtig gute Idee, sonst kommen wir hier nicht weiter", gab Moulin ihm recht.
„Pardon, Messieurs", Renard hielt sein Handy hoch und die beiden verließen die Wache.
Während sie vor der Polizeistation standen und Renard telefonierte, bewunderte Moulin den Marillenbaum, der sich genau an der Wand des Hauses, akkurat geschnitten, die Mauer hochrankte, als müsse er diese stützen.

Simond hatte sehr viel nachgedacht während der letzten drei Tage, die er damit verbracht hatte, quer durch Frankreich, von der Bretagne über das Zentralmassiv und durch die Schweiz nach Österreich zu fahren. Viele der Landschaften kannte er schon von früheren Reisen, vor allem diese lästigen Blicke der Zöllner an der Schweizer Grenze hatte er überhaupt nicht vermisst. Zumindest diesmal hatten sie ihm auch nicht seinen alten Citroën Bus auseinandergenommen und nach was auch immer durchsucht oder ihn auf Fahrtüchtigkeit überprüft. Diesmal hätte er das auch nicht über sich ergehen lassen. Er hätte seinen Dienstausweis und den genehmigten Dienstreiseantrag vorgezeigt. Insgeheim hatte er sich schon auf die dummen Gesichter gefreut. Ein Typ mit langen Rastazöpfen, geflochtenem Ziegenbart und zugegebenermaßen schon etwas betagtem Wellblechcitroën, mit Surfbrettern auf dem Dachgepäckträger und einem skurril aussehenden Schornstein auf dem Dach, der mit dem dazugehörigen Ölofen das alte Wohnmobil ganzjahrestauglich machte.
Doch als ob sie das geahnt hätten, winkten sie ihn ganz einfach durch. Diese Schweizer, da soll mal jemand draus

schlau werden. Aber lange hielt er sich nicht mit diesem Umstand auf und war gedanklich wieder bei seinem Sohn.
Der wollte nun heiraten, soviel wusste er schon. Zwar erst Ende des Jahres, aber Marcel hatte ihn wissen lassen, dass die Initiative zur Kontaktaufnahme mehr von dem Großvater seiner zukünftigen Frau ausging. Der wollte Simond unbedingt kennenlernen, bevor die Hochzeit stattfindet.
Diese Art, dieses überhebliche, altkluge Verhalten von Marcel, das er schon immer gehasst hatte, mit dem dieser sich schon immer versucht hatte zu schützen, wenn er unsicher war oder nicht weiterwusste. Das mochte er nicht, vielleicht, weil es ihn zu sehr an dessen Mutter erinnerte.
Simond wusste immer noch nicht, wie er auf diese gespielte Arroganz reagieren sollte, deswegen war er ganz froh, dass dieser Fall weiterging.
Auch die Landschaft rund um den Hallstätter See war so komplett anders als die Karstlandschaften in Frankreich, so dass er diese in sich aufsog und endlich auf andere Gedanken kam.
Als sein Navi nun Hallstatt anzeigte, fuhr er stattdessen in einen dunklen Tunnel, der laut Positionsanzeige des Displays sich direkt unter der Altstadt befinden musste. Simond war gespannt, er hatte bei seiner Einfahrt die steil aufragenden Felswände des Salzberges gesehen. Wie sollte denn da eine Stadt liegen?
Auf halber Strecke der Durchfahrt war ein Parkplatz mit einem Felsdurchbruch zum See eingerichtet, der schon den ersten Ausblick auf diese fjordartige Landschaft ermöglichte, doch Simond beschloss, gleich zum Campingplatz weiterzufahren, er war geschafft von der

langen Fahrt, und geduscht hatte er die letzten zwei Tage auch nicht. Er wollte sich zuerst anmelden und danach mit seinen Kollegen telefonieren, um sich vielleicht zum Essen zu verabreden und den Ort anzusehen.

Nachdem er den Tunnel verlassen hatte, setzte so etwas wie Ernüchterung ein, was er zu sehen bekam, war so gar nicht das, was er von einem Weltkulturerbe erwartete. Die Häuser waren geprägt von einer tristen alpinen Einheitsarchitektur bis hin zur Glas-Stahl-Moderne. Zwischendrin war noch vereinzelt ältere Bausubstanz zu erkennen, aber das Gesamtbild war durchschnittlich. Auf der rechten Seite erblickte er eine Bergbahn, welche die Besucher von den großen Reisebussen zu dem weltberühmten Aussichtspunkt auf dem Salzberg, zum Rudolfsturm brachte. Eigentlich mied Simond solche Orte, wo die Touristikindustrie möglichst effizient versuchte, auch noch den letzten übergewichtigen Bewegungslegastheniker an Orte zu bringen, die der aus eigener Kraft niemals erreichen würde, und sich das natürlich gut bezahlen ließ.

Einmal hatte er sich dazu durchgerungen, nahe seiner geliebten Bretagne den Mont-Saint-Michel zu besuchen. Dieses wunderschöne Kloster, das auf einem vorgelagerten Felsen im Meer lag, den vormals eigentlich bei Flut das Meer umspült hatte. Doch um die ganzen Reisebusse und Besucher unterzubekommen, hatte man die vorgelagerte Uferregion nach und nach zugeschüttet, einen Zufahrtsdamm asphaltiert und so aus der malerischen Insel eine Halbinsel gemacht, die durch die schnurgerade Zubringerstraße mit zahlenden Menschenmassen versorgt wurde. Nach der ersten Gasse, die aus unzähligen

Souvenirshops bestand, hatte er es aufgegeben und war umgekehrt, er war gescheitert an der drängelnden, ignoranten, zäh vor sich hin wabernden Masse Touristen. Als er sich nach einigen Kilometern wieder auf einer der kleinen Landstraßen befand, die hinter einem Waldstück den Blick über Wiesen mit weidenden Kühen auf das Kloster freigab, sah es so imposant, schön und unerreichbar aus, als wäre es der einsamste Ort der Welt.

Simond war sich nicht sicher, ob er den Hallstätter See nicht auch besser von der Ferne in Erinnerung behalten sollte, als er schon die Einfahrt zum Campingplatz erblickte. Nun, er war ja zum Arbeiten hier, und auch dieser Ort hatte eine neutrale Chance verdient, doch seine Stimmung sank rapide, als er die Schranke sah, die den Platz absperrte, und eine blonde Frau, die gerade wieder in ihren weißen Bulli eingestiegen war und versuchte, rückwärts in einen der eng abgegrenzten Parkplätze einzuparken. Alles muss seine Ordnung haben, dachte er sich. Ordnung, dieses Wort, welches wahrscheinlich die Deutschen erfunden hatten.

Er ließ seinen Wagen kurz in der Einfahrt stehen und machte sich auf den Weg zur Rezeption, wo er schon argwöhnisch aus einem Fenster betrachtet wurde. An einem Zaun fiel ihm ein Schild auf, welches einen Soldaten mit Gewehr und Stahlhelm abbildete, mit dem Satz darunter: „Hier wache ich!". Er verstand zwar nicht die Bedeutung, fand es aber irgendwie befremdlich. Kurz war er versucht, wieder einzusteigen und nach einem Platz zu suchen, an dem man wild campen konnte, aber nach kurzer Überlegung war ihm klar, dass die Chance, solch eine Möglichkeit zu finden, gegen Null tendierte.

Simond ging weiter zur Anmeldung, wo er mit einem skeptischen Blick empfangen wurde. Doch dann wurde er mit einem freundlichen „Grüß Gott" begrüßt, als hinter ihm die junge blonde Frau aus dem weißen Bulli den Raum betrat, mit „Hallo" grüßte, sich neben Simond stellte und die Arme auf den Tresen legte.
„Sie gehören zusammen?" fragte der kräftige Mann mit militärisch kurzem Haarschnitt und nahm seinen grünen Filzhut mit Gamsbart vom Tresen, um Platz zu schaffen.
„Nein, wieso?" fragte die junge Frau und lächelte verlegen.
Simond schaute den Mann hinterm Tresen an, als wartete er auf ein Okay, um sein Anliegen vorzutragen. „Ich möchte einen Stellplatz", begann er auf Englisch.
„How long?"
„I don't know, any days, one week."
Der Mann hinter der Rezeption schaute länger auf den Bildschirm seines Computers, strich sich mit Daumen und Zeigefinger übers Kinn.
„Einen Platz hätt' ich noch", antwortete er.
„Wie bitte?" platzte die junge Frau in das Gespräch, „nur noch einen Platz?"
„Was ist los?" fragte Simond verdutzt auf Französisch und betrachtete die Frau, die recht verärgert schien. Noch verdutzter war er, als diese ihm wie selbstverständlich auf Französisch antwortete.
„Es ist nur noch ein Platz frei, ich brauche den, ich bin von der deutschen Polizei und dienstlich hier."
Simond fand die Situation äußerst skurril, musste dann aber schmunzeln.

„Ich bin von der Französischen Polizei und bin ebenfalls dienstlich hier."

„Verarschen kann ich mich alleine!" rutschte es der jungen Frau heraus, als sie im Begriff war zu gehen.

„Sie wollen zu den Kommissaren Moulin und Renard?" fragte Simond.

„Ja, woher wissen sie?" fragte sie, blieb stehen und kam dann zurück an den Tresen.

„Ich kenne die beiden von ihren Ermittlungen aus Schraplau, und sie haben mich gefragt, ob ich sie auch hier unterstützen kann."

„Enchanté", Simond streckte ihr die Hand entgegen, „ich bin Simond."

„Und ich bin Nicole", sie erwiderte seinen Händedruck und strahlte plötzlich über das ganze Gesicht.

„Wir teilen uns den Stellplatz", sagte sie zu dem verblüfft schauenden Mann an der Rezeption.

Simond saß auf der Schwelle der Tür seines Wellblechcitroëns und wartete auf Nicole, die immer noch im Sanitärgebäude war. Er betrachtete den tadellos restaurierten Bulli, der mit seinem strahlenden Weiß, der pinken Nummernschildeinfassung sowie den pinkfarbenen Sitzbezügen so gar nicht zu seinem alten Camper passen wollte, dessen blaugrauer Lack sich seit mehreren Jahrzehnten der Sonne ausgesetzt sah und der auch schon nicht unerheblich von Flugrost überzogen war, wie es für einen alten Wagen aus Küstenregionen nicht unüblich ist.

Auf dem gegenüberliegenden Stellplatz, der hinter einer Baumreihe lag und für Zelte reserviert war, hatte eine

Gruppe jüngerer Leute eine Art Camp aufgeschlagen und entzündete gerade ein Lagerfeuer, das sich in einer extra dafür gebauten eisernen Riesenschüssel befand, die der Platzwart mitsamt dazugehörigem Holz mit einem der Betreuer der Gruppe kurz zuvor zu dem Lager getragen hatte. Einige der jungen Leute bereiteten Essen vor und einer begann, seine Gitarre zu stimmen, um kurz danach mit dem Rest der Truppe kirchliche Lieder anzustimmen.
„Hoffentlich ist Nicole bald fertig", dachte sich Simond, als sie gerade um die Ecke bog. Er musste zweimal hinschauen, ob das wirklich die gleiche junge Frau war, die im Schlabberlook an der Rezeption neben ihm gestanden hatte. Er fühlte sich, als hätte ihn jemand auf den Champs Élysées nach Paris gebeamt. Instinktiv sah er an sich herunter. Er hatte seine letzte saubere Jeans aus dem Schrank gekramt, die er, obwohl seine Schwelle der Verschleißgrenze für Gegenstände und Kleidung recht hoch lag, schon mehrfach hatte aussortieren wollen. Sein Bob Marley T-Shirt wies auch schon das ein oder andere Mottenloch auf, von seiner alten Lederjacke ganz zu schweigen, die hatte sich fast vollständig von ihrem Innenfutter getrennt.
„Was hast du denn vor?" fragte er verdutzt.
„Na, ich denke, wir gehen essen mit Renard und Moulin?" Ihr Blick wanderte belustigt über sein Outfit.
„Okay, dann lass uns mal losgehen", er zündete seine eben gedrehte Zigarette an und stand auf.

Nachdem sie die lange Uferpromenade in einer Art Slalomlauf absolviert hatten und von der einen oder anderen Touristengruppe beinahe überrannt worden waren, die mit ihren Smartphones, die an Selfie-Teleskopstangen befestigt waren, selbstverliebt Videos drehten, um sie anschließend mit dem Foto des Frühstücksbuffets und anderen wahnsinnig wichtigen Neuigkeiten des vergangenen Tages in sozialen Medien zu teilen, sahen sie das alte Brauhaus mit dem herrlichen Biergarten, der, teilweise auf einem Steg schön gelegen, den Blick auf den Hallstätter See darbot. In einer Art Schuppen erkannten sie einen Kombi mit französischen Kennzeichen, und kurze Zeit später erblickten sie auch schon Renard und Moulin.

Renard war aufgestanden, zuerst winkte er, danach kam er auf sie zu. Er schaute genauso erstaunt wie zuvor Simond an Nicole herunter, und irgendwie war Simond froh, dass es nicht nur ihm beim Anblick einer schönen jungen Frau so erging.

Stellenweise fand Simond seine Reaktion ja etwas peinlich, obwohl er nicht ansatzweise so stierte, wie manche älteren Männer, die diese jungen Frauen mit ihren Blicken fast auszogen. Er war der festen Überzeugung, dass Männer, die sich mit Frauen einließen, die jünger als ihre eigenen Kinder waren, ein massives Problem haben mussten. Aber vielleicht sollte man da auch nachsichtiger sein, er hatte mal gelesen, dass beim Anblick schöner Frauen bei Männern die gleichen Gehirnareale stimuliert würden, wie zum Beispiel im Baumarkt, wenn man den neuen Akkuschrauber mit 18 Volt Stromversorgung bewundert, oder das neue Auto im Showroom des Autohändlers um die Ecke. Beides war ihm fremd, doch bei Frauen war auch er ganz seiner genetischen Programmierung erlegen.

Moulin hielt derweil den reservierten Tisch frei und war bemüht, bereits der zweiten chinesischen Touristengruppe in dieser kurzen Zeit zu erklären, dass dieser Tisch besetzt sei und der Rest der Leute schon auf dem Weg hierher sei, was er mit gestikulieren in ihre Richtung zu unterstreichen versuchte.

Nachdem mit einigen Startschwierigkeiten das Procedere der Bestellung erledigt war, prosteten sich alle mit ihrem Bier zu und Moulin stieß einen leichten Seufzer aus und begann zu erzählen.

„Schön, dass du es einrichten konntest, Nicole. Wir wären hier sonst hoffnungslos verloren. Gestern auf der Polizeiwache, das war eine Katastrophe. Wir haben heute schon mal den vierten GPS-Punkt aufgesucht, das heißt, wir waren ungefähr zehn Meter davor, dann wurde es schwierig. Ich würde vorschlagen, wir gehen morgen mit den Kollegen aus dem Ort noch mal hin und versuchen dann zu klären, was es mit den Punkten im See auf sich hat."

„Gut", sagte Nicole, „und was war da am vierten Punkt?"

„Der war etwas oberhalb vom Gletschergarten. Da ist ein Naturlehrpfad, der im Ort hinter dem Campingplatz beginnt und im Gletschergarten endet, man kann dort über Stege und Leitern über die Gletschertöpfe gehen, die nach der letzten Eiszeit durch das Schmelzwasser entstanden sind. Diesen Naturlehrpfad gibt es erst einige Jahre, seitdem ist es dort oben vermutlich etwas belebter als früher, aber immer noch sehr ruhig. Dieser Lehrpfad endet an einem Fahrweg, kurz bevor dieser in einen Felsentunnel mündet, um dahinter über eine Brücke zu führen, unter der sich ein Wasserfall den Weg ins Tal bahnt. Kurz vor dem Tunnel führt ein

Trampelpfad, den man mit etwas Mühe erkennen kann, in die Nähe eines größeren Gletschertopfes, der wahrscheinlich unser GPS-Punkt ist. Allerdings hat es die letzten Tage viel geregnet und ein kleiner Wildbach hatte diesen halb mit Wasser gefüllt, auch die Querung des Wasserlaufs war etwas schwierig, da die Felsen recht glatt und wir nicht passend ausgerüstet waren. Aber augenscheinlich war da nichts weiter als eine riesengroße natürliche Badewanne."
„Bon, ich bin mal gespannt", sagte Simond.

„Grüaß di, Silvi!" Annette hatte heute ihren zweiten Arbeitstag im Pferdestallcafé und war dementsprechend überpünktlich zum Dienstbeginn erschienen. Sie umarmte ihre junge Kollegin, die diese Begrüßung freundlich erwiderte. Silvia hatte schon den Laden geputzt, womit sie sich abwechseln sollten.
Annette war etwas neidisch berührt, als sie Silvia betrachtete. Diese hatte gerade laut vor sich hingesungen und sah einfach hinreißend aus in ihrem Dirndl, das sie mit roten Boots kombinierte, als wäre es das Normalste der Welt. Überhaupt war Silvia sehr hübsch und am ganzen Körper farbig tätowiert, einschließlich Dekolleté, Hals, Beine und Arme. Dies trug sie mit einer Selbstverständlichkeit zur Schau, als verstände sie gar nicht, wie man nicht tätowiert sein konnte.
Annette war früher auch recht wild unterwegs gewesen. Sie war der erste Grufti in Hallstatt, damals, als sie den gut gebauten Punker aus Deutschland mit diesem sexy Ostakzent kennengelernt hatte, der hier eine ganze Zeit lang

auftauchte, um dann für immer zu verschwinden. Das war ihre Zeit, die wilden achtziger Jahre.

Doch gestern nach Feierabend hatte sie fast der Schlag getroffen. Sie hatte Kalle wiedergesehen, ihre Jugendliebe, diesen verrückten Punk, zumindest glaubte sie, ihn erkannt zu haben. Dieser unglaubliche Kerl hatte ihr damals öfter Nachrichten im Beinhaus hinterlassen, das fanden sie beide immer sehr aufregend. Ein Punker, der einen alten Leichenwagen fuhr und ihr Zettel unter die Totenköpfe steckte, wann er sie treffen wollte, damals gab es ja noch keine Handys. Und sie, das Gruftimädel, die diese dann in voller Montur, meistens im Dunkeln mit einer Kerze als Beleuchtung, aus dieser Gruft holte.

Heute wäre das nicht mehr möglich, jetzt stand da ein Pförtnerhäuschen vor dem Eingang, man musste natürlich Eintritt zahlen, und das ganze mystische Flair war dahin.

Eintritt zahlen, um einen Haufen Knochen von toten Menschen zu sehen, die aus Platzmangel nur eine Zeit von fünfzehn Jahren auf dem normalen Friedhof verbringen konnten, und danach in dieses Beinhaus verlegt wurden.

Das war Hallstatt, das sich immer mehr veränderte, und trotzdem wollte sie hierher zurück.

Nun kannte sie zwar Silvia kaum, hatte aber trotzdem den unbändigen Drang, sich mit jemandem zu unterhalten, sich mitzuteilen über ihre Begegnung, ja, die Erscheinung, die sie gestern hatte.

Sie hatte damals schon das Gefühl gehabt, dass mit Kalle etwas nicht stimmte. Seine Taucherausrüstung, dass er mit ihr nie über seinen Job gesprochen hatte, er hatte ein Geheimnis daraus gemacht, wovon er lebte. Aber spätestens

als die anderen zwei Typen aufgetaucht waren und sie wissen wollte, was es mit denen auf sich hatte, machte er vollkommen dicht. Dieser Ralf, der machte sich nichts aus Frauen, der war bestimmt schwul, aber der Erich oder wie er hieß, der hatte es faustdick hinter den Ohren, der kannte sicher keine Freunde, wenn es um seine Interessen ging. Wenn sie an den zurückdachte, lief ihr immer noch ein Schauer über den Rücken. Dieser crazy Blick, der war ihr in Erinnerung geblieben über all die Jahre.
Silvia hörte geduldig zu und zuckte dann mit den Schultern: „Warum hast du ihn denn nicht angesprochen?"
Dieses Selbstbewusstsein, was junge Leute heutzutage haben, diese Selbstverständlichkeit, die richtigen Fragen zu stellen und wahrscheinlich auch das Richtige zu tun, war Annette immer noch völlig fremd. Die Leute damals hatten sie genauso angeschaut wie heute Silvia, nur in ihrer Eigenwahrnehmung in diesem Alter trennten sie Welten.
Sie war damals Grufti geworden, um ihre Minderwertigkeitskomplexe zu kaschieren. Nach außen erfolgreich, aber nach innen war sie immer noch das kleine, spießig erzogene Mädchen, dass sich damals so viel Schminke ins Gesicht geschmiert hatte, aus Angst davor, jemand könnte erkennen, wie es dahinter aussieht.
Sie konnte Kalle nicht ganz einfach ansprechen, diesen Mann, in den sie über alles verliebt gewesen war und der sie ohne ein Wort der Erklärung ganz einfach hatte sitzen lassen.

„Klar fahren wir mit dem Auto", sagte Gamsbichler in einem Ton, der keine Widerrede zu dulden schien. „Das letzte Mal, als ich dort hochgelaufen bin, des war mit der Schulklass!"
Nicole war das nicht unrecht, als sie die steil aufragenden Berge rechts und links der Schlucht betrachtete, wo sich der vierte GPS-Punkt befinden sollte.
„Wir fahren mit dem Kombi, da passen fünf Leute rein." Gamsbichler nahm den Schlüssel aus dem oberen Fach seines Schreibtisches und gab durch ein lautes „Auf geht's!" das eindeutige Signal zum Aufbruch.
„Wir saind bei die Gletscherpötte, wenn irgendwas ist, ich bin über Funk oder Handy zu erreichen", sagte er an seinen Kollegen Sepp gerichtet, der mit einem „Jo" bestätigte, dass er verstanden hatte.
Simond durfte aufgrund seiner Körpergröße vorne einsteigen. Moulin und Renard hatten Nicole auf der Rücksitzbank in die Mitte genommen und versuchten, sich anzuschnallen.
„Des braucht's hier net", kommentierte Gamsbichler die Bemühungen, die er durch den Rückspiegel beobachtete, „wir fahren eh' nur Wirtschaftswege." Er wendete den Wagen, um dann quer über die Hauptstraße den Fahrweg anzusteuern. Die ersten fünfhundert Meter fuhren sie an zahllosen Neubauten und Baustellen vorbei, die alle in den letzten Jahren aus dem Boden gestampft wurden und sich bemühten, den Anschein zu erwecken, als gehörten sie hierher.
„Des ist der Wahnsinn, diese Bauwut", kommentierte Gamsbichler das neue Wohnviertel. „Früher war hier hinterm Campingplatz Schluss. Des sind alles Zugereiste

und Neureiche, nach dem Welterbestatus zieht's die hierher wie die Fliegen auf den Misthaufen. Über vierzig gekrönte Häupter waren im Laufe der Jahrhunderte in Hallstatt, und die meinen nun, da könnte was auf sie abfärben."
Die drei Franzosen schauten etwas hilflos zu Nicole, die immer noch überlegte, was Misthaufen auf Französisch hieß, etwas später gab sie es dann auf und zuckte hilflos mit den Schultern.
Kurze Zeit später mussten sie vor einem Absperrband anhalten. Rechter Hand begann der neu angelegte Naturlehrpfad, der über einen Umweg zum Gletschergarten führte. Links ging der alte Fahrweg weiter. Circa zehn Meter vor ihnen, auf einer kleinen Lichtung, stand ein steinernes Denkmal. Gamsbichler stieg fluchend aus dem Auto.
„Diese Jäger, früher waren die alle wildern, und jetzt, wo die unter Druck einen Jagdschein gemacht haben, glauben's, sie könnten ganze Wege sperren, wie es ihnen gerade passt!"
Simond nutzte die Gelegenheit, um gleichfalls auszusteigen und sich das Denkmal genauer anzusehen. „Dem Andenken an den hochverdienten Erforscher und Darsteller der Berg- und Gletscherwelt des Dachsteingebietes Dr. Friedrich Simony" stand dort.
Simond blickte sich um und überlegte, Nicole zu fragen, ob sie ihm die Inschrift übersetzen könnte, als er von dem Berg hinter dem Denkmal ein lautes Krachen vernahm. Er drehte sich instinktiv blitzschnell um und sah, wie sich ein größerer Felsbrocken knapp unterhalb des Gipfels gelöst hatte, dieser kam unter lautem Getöse genau auf ihn zu. Für den Bruchteil einer Sekunde glaubte Simond, dort oben eine menschliche

Gestalt entdeckt zu haben, er rannte zur Seite und schrie laut: „Attention!"
Gamsbichler, der den Felssturz ebenfalls bemerkt hatte, lief mit dem Absperrband in der Hand in die entgegengesetzte Richtung bergauf, dann schlug der Brocken krachend in die Motorhaube des Kombis ein. Für einen Augenblick war Totenstille, die plötzlich von einem durchdringenden Hupen des an der Front völlig demolierten Wagens abgelöst wurde. Simond eilte auf das Autowrack zu, als die hintere Tür aufging und ein kreidebleicher Renard ausstieg. Kurz darauf folgten Nicole, die am ganzen Leib zitterte, und Moulin, der an der Stirn leicht blutete, aber ansonsten unverletzt schien.
Gamsbichler hatte endlich das Absperrband losgelassen und hastete nun auch zu den Überresten des Wagens: „Kruzitürken nomoi! Was ist denn das für ein Scheiß?" platzte er heraus, er hatte einen hochroten Kopf und die Schweißperlen standen ihm auf der Stirn. „Alles in Ordnung?" fragte er kurz und versuchte, die Heckklappe des Autos zu öffnen, was ihm im zweiten Anlauf auch gelang. Er holte den Verbandskasten heraus und lief zu Moulin, um sich um dessen Stirnwunde zu kümmern.
Der hatte sich auf einen der herumliegenden Felsen neben Renard und Nicole gesetzt. Alle drei blickten immer noch zu der Stelle, wo sich der Gesteinsbrocken gelöst hatte. Bei Moulins Wunde handelte es sich glücklicherweise nur um einen Kratzer, der nicht tief war und mit einem Pflaster versorgt werden konnte.
Simond hatte sich vergewissert, dass es allen den Umständen entsprechend gut ging, und war jetzt damit beschäftigt, den Berg systematisch zu scannen. „Da war jemand!"

wiederholte er mehrmals, als ob er sich selbst noch einmal seiner Sinne vergewissern wollte.

Nicole hatte sich wieder gefangen und fragte nach: „Wer war da?"

„Keine Ahnung. Aber da hat sich was bewegt."

Nicole übersetzte das Gamsbichler, der aufbrausend reagierte: „Des ko net sei, die haben die Bergsicherungsarbeiten vor zwoa Wochen abgeschlossen! Die haben überhaupt keine Genehmigung mehr! Ich kläre das."

Er holte sein Telefon aus der Tasche und rief auf der Wache an: „Du, Sepp, ko des sei, dass die am Berg arbeiten heuer? So an Felstrumm hot uns den Wagen demoliert, am Simonydenkmal."

Er hörte konzentriert zu und wartete dann eine ganze Weile ungeduldig. Er hatte den linken Daumen in die Hosentasche gesteckt, um mit den herausragenden Fingern nervös gegen seinen Oberschenkel zu trommeln. Seine rechte Hand umklammerte das Handy, welches er so am Ohr hielt, das man den Eindruck hatte, er wolle dieses zerdrücken, stellvertretend für denjenigen, der für dieses Desaster verantwortlich war.

Nach einer gefühlten Ewigkeit nickte er: „Okay, keine genehmigten Arbeiten am Berg. Sepp, ruf die Bergwacht an, die sollen im Rahmen einer Amtshilfe mit dem Heli da hoch. Da laaft vielleicht ein Spinner rum, das sollen die abklären, und wenn, dann sollen's den Idioten gleich runterholen da, hoast mi!"

Gamsbichler beendete das Gespräch, bei dem es, rein von Lautstärke her, sein konnte, dass Sepp im Tal ihn auch ohne

Telefon verstanden hätte, und wie auf Bestellung gab die Hupe des Wagens mit einem finalen Seufzen den Geist auf. Die nachfolgende Stille war unheimlich. Anscheinend mussten nicht nur die fünf sich von diesem Schock erholen. Kein einziger Vogel, nichts war zu hören.
Nachdem der Abschleppwagen das Dienstfahrzeug verladen hatte, beschlossen die Franzosen und Nicole, die restliche Strecke bis zu dem vierten GPS-Punkt zu Fuß zu gehen. Gamsbichler wollte mit dem LKW zurück zur Wache fahren und mit einem anderen Wagen nachkommen.
Simond hatte lange geschwiegen und seinen Gedanken nachgehangen, bevor er entschlossen sagte: „Das war kein Zufall."
„Wie, kein Zufall?" fragten Renard und Moulin fast im Einklang. Nicole zog die Augenbrauen hoch und runzelte die Stirn.
„Ich habe doch die letzte Woche fast nichts anderes gemacht als recherchiert, über das Bernsteinzimmer, Schraplau und Hallstatt. Und eins könnt ihr mir glauben, mein Laptop ist bestens gegen Schadsoftware geschützt. Aber ich bin mir sicher, ich hatte einen Trojaner drauf. Mein Virenscanner hat den schon entdeckt und gelöscht. Das war schon ein richtig professioneller Trojaner, umso mehr hatte mich gewundert, dass die mich sozusagen mit der Nase drauf gestoßen haben, von was ich die Finger lassen sollte. Jedes Mal bei ‚Bernsteinzimmer' in Verbindung mit ‚Schraplau', ‚Hallstatt' sowie ‚Wachregiment Dzierzynski' schaltete sich die Webcam ein, wie eine Art Warnleuchte, ein Stopplicht: ‚Bis hierhin und nicht weiter. Komm uns nicht zu nahe'.

Ich glaube, das eben war die Konsequenz, die überdeutliche Botschaft: Legt euch nicht mit uns an. Die, mit denen wir es zu tun haben, gehen auch ohne mit der Wimper zu zucken über Leichen. Wir müssen denen ganz schön dicht auf den Pelz gerückt sein."

Gerade als Renard etwas fragen wollte, kam ein Hubschrauber der Bergwacht über den Salzberg geflogen, nahm direkten Kurs auf die Stelle, wo der Fels herausgebrochen war, und flog in kreisenden Bewegungen systematisch den Berg und die nähere Umgebung ab.

„Eigentlich wollte ich fragen, ob das klug ist, jetzt alleine zu diesem GPS-Punkt hinzugehen. Aber unter den gegebenen Umständen sind wir wohl sicher." Renard deutete noch auf den Helikopter, um seine Überlegung zu bekräftigen.

Nach etwa dreihundert Metern gab Nicole, die das GPS-Gerät hielt, die neue Richtung vor: „Ich glaube, wir müssen hier links hoch." Sie zeigte Renard das Gerät, der ihre Annahme bestätigte.

„Oui, exactement hier ist der Weg, den wir gestern auch schon hochgelaufen sind."

Simond betrachtete auf der rechten Seite des Weges fasziniert die Gletschertöpfe, die etwas unterhalb lagen, und ging ein Stück den Stieg hinunter, der zu diesen führte.

Moulin und Renard stiegen den Pfad ein Stück vor und riefen dann zu Simond: „Kommst du?"

„Klar, bin gleich da!"

Er machte noch kurz ein Foto mit seinen Smartphone und lief hinterher, gefolgt von Nicole, die kurz über ihre Schuhwahl schimpfte.

Das Wasser in dem kleinen Wildbach hatte deutlich abgenommen, was im Gegensatz zum Vortag allen ermöglichte, diesen auch ohne besonderes Schuhwerk zu queren. Der Gletschertopf, den der GPS-Punkt markierte, war gewaltig, der größte, der an diesem Berg existierte, er war allerdings auf Grund der unzugänglichen Lage nur schwer für Besucher erreichbar. Demzufolge war das Unterholz auch dementsprechend dicht und gab den Blick auf den halb mit Wasser gefüllten Felsbottich erst im letzten Moment frei. Nur zwei Meter daneben würde man, ohne es zu ahnen, an diesem Naturschauspiel vorbeilaufen.
Die vier schauten sich um. Oberhalb am Hang in circa fünfzig Metern Entfernung waren einige Bäume gefällt. „Seltsam, in dieser Lage", dachte sich Moulin, der ahnte, dass die anderen den gleichen Gedanken hatten, als auch sie in diese Richtung blickten.
Simond war der erste, der sich seinen Weg durch das Gestrüpp zu dem Bassin bahnte, als ihm auffiel, dass einige Äste abgebrochen waren. Für einen Moment überlegte er, ob das von Wild stammen könnte, welches dieses natürliche Speicherbecken als Wasserreservoir nutzte. Er verwarf diesen Gedanken allerdings gleich wieder, da sich die Bruchstellen ungefähr in Höhe seiner Arme befanden, und er mit seinen ein Meter neunzig schon einer der Größeren war. Auch waren die Ränder des Gletschertopfes, wie mit feinem Schmirgelpapier bearbeitet, derart glatt, dass sicherlich jedes Wildtier hineinrutschen und nicht mehr herauskommen würde. Aber was konnte man an diesem gottverlassenen Platz sonst wollen als Wasser?

Er stellte sich an den Rand des Beckens und schaute ins Wasser. „Rutsch nicht aus, Simond!" rief Renard noch, als Simond sich umdrehte, sich erst seiner Schuhe und dann auch seiner Hose entledigte.
„Willst du baden?" fragte Moulin erstaunt, „oder was hast du vor?"
Simond war so fokussiert auf das, was er da entdeckt hatte, dass er nicht antwortete und geradewegs vorsichtig ins Wasser stieg. Noch nicht einmal das kalte Wasser konnte seinen Blick in irgendeiner Weise beeinflussen. Er schob die Ärmel seines T-Shirts hoch auf seine Schultern, nachdem er seine Jacke ausgezogen hatte, die er einfach zurück an den Rand warf. Dann griff er an die Stelle, die er die ganze Zeit über fixiert hatte, und zog daran. Er hob das Teil, an dem er gezogen hatte, aus dem Wasser und betrachtete es sorgfältig. Kurze Zeit später blickte er erstaunt auf die Wasserfläche vor sich, auf der sich eine Art Kringel bildete, der wiederum kurz darauf zu einem kleinen Strudel wurde, worauf in einiger Entfernung unterhalb eines Felsens ein kleiner Bach hervorquoll. Simond hielt das Teil, das sich als Stöpsel herausstellte, immer noch ungläubig in die Höhe, als sich der Wasserstand schon fast um die Hälfte verringert hatte.
Nicole, Renard und Moulin sahen sich mit einem großen Fragezeichen auf der Stirn an, als Simond schon anfing, das bis auf eine kleine Pfütze freigelegte Areal zu erkunden. An einer Stelle, die von einem überhängenden Felsen bedeckt war und die man bei gefülltem Becken so nicht wahrnahm, kniete er sich hin und schaute darunter.

„Kommt mal her, ich glaub, ich hab' hier was!" rief er nur kurz, um gleich darauf unter diesem Vorsprung zu verschwinden.

Gamsbichler hatte immer noch einen knallroten Kopf, als ihn der Abschleppwagen kurz vor der Wache herausließ. Was für ein Scheißtag, und der Stammtisch am gestrigen Abend war auch wieder länger als geplant gegangen. Er wusste, dass er an seinem Lebensstil etwas ändern musste. Seine Arbeit war es nicht, die machte ihm Spaß. Als Chef der Polizeistation hatte er ja nichts auszustehen, und die Kriminalität in den letzten Jahren, ja das waren halt die typischen Fälle in Touristikorten. Eigentumsdelikte, Parkvergehen, nichts Besonderes. Die Asiaten, die den Ort überschwemmten, waren zwar lästig wegen der riesigen Anzahl, aber ansonsten absolut diszipliniert. Schon ein wenig ignorant hiesigen Gepflogenheiten und Anstandsformen gegenüber, aber Lederhosen und Dirndl kauften sie fast alle. Ein Segen für die Wirtschaft, obwohl, im niederpreisigen Segment konnten sie die Sachen ja auch gleich zu Hause kaufen, denn dort wurden die zunehmend produziert. Globalisierung halt.

Gamsbichler ging gerne zur Arbeit und weniger gern nach Hause. Die Kinder waren erwachsen und aus dem Haus, und seine Frau, das hielt er nicht mehr aus. Er hasste seine akkurat gebügelten Hemden und Unterhemden, die jeden Morgen wie selbstverständlich auf dem Stuhl in der Küche lagen, seine Hose, die in diesem Hosenspanner an der Tür hing, der sie mit dem Bund nach unten zwang, sich von den Falten des Vortages zu trennen. Wie immer lag der Inhalt aus den Taschen auf dem Tisch neben seinem Teller mit den zwei Marmeladenbroten und der Thermoskanne mit frischem Kaffee nebst Tasse, natürlich alles in einer strengen Präzision ausgerichtet, dass, wenn man die Position der Gegenstände über einen gewissen Zeitraum von einem Vermessungstechniker lokalisieren lassen würde, maximal eine mittlere Toleranz von einem Millimeter herauskäme.

Ihm fehlte in dieser lebensfeindlichen Atmosphäre, die sie über den Knick in den Sitzkissen auf der Couch bis zur Rasenkante des Vorgartens fortsetzte, die Luft zum Atmen. Den Mut, das alles klaglos zu ertragen, trank er sich meist am Abend am Stammtisch an, und danach ging er schon meistens freiwillig auf das Sofa, um ihrem Spruch zu entgehen: „Du stinkst nach Schnaps!".

Letzte Woche war er zwei Mal mit seinen Kollegen im Pferdestallcafé frühstücken gewesen. Die schwärmten alle von der Silvia, der jungen hübschen Bedienung dort. Und jetzt hatte auch noch die Tochter von seinem Kumpel Riedlnauer da angefangen.

Als er an diesen Tagen abends nach Hause kam, traf ihn der Frost in den Augen seiner Frau so heftig wie der verfrühte Wintereinbruch im letzten Jahr, der Hallstatt für einen Tag lahmlegte.

Gamsbichler hatte aufgehört, darüber nachzudenken, warum das mit seiner Frau so war, wie es jetzt ist, und wann das begonnen hatte. Aber worüber er oft nachdachte, waren die verrückten achtziger Jahre hier, mit den ganzen ungeklärten Vorfällen und Verbrechen, die dem einen oder anderen Geheimdienst zugeschrieben wurden, einmal, weil es durchaus so sein konnte, und zum anderen, weil es schlicht nicht möglich war, all diese mysteriösen Vorkommnisse anders zu erklären.

Das heute mit dem Felsbrocken, der sich gelöst hatte, hätte genau in diese Zeit gepasst. Ein Steinschlag kurz nachdem Bergsicherungsarbeiten durchgeführt worden waren, die genau das verhindern sollten.

Sepp war gerade am Telefonieren, als Gamsbichler die Wache betrat, und hob die linke Hand während er zweimal nickte und mit „alles klar" das Gespräch beendete.

„Die haben niemanden dort oben entdecken können, aber eine der neuen Sicherungsverankerungen ist herausgestemmt worden. Das geht nicht von alleine, sagen die von der Bergwacht. Der Heli dreht noch ein paar Runden, die wollen noch die Stiege, die zu diesem Punkt führen, auf unbefugte Personen kontrollieren."

„Kruzifix, komm Sepp, die Franzosen und die Deutsche wollten weiter zu dem GPS-Punkt. Da in der Nähe gibt es einige Widererunterkünfte von früher. Komm, wir nehmen meinen privaten Wagen, wir müssen da hin. Wenn da jemand war, der kann sich dort überall verstecken. Die sind da nicht sicher. Beeil dich, Sepp!"

„Chef, wir müssen doch noch die Telefonnummer der Deutschen haben! Unter den angerufenen Nummern im Speicher des Telefons, ich schau schnell nach!"

„Gute Idee, aber beeil dich!"

Sepp hatte in Windeseile die Nummer gefunden und notiert.

„Chef, ich hab' sie, ich rufe von unterwegs an!"

Er griff noch schnell in die Schublade seines Schreibtisches, holte seine Dienstwaffe heraus und rannte hinaus zu

Gamsbichlers Wagen, der diesen schon ausgeparkt hatte. Als er eingestiegen war, wählte er Nicoles Nummer.

„Das ist schon zu spät", sagte Nicole verwundert. „Ja, wir haben an dem GPS-Punkt etwas gefunden. Meine Kollegen sind schon drin, ist so eine Art Höhle."
„Scheiße!" rutschte es Sepp heraus.
„Sag denen, die sollen da sofort rauskommen, und dann geht ihr runter zum Weg und wartet da auf uns!"
Nicole rief zweimal nach ihren Begleitern. Als sie keine Antwort erhielt, ging sie hinunter zum Weg und sah schon Gamsbichlers Wagen heranrasen, der eine beachtliche Staubfahne hinter sich herzog.
„Wo?" Mehr brachte Gamsbichler nicht heraus, dessen Kopf mittlerweile einer überreifen Wassermelone ähnelte.
Sie deutete in die Richtung und konnte den beiden Österreichern nur noch hinterherrennen.
„Halt, ihr seid schon zu weit!" stoppte sie die zwei, die an dem zugewachsenen Gletschertopf schon vorbeigestiegen waren. „Hier rein!" sagte sie etwas außer Atem, kniete sich vor den Überhang und deutete darunter.
Sepp holte seine Taschenlampe aus der Gürtelschlaufe, überprüfte routiniert kurz die Funktion, kniete sich ebenfalls hin, um kurz darauf unter dem Felsvorsprung zu verschwinden. Gamsbichler tat es ihm gleich und stieg ebenso ein. Nun fasste sich auch Nicole ein Herz.
Nachdem sie sich ein kurzes Stück auf allen vieren voran bewegt hatte, kam sie zu einer alten, aber durchaus stabilen Holzleiter, die mit Rohrschellen und Felshaken in einem circa fünf Meter senkrecht nach oben führenden Schacht

angebracht war. Sie sah gerade noch Gamsbichler von der Leiter steigen und hörte, wie er sich mit Sepp unterhielt. Sie erkannte auch die Stimmen der Franzosen, die seltsam nachhallten. Ihr war nicht wohl bei dem, was sie tat, aber sie stieg ganz einfach hinterher. So wie es schien, gab es keine Gefahr in dem Raum, den sie kurz darauf betrat.

Nicole staunte nicht schlecht, das, was sie da erblickte, hatte die Anmutung einer Berghütte, bei der man die Fenster vergessen hatte. Moulin und Renard saßen an einem alten Holztisch, der sich in der Mitte des etwas zehn Meter hohen kuppelartigen Raumes befand. Unter einer kleinen Einbuchtung stand ein altes Gitterbett, das schon recht angerostet war. Die Matratze und der Schlafsack darauf waren allerdings neueren Datums. Auf der anderen Seite des Raumes stand ein kleiner Holzofen, dessen Ofenrohr in einer Felsspalte verschwand. In einem Abstand von zwei Metern davon befand sich ein Regal mit alten Heften und Zeitschriften, Geschirr, mehreren Wasserkanistern und einigen Kerzen. In einer Ecke, die mit einer Gummifußmatte versehen war, hingen an einem Haken zwei leere Solarduschen.

Nicole sah, wie Simond mit der Taschenlampe in einigen Zeitschriften sowie alten Blechbehältern aus dem Regal stöberte und völlig der Zeit entrückt schien. Dabei murmelte er einige Male: „Incroyable!".

„Die Runde geht auf mich!" Gamsbichler rief die Bedienung bei seinem türkischen Stammitaliener heran und bestellte eine Runde Bier aus der hiesigen Brauerei, das vor allem bei den Franzosen schon anfing, Spuren zu hinterlassen.

„Ich hoffe, ich habe das alles richtig übersetzt", bemerkte Nicole noch etwas schüchtern, als sie sich mit den anderen zuprostete.

„Unglaublich", Gamsbichler nickte noch einige Male, um dann das Gehörte mit einem ordentlichen Zug aus dem Glas runterzuspülen, so dass es mit Leichtigkeit die Henkelprobe schaffen würde. Dies war damals, als er noch als junger Mann auf der Polizeiakademie war, ein sehr beliebtes Spiel, einen Maßkrug mit einem Zug so weit auszutrinken, dass, wenn man ihn auf den Henkel kippte, kein Bier überschwappt.

Irgendwie hatte sich in geselligen Runden wenig an diesen Männerritualen geändert, aber Gamsbichler war ganz einfach auch nur froh, dass nichts Schlimmeres passiert war.

„Die Auswertung der Fingerabdrücke und der DNS-Spuren müssten wir morgen früh haben. Und ihr glaubt wirklich, das könnte euer Mann sein? Gut, mit dem Bernsteinzimmer, das kann ich mir nicht vorstellen, auch begreife ich nicht, was der hier in so einer Berghöhle will."

Er kratzte sich am Kinn.

„Andererseits, wenn ihr DNS bei dem im Wagen in Schraplau gefunden habt, die zu den Jungen, die hier in den achtziger Jahren verschwunden sind, passen…"

„Ja, richtig", meinte Nicole mit leicht verwaschener Stimme, „das heißt, dass er beziehungsweise sein Wagen in dieser Zeit schon mal hier gewesen sein muss."

Simond wandte sich an Nicole: „Und nicht zu vergessen, die ganzen Nazi-Ordner und Eisernen Kreuze, die ich in der Kiste im Regal gefunden habe. In diesem Wachregiment gab es eine Gruppe, die Hitler und das Dritte Reich verehrten.

Und wenn der hier jemanden kennt, der auf solchen Kram steht, da kann man ganz gut von leben."
Nicole übersetzte Simonds Gedanken, als sich am Nachbartisch jemand zu Wort meldete. Der Mann sagte nur kurz: „Das mit dem Bernsteinzimmer, das ist Blödsinn."
Gamsbichler blickte zum Nebentisch: „Mensch, Torner, ich hab' gar nicht mitbekommen, wie du gekommen bist. Wieso Blödsinn? Komm, hock dich doch zu uns."
Der Mann griff sein Glas und nahm an dem langen Stammtisch Platz.
„Das ist unser Torner", stellte ihn Gamsbichler nicht ohne Stolz vor, „wenn sich einer hier am See auskennt, dann der. Er hatte hier mal eine Tauchschule."
Nicole begrüßte ihn mit einem lauten: „Aha, das trifft sich ja gut! Ich habe hier 'ne Karte vom See mit drei GPS-Punkten, der vierte hier oben, den haben wir schon gefunden, das ist eine Wohnhöhle." Sie kramte den Plan aus ihrer großen, schicken Handtasche und schob sie über den Tisch.
Torner nahm die Karte und schaute kurz darauf: „Die liegen alle in der Tauchverbotszone."
„Wieso Verbotszone? Das verstehe ich nicht."
Torner schaute Nicole kurz an, eigentlich war er es leid, darüber zu reden, aber ermuntert durch Gamsbichlers „Erzähl schon!", begann er doch mit seiner Geschichte.
„Die wurde Anfang der Neunziger eingerichtet und hat mir fast mein Geschäft ruiniert. Ich hatte genau hier vor Hallstatt meine Tauchbasis. Diese Punkte da draußen", er zeigte auf die eingezeichneten Koordinaten, „sind für mich absolut uninteressant gewesen. Viel zu tief und viel zu viele Sedimente, gehören aber zur Zone, wo jetzt nicht mehr

getaucht werden darf. Wir sind dann immer rüber zur Werflinger Wand gefahren zum Tauchen. Da ging das Gott sei Dank noch, war aber nicht mehr das Gleiche. Dort habe ich auch Ende der achtziger Jahre ein leeres Depot gefunden, das an einem großen Haken angebracht war, schon ziemlich tief. Die, die das benutzt haben, müssen schon gewusst haben, was sie tun. Das waren Profis, da bin ich mir sicher."
Er nahm einen großen Schluck Bier und fuhr dann fort.
„Aber das mit dem Bernsteinzimmer, das ist Schmarrn, das ist in Amerika. Es wurde nach Zell am See gebracht, ins Schloss Fischhorn, das hat Göring veranlasst. Ihr glaubt ja gar nicht, was die alles rausgeräumt haben, die Amis, auch hier."
„Und die Russen?" wollte Nicole wissen.
Torner trank mit einem Zug den Rest seines Bieres und strich sich durch den Bart. Er war schon ein Original, mit seinen roten Haaren und dem langen, roten Bart sah er aus wie Poseidon.
„Die konnten nicht so viel saufen wie wir, deswegen sind die hier abgezogen", war seine Antwort.
Nicole versuchte, alles so genau wie möglich zu übersetzen, je mehr sie trank, umso leichter schien ihr das zu fallen. Ihr recht passables Schulfranzösisch hatte sich in den letzten Wochen gemausert, und wenn erst mal die Hemmungen fielen, etwas falsch auszudrücken, konnte man es fast schon als fließend bezeichnen. Vielleicht kam ja auch aus diesem Bezug vom Alkohol zur Sprache der Ausdruck „flüssig sprechen".
Moulin, Renard, aber vor allem Simond hörten gebannt zu, was nicht einfach war, da Gamsbichler in gehobener

Lautstärke und mit knallrotem Kopf mehrmals versuchte, für Torner ein neues Bier zu bestellen.

„Ich glaube nicht", begann Simond erst ruhig und dann etwas lauter, um sich gegen die Lautstärke am Tisch durchzusetzen, „dass die Russen sich hier ganz rausgehalten haben. Bei meinen Recherchen hatte ich mir einen Trojaner eingefangen. Unsere IT-Abteilung konnte nun den Server ermitteln, von dem dieser kam. Der ging über Hawaii, Fidschi, Cayman Islands und China nach Russland. Und ich weiß auch noch genau, wann das angefangen hat. Ich hatte bei den Begriffen ‚Schraplau' und ‚Aktion Katzengold' eine vage Verbindung zum russischen Geheimdienst gefunden, aber nicht zum KGB, wie man glauben könnte. Nein, die Spur führte zu einer Organisation, die Lenin persönlich gegründet hatte und die angeblich schon lange nicht mehr existieren soll, der GRU. Lenin misstraute jedem und allem. Durch asymmetrische Aufklärung im Hintergrund mit Spezialkräften konnte er seine Macht absichern, und das ziemlich gut. Genau nach diesem Prinzip arbeiteten auch die Spezialisten vom Wachregiment, dem GRU der DDR, die nur Mieske unterstellt waren. Und wir können ganz einfach davon ausgehen, dass die sich untereinander auch nicht das bedingungslose Vertrauen entgegenbrachten. Das einzige Mal, dass die öffentlich zusammengearbeitet haben, war in Dresden zu Zeiten der politischen Wende. Da wollten Demonstranten die Geheimdienstzentrale des KGB stürmen. Ein Oberstleutnant Putow trat damals vor die Massen und sagte in einer nüchternen Sachlichkeit, ohne den Anschein der geringsten Nervosität, dass er jeden daran hindern werde, das Gebäude zu betreten, er habe den Schießbefehl

gegeben. Zur Verstärkung waren damals Spezialkräfte vom Wachregiment vor Ort.
Und ich bin mir sicher, wenn die Staatssicherheit hier nach dem Bernsteinzimmer gesucht hat, war auch der GRU vor Ort."
Nicole nickte unsicher, als sie alles übersetzt hatte und schaute in die Runde. Erst jetzt bemerkte sie, dass es am Tisch völlig ruhig war und alle sie und Simond mit halboffenem Mund ansahen. Gamsbichler nutzte die Stille, „Mach noch mal 'ne Runde auf meinen Deckel", rief er dem Wirt am Tresen zu, „das brauch ich jetzt."
„Jetzt macht auch der falsche BND-Mann in Schraplau einen Sinn", schlussfolgerte Nicole.

„Du, Silvi, was machst du denn heute abend?" fragte Annette, als sie zum Feierabend gemeinsam das Café im alten Pferdestall putzten.
„Ich muss mich noch ein bisschen an der frischen Luft bewegen", entgegnete diese, „ich laufe noch hoch zum Wasserfall."
„Kann ich mitkommen?"
„Klar, kein Thema, gerne", antwortete Silvia, „die langen Tage muss man nutzen. Das geht so schnell vorbei, dann gibt's hier überhaupt keine Sonne mehr im Tal."
„Wem sagst du das", seufzte Annette, „das war ein Grund, hier wegzugehen. Aber wenn du dann erst einmal weg bist, willst' eigentlich ununterbrochen wieder her. Dann hatte ich aber ziemlich schnell geheiratet, und wie es so ist, wenn die Kinder groß sind, da hatten wir uns nichts mehr zu sagen. Mein Sohn ist in Wien geblieben. Für den ist Wien seine

Heimat. Mich hat da nichts mehr gehalten. Du kannst dir gar nicht vorstellen, wie sehr ich das vermisst habe, nach Feierabend ganz einfach mal 'ne Stunde laufen in der Natur. Und da hoch zum Wasserfall ist 'ne richtig gute Idee." Sie stieß einen Seufzer aus. „Da oben ist es auch richtig einsam. Wollen wir eine Flasche Wein einstecken und dort noch was trinken?"
„Klar, das machen wir."

Sie mussten noch den großen Parkplatz queren, der vor der Bergbahn großzügig für die zahlenden Kunden angelegt war, als Annette plötzlich Silvias Oberarm griff und sich die andere Hand vor den Mund hielt. Sie öffnete leicht den Griff, mit dem sie gerade eben ihren Mund gegen einen spontanen Aufschrei gesichert hatte, beugte sich zu ihrer Kollegin und flüsterte hinter noch immer vorgehaltener Hand: „Das glaub ich jetzt nicht, da drüben ist Kalle!"
Silvia fragte kurz: „Und wo ist jetzt dein Problem? Lass uns rübergehen, ihn ansprechen."
„Nein, bitte nicht", antwortete Annette ängstlich, „ich kann das nicht."
„Okay, dann halt nicht. Und was willst du jetzt machen?"
„Mal schauen, was der vorhat", antwortete Annette, die immer noch Silvias Arm umklammert hielt.
„Du tust mir weh", sagte diese, „du kannst jetzt loslassen, ich laufe da schon nicht hin."
Der Mann, der Kalle sein sollte, sah für Silvia keineswegs so aus, wie ihn Annette beschrieben hatte. Er war äußerst unscheinbar, sah allerdings nicht schlecht aus. Aber mit diesem Businessedelzwirn sehen die ja alle gleich aus, diese

alten Geldsäcke, dachte sie sich. Aber was fährt denn der für 'ne Karre?

Der Mann lief um einen alten, hässlichen Kombi herum, der aus den achtziger Jahren und mit einer für diese Epoche typischen braunen Farbe lackiert war, die in Metallicversion in den letzten Jahren wieder im Kommen war. Der Kombi hatte deutsche Kennzeichen, genauer gesagt, Traunsteiner. Der Mann hielt die Hand als Sonnenschutz über die Augen und schaute in das Innere des Wagens. Er blickte sich kurz um, als würde er sich vergewissern wollen, dass ihm niemand zusah, und sah dabei für einen Sekundenbruchteil Annette in die Augen, ohne jegliche Regung. Diese hatte das Gefühl, gleich einen Herzinfarkt zu bekommen und lief knallrot an.

Er lief um das Auto, um zu prüfen, ob sich irgendeine Tür öffnen ließ, schaute sich nochmals um und ging dann in die Richtung, in die auch die beiden Frauen wollten. Sie folgten ihm mit etwas Abstand.

Kurz vor dem Gletschergarten blieb er stehen, sah nach links, überlegte kurz und holte dann ein Satellitentelefon aus seiner Jackentasche. Nachdem er eine Nummer gewählt hatte, sagte er nur kurz: „Я его нашёл!", und nach einem kurzen Moment der Stille: „Okay, eliminieren."

„Das war doch Russisch!" sagte Silvia zu Annette, sie hatten sich hinter einer alten Tanne versteckt, als sie bemerkten, dass er stehenblieb.

„Ja, verstehe ich auch nicht", antwortete diese, „aber er ist es. Das Grübchen am Kinn und die Stimme, hundert Prozent, das ist Kalle."

„Der stand ganz einfach in der Tür und sagte: ‚Ich bin der, den ihr sucht!'. Kannst du dir das vorstellen?" Gamsbichler hatte immer noch diesen total erstaunten Gesichtsausdruck, als er kurz vor Feierabend Moulin anrief und um ein Treffen bat.

Kurze Zeit später waren die drei französischen Polizisten und Nicole auf der Wache erschienen, um einen Blick durch die Zellenluke zu riskieren, auf den Mann, der nun Erich Eisenhuth, Lehmann oder wie auch immer, sein sollte.

„Der sieht ja aus wie ein Waldschrat", war Nicoles nüchterner Kommentar, „und nicht wie ein Geheimagent", ergänzte sie noch nach geraumer Zeit.

Der Mann hatte einen langen Bart, der über seinen recht kugeligen Bauch reichte. Er trug eine alte NVA-Tarnhose und ein verschlissenes braunes, fleckiges T-Shirt, was über den muskulösen Oberarmen etwas spannte, trotz, dass es an anderen Stellen schon erheblich seine Elastizität eingebüßt hatte. Seinen Haarschnitt konnte man als mittellang und ungepflegt bezeichnen. Neben ihm auf der Pritsche der Zelle lag eine dunkelbraune Joggingjacke mit rotgelben Streifen an den Ärmeln.

„Ich wollte ihm erklären, was ihm vorgeworfen wird", erklärte Gamsbichler den Anwesenden, „sein Kommentar war nur: ‚Das können sie sich sparen, ich habe mit alldem nichts zu tun, und ohne Anwalt sage ich sowieso nichts!'. Ich habe ihn dann noch gefragt, ob ihm das Bernsteinzimmer etwas sagt. ‚Ich weiß nicht, wovon sie reden', war die knappe Antwort, die ich erhalten habe. ‚Und jetzt ist Sendepause', das waren seine letzten Worte. Seitdem schweigt er."

Gamsbichler kratzte sich am Kinn. „Ich glaube, der einfachste Weg ist, ihr stellt noch einmal einen Antrag auf Auslieferung bei Interpol, und dann könnt ihr ihn haben, gesetzt den Fall, wir können ihm in den Fällen mit den verschwundenen Kindern in den Achtzigern nichts nachweisen. Aber da kümmern sich die Kriminaler drum. Ich habe Wien schon verständigt."
Die Franzosen und Nicole sahen sich lange ratlos an, ohne ein Wort zu sagen. Renard brach als erster das Schweigen: „Lasst uns noch ein Bier in unserem Hotel trinken, wir besprechen dann, wie es weitergeht. Außerdem muss ich euch noch etwas sagen", fügte er leise hinzu.

Der Frust saß tief, auch als die ungarische Kellnerin die zweite Runde Bier brachte, hatte keiner der vier ein Wort gesprochen. Nicole begann als erste das Gespräch: „Ich finde das gut, unser Europa. Jeder kann arbeiten, wo er will", sagte sie und blickte der Bedienung hinterher.
„Ja, da hast du recht", griff Renard etwas zurückhaltend das Thema auf, „aber das ist vielleicht ein gutes Stichwort. Ich hatte euch ja gesagt, dass ich etwas bekanntgeben möchte. Also", er räusperte sich etwas verlegen, „wir werden, also ich werde natürlich noch meine Arbeiten abschließen, um den deutschen und österreichischen Kollegen dabei zu helfen, ihre Fälle abzuschließen, und um diesen Lehmann alias Eisenhuth dingfest zu machen, auch wenn das meiner Meinung nach schwer werden wird. Dieser Typ hat noch immer mächtige Unterstützer. Aber danach", Renard schaute in die Runde, alle starrten ihn gebannt an, „danach höre ich auf. Es ist mir noch nie so schwergefallen, eine

Entscheidung zu treffen, aber da gibt es jemanden, eine Frau, mit der ich seit Jahren eine Fernbeziehung führe. Sie wohnt in Colmar und hat da ein kleines Kaffee mit Fremdenzimmern. Wir haben beschlossen, es nun doch zu versuchen und zusammenzuziehen. Ich lasse mich für ein Jahr beurlauben, und dann sehen wir weiter."

Er ließ keine Pause, so dass seine erstaunten Gegenüber überhaupt keine Zeit hatten, seine Entscheidung zu kommentieren, und fuhr fort.

„Dich, Nicole, ich meine natürlich nur, wenn du Interesse hast, dich werde ich für meine Stelle vorschlagen! Du hast ja in Deutschland nur einen befristeten Vertrag. Das wäre bei uns sicherlich nicht anders, aber ich könnte mir schon vorstellen, nein, ich hoffe, nicht wiederzukommen. So", beendete Renard seine Ausführung und bekräftigte diesen Abschluss noch mit einer kurzen, aber deutlichen Handbewegung, indem er mit der Hand andeutungsweise über den Tisch wischte. „Ich möchte jetzt gerne wieder über unseren Fall reden."

Nicole lief rot an und sagte: „Darüber muss ich erst mal in Ruhe nachdenken."

„Okay, viel Glück für dich, Renard", begann Simond, „dann machen wir mal weiter." Er sah von einem zum anderen, und als alle nickten, fing er an.

„Ich sehe das ähnlich wie Renard. Es wird verdammt schwer, diesem Lehmann etwas nachzuweisen. Wir alle wissen, dass der die Leichen entsorgt hat. Wir haben die Chemikalien gefunden, die er in Cassis verwendet hat. Ebenso das Auto, mit dem er in Cassis war, inklusive DNS der zwei Jungen aus Cassis. Auch die Spuren in dem Wagen von den hier in Österreich verschwundenen Kindern sind tausendprozentig kein Zufall. Was aber schwer oder gar unmöglich sein wird, ist, diese Spuren auch in den exakten zeitlichen Zusammenhang zu bringen. Er wird natürlich behaupten, dass sich jemand den Wagen geliehen hat, und er sich leider nicht mehr erinnern kann, wer das war.

Nun mal zu unserer anderen Spur, oder wie immer wir das nennen wollen, die Sache mit dem Bernsteinzimmer. Das sind mir auch zu viele Zufälle. Der Heilige Gral der Deutschen, und dann zwei Mitglieder einer, wenn auch nur in Teilen, nationalistisch geprägten Spezialeinheit der Staatssicherheit. Die haben definitiv mit Hochdruck nach diesem Zimmer gesucht und sind auch teilweise fündig geworden. Dieser Mieske hatte extra einen Mann dafür, der sämtliche Spuren verfolgte, den sogenannten ‚Genossen Bernsteinzimmer', einen Doktor Paul Enke.

Und nun kommen wir zu dem falschen BND-Mann Schuster, der in Querfurt aufgetaucht ist, und kurz darauf waren sämtliche Beweise, die das Wachregiment Dzierzynski mit unserem Fall in Verbindung bringen konnten, verschwunden."

„Natürlich auch der Inhalt des Tresors, die Akten, Bankverbindungen in die Schweiz sowie die nicht unerheblichen Barbeträge verschiedener Währungen", fügte Moulin hinzu.

„Richtig", sagte Simond, „nun, was machen diese hervorragend ausgebildeten Spezialisten denn heute?"

„Die sind nicht alle auf einmal lupenreine Demokraten geworden, kaum vorstellbar", sagte Renard nickend. „Und dann dieser Anschlag auf uns. Nichts anderes war das mit dem Felssturz, da bin ich mir sicher."

„Habt ihr euch diesen Lehmann mal genau angeschaut?" sagte Simond nachdenklich.

„Der erinnerte mich an einen angeschlagenen Boxer, jemand, der auf der Flucht ist. Vielleicht hat er ja den Leuten, vor denen er sich versteckt hielt, genau durch seine penible, zwanghafte Art den Hinweis gegeben, wo sie ihn finden können. Ich meine die Zettel an der Pinnwand."

„Aber die hatte ich ja mitgenommen, als wir das erste Mal in der Garage waren", gab Nicole zu bedenken.

„Ja, das stimmt. Aber ich glaube", fuhr Simond fort, „dass Schuster, oder wie auch immer, und Lehmann sich kennen, und zwar schon länger. Ich vermute, seit den achtziger Jahren hier in Hallstatt. Ich bin mir sicher, wenn das Wachregiment mit seinen Spezialisten hier das Bernsteinzimmer gesucht hat, dann nur unter Kontrolle des GRU. Und dieser GRU hat nach wie vor ein Auge auf seine Spezialisten, die jetzt keiner mehr braucht, so auch auf die vom Wachregiment.

Und nun mein Verdacht", er hielt kurz inne und blickte in die Runde.

„Diese ganzen Naziartefakte und die Zeitungsartikel über verschwundene Schätze im Salzkammergut in dieser Wohnhöhle. Den Nazikram kann man gut zu Geld machen. Da gibt es Leute, die da richtig was für hinlegen, aber auch der Rest deutet darauf hin, dass unser Mann dringend Geld braucht. An seine Bargeldreserven und die Kontodaten in der Schweiz kommt er ja nicht mehr heran. Aber wer wohnt

schon freiwillig in einer Höhle und stellt sich ohne Not der Polizei?
Ich vermute, dieser Lehmann hat seine eigenen Leute erpresst. Sein Schweigen gegen Geld. Der weiß, wo das Bernsteinzimmer jetzt ist, davon bin ich überzeugt. Schon allein das Wissen darüber ist gefährlich, aber, wenn man nun versucht, das zu Geld zu machen?"
Simond nahm einen Schluck Bier und sah seine Kollegen zustimmend nicken, dann fuhr er fort.
„Das ist tödlich, und in diesem Fall und unter den gegebenen Umständen gibt es momentan keinen sicheren Platz für diesen Lehmann, außer einer Zelle in der Polizeistation von Hallstatt."
„Du meinst also, wir haben dem damit eigentlich einen Gefallen getan, dass wir hier sind und ihn suchen?" stellte Moulin fest.
„Das ist durchaus möglich", bestätigte Simond.
Nicole merkte, dass ihr die Hand wehtat. Sie hatte vor lauter Anspannung den Henkel ihres Bierglases so fest umklammert, dass sich das Blut staute.
„Na gut", resümierte Renard, „es gibt hier eigentlich nichts mehr für uns zu tun."
„Das befürchte ich auch", stimmte Simond ihm zu, „wir müssen die erneute Anfrage an Interpol senden und abwarten. Die Aussage von Gamsbichler war ja ziemlich deutlich.
Es ist mir, ehrlich gesagt, auch nicht unrecht. Ich hatte gestern einen Anruf von der zukünftigen Frau meines Sohnes. Mein Verhältnis zu ihm ist schwierig, und bis auf eine E-Mail war da nichts die letzten Jahre. Aber das war

nicht der Grund ihres Anrufes. Ihr Großvater liegt im Sterben und möchte unbedingt noch den Vater ihres zukünftigen Mannes kennenlernen. Er war total elektrisiert, als er erfahren hat, dass ich bei der französischen Polizei arbeite.
Nun ja, sie klang total nett am Telefon, ich habe also beschlossen, morgen nach Königsberg zu fliegen."
„Das heißt doch jetzt Kaliningrad und liegt in einem Teil Russlands, der sich zwischen den baltischen Staaten befindet. Da kommt deine angehende Schwiegertochter also her, das ist ja interessant", stellte Moulin erstaunt fest.
„Ich glaube, zumindest ihr Großvater lebt dort", sagte Simond.
„Na dann", Renard erhob sein Glas, „trinken wir darauf, dass zumindest eines erreicht ist."
Er stieß mit allen an und fuhr dann fort: „Dieser Erich Lehmann alias Eisenhuth sitzt schon mal im Gefängnis, und hoffentlich reichen die Beweise, egal, ob in Österreich, Frankreich oder Deutschland, dass das noch sehr lange so bleibt."

Der alte Mann machte einen schwächlichen Eindruck auf Simond. Er versuchte, sich im Bett aufzurichten, als Simond den Raum betrat. Natalia, seine Enkelin, versuchte, ihm zu helfen.

„Lass das, ich schaffe das schon!" sagte er barsch, so dass diese sich erschrak.

„Der ist also bei der Polizei?" Simond wurde von oben bis unten gemustert, „sowas hätte es früher nicht gegeben. Und nun lass uns mal allein, meine Kleine", sagte er in einem guten Französisch, was Simond total überraschte.

„Hol dir einen Stuhl und setz dich."

Der alte Mann strahlte in diesem Augenblick eine Autorität aus, die Simond veranlasste, sofort auf seinen Wunsch einzugehen. Einen Moment lang blickten sich beide in die Augen, als versuchten sie gegenseitig, den Code zum Öffnen der Seele des anderen zu finden, um darin zu lesen. So schwach, wie der alte Mann schien, so hellwach schienen seine vom langen Leben getrübten Augen.

„Hör zu, Junge, ich mag deinen Sohn, deswegen habe ich beschlossen, dir zu vertrauen, obwohl du es mir nicht einfach machst." Er blickte erneut an Simond herunter.

„Aber andererseits habe ich in meinem Leben so viele Dreckschweine kennengelernt, die überaus akkurat gekleidet und frisiert waren."

„Der Krieg, Junge", sagte er nach einer Pause, die er mit einem Seufzer beendete, „ist das Schlimmste, was ein Mensch in seinem Leben erfahren kann. Aber glaub mir, noch schlimmer ist, wenn der Krieg das ganze Leben weitergeht, bis man stirbt."

Der alte Mann überlegte kurz, man sah ihm an, dass das Reden in der ungewohnten Sprache ihn sehr viel Kraft kostete.

„Excuse moi, es fällt mir schwer, die richtigen Worte zu finden. Deine Sprache habe ich damals, während des Krieges, in deinem wunderschönen Land gelernt, aber ich bin etwas aus der Übung."

„Keineswegs", entgegnete Simond und hatte plötzlich das Bedürfnis, die Hand des alten Mannes zu halten, den er erst seit einigen Minuten kannte.

„Wir Deutschen", fuhr dieser fort, „haben im Krieg viel Elend und Zerstörung über die Menschen gebracht. Und was hat es bewirkt? Ich musste fortan in einem Land leben, das nicht meines war, oder ich hätte meine geliebte Heimat verlassen müssen.

Was wurde damals geplündert und geraubt! Wieviel Schätze wurden während des Krieges und auch danach gestohlen und verschleppt!

An einer Sache war ich beteiligt und durfte mein ganzes Leben lang nicht darüber reden. Ich habe regelmäßig von äußerst unsympathischen Figuren Besuch bekommen, die mir immer wieder versicherten, ein Wort, und deine Frau ist tot. Später dann, ein Wort, und deine Kinder sind tot.

Du kannst dir sicher vorstellen, wie das weiterging. Wenn du dafür sorgen könntest, dass das endlich aufhört und unsere Familie Frieden findet, dann könnte ich endlich in Ruhe sterben. Verstehst du, Junge?"

Er musste kurz husten, das Erzählen hatte ihn sehr angestrengt. Er trank einen Schluck Wasser, dann fuhr er fort.

„So, und nun hör genau zu."

Die Lebensgeschichte des alten Mannes, die Simond nun hörte, jagte ihm einen Schauer nach dem anderen über den

Rücken. Ihm wurde abwechselnd kalt und heiß und er bekam Gänsehaut.

„So, nun weißt du fast alles", beendete der alte Mann seine Geschichte, „aber das Wichtigste kommt jetzt. Das wird die Welt verändern. Wenn man jung ist, das weißt du ja vielleicht aus eigener Erfahrung, leistet man sich die ein oder andere Eitelkeit. Meine war, dass ich, als ich das Achte Weltwunder demontiert habe, an einer Stelle meine Signatur hinterließ, F.K., Fritz Köhler. Hätten diese Leute sie gefunden, wäre ich nicht mehr am Leben, die war meine Versicherung, als sie das Zimmer angeblich nachgebaut haben. So ganz geglaubt habe ich das nie, wo sollten denn die Unmengen an Bernstein auch herkommen. Die ganzen alten Minen hier bei uns sind doch schon lange erschöpft und geschlossen.

Als der Nachbau fertig war, habe ich mit diesen Arschlöchern einen Deal abgeschlossen. Ich habe gesagt, dass ich das Zimmer noch einmal sehen möchte, bevor die Öffentlichkeit Zugang bekommt und alles abgesichert ist, es ganz allein genießen, an dem Ort, wo ich einst das Original demontieren musste. Die haben mir fünf Minuten gegeben und mich allein gelassen. Dieser Augenblick hat mich für so vieles entschädigt, was mir in meinem Leben widerfahren ist, und was ich an der Unterseite des großen Spiegels gefunden habe, kannst du dir denken."

Der alte Mann winkte Simond näher an sich heran. Er griff dessen Hinterkopf und zog Simonds Ohr in die Nähe seines Mundes.

„So, Junge", sagte er erschöpft, „jetzt weißt du, wo du die Signatur findest."

Simond hatte die zwei Nächte in der Zelle des Gefängnisses noch in den Knochen. Diese Pritsche war eine einzige Zumutung gewesen. Doch an Schlaf war sowieso nicht zu denken. Der französische Botschafter, der am Morgen des zweiten Tages erschienen war, sah ziemlich schlecht gelaunt aus, als er Simond im Verhörraum gegenübersaß.
„So", begann der Botschafter, „sie als Polizist müssten eigentlich wissen, dass es auch hier in Sankt Petersburg Gesetze gibt. Und wenn da eine Absperrung ist, kann man nicht ganz einfach darüber klettern und alles anfassen."
Er schüttelte missbilligend den Kopf.
„Aber ihre abenteuerliche Geschichte haut dem Fass den Boden raus. Ich war gestern Nachmittag noch mit dem russischen Kulturattaché vor Ort. Ich durfte mich persönlich davon überzeugen. Die Stelle, wo sie angeblich eine Signatur entdeckt haben, da ist rein gar nichts! Wenn sie aufhören, so einen Unsinn zu verbreiten, und sich entschuldigen, werden die russischen Behörden, auch im Hinblick auf die russisch-französischen Beziehungen, noch mal Gnade vor Recht ergehen lassen, haben sie das verstanden, Simond!"

Übersetzungen

Seite 121	déjeuner	Mittagessen
Seite 122	d`accord	einverstanden
Seite 135	magnifique autoroute	großartige Autobahn
Seite 140	bien sûr	sicherlich
Seite 164	a`bientôt	bis bald

Seite 169   Pardon, nous dérangeons votre petit déjeuner.
Entschuldigung, wir stören ihr Frühstück.

Seite 170   Attends, j`ai une idée.
Warte, ich habe eine Idee.

Seite 175	enchanté	erfreut
Seite 182	attention	Achtung, Vorsicht
Seite 192	incroyable	unglaublich
Seite 198	Я его нашёл	Ich habe ihn gefunden.
Seite 205	excuse-moi	Verzeihung